特文学

# 万物冬藏 4

传统实力男作家作品

朱铁军　王建淳　主编

中国言实出版社

**图书在版编目（CIP）数据**

万物冬藏 / 朱铁军，王建淳主编 . -- 北京：
中国言实出版社，2021.2
（特文学）
ISBN 978-7-5171-3728-3

Ⅰ . ①万… Ⅱ . ①朱… ②王… Ⅲ . ①中篇小说—
小说集—中国—当代②短篇小说—小说集—中国—当代
Ⅳ . ① I247.7

中国版本图书馆 CIP 数据核字（2021）第 010292 号

**出 版 人**　王昕朋
**责任编辑**　张国旗
**责任校对**　代青霞

**出版发行**　中国言实出版社

地　址：北京市朝阳区北苑路 180 号加利大厦 5 号楼 105 室
邮　编：100101
编辑部：北京市海淀区花园路 6 号院 B 座 6 层
邮　编：100088
电　话：64924853（总编室）　64924716（发行部）
网　址：www.zgyscbs.cn
E-mail：zgyscbs@263.net

**经　　销**　新华书店
**印　　刷**　北京温林源印刷有限公司
**版　　次**　2021 年 9 月第 1 版　　2021 年 9 月第 1 次印刷
**规　　格**　880 毫米 ×1230 毫米　1/32　8.75 印张
**字　　数**　173 千字
**定　　价**　58.00 元　　ISBN 978-7-5171-3728-3

# 目录

# 追　尾

胡野秋

## 一

今天的路况甚好，甚好的意思就是还没彻底堵死。

在这个鸟市，堵车是常态，不堵车是变态，约会时无论迟到多久，只要把锅甩给“堵车”，就立刻获得原谅，说不定还能捎带上一堆打折的同情，我就靠这个骗过几个初次见面的女孩子的拥抱。

所以我在多数情况下，就像一条有经验的大马哈鱼那样，在车海里随大溜地跟着。

我的性格一贯沉稳，考驾照时，师傅说，性格沉稳的人不会出事。

师傅说得很准，我此后开了十几年车，从没和其他车发生过亲密接触。我的车也像当年的常山赵子龙一样，天天出入战场，却全身而退、光洁如初。

我在朋友圈里最被人羡慕的东西有两样，一是安全行车的历史，二是固若金汤的家庭。汽车是十年宝驹，老婆是糟糠之妻。两样都很完整，两样都不可改写。

我一直为此自豪不已。

但此刻跟着跟着，突然就自豪不起来了。

因为，就在我一如既往地行云流水时，随着“嘭——嘭”两声巨响，我的座驾突然抽动了两下，本人安全行车光荣历史告终。

撞车就撞车，为什么是两声巨响和两下抽动呢？

原因异常简单，撞了两次。先是我的车屁股被重重地顶上，接着我的车勇往直前贴上别人的屁股。前一个“嘭”，是我的车屁股悲壮的哀嚎；后一个“嘭”，是我的热脸贴了别人的冷屁股。在别人听来没有毫厘之差，在我耳朵里却有千里之谬。

就这样，我下了车。

前面后面的人也下了车。

我们三个人一起下车，构成了马路上的一道呆板的风景，其他车从我们身旁一边侧目一边幸灾乐祸地驶离。

前面车上的人是个胖子，不是老板就是伙夫，他皱着眉头对我说，你怎么开的车？

你怎么开的车？这是绝大部分司机在撞车的时候，都会用的开头语，无论用什么口音，都会发出这句责问。而且谁抢先发出这个责问，好像就捡到了大便宜。

我说，我是被迫撞你的，因为是别人追我尾我再追你尾的。我的解释显然没什么作用，因为胖子不再理我。

此时我恼火地扭头朝后看，这才看清楚走过来的人，一个女人。

她鼻子上渗出了汗珠子，一个劲说，责任在我，责任在我。

这一下，倒省了不少口舌。女人一边忙着打报警电话，一边跑前跑后地察看她的跑车。跑车是红色的，号码很吉利，尾数三个 8，一看就人傻钱多。

我和胖子站在旁边倒像是两个闲人。

交警骑着摩托到了，他驾轻就熟地挨个搜走驾照、行驶证。然后像法官一样故作高深地听我们陈述，听完后他立刻做出审判。

交警年纪不大，说话炒蚕豆，他说我把你们三辆车按顺序叫 A、B、C，在这场事故中，A 完全无责任、C 的责任最大、B 的责任次之，现在由 C 赔偿 B，至于 A 则由 C 主赔、B 辅赔。听清了吗？

我问，辅赔是多少？

交警说，主赔三分之二，辅赔三分之一，你们自己算吧。

我心里开始懊恼，明明没我啥事，搭进去时间不说，还得辅赔。

刚想说那女人两句，抬眼见她正心急火燎地打电话，眼睛也红了，只能作罢。

交警填完单，发回驾驶证、扣下行驶证，让我们联系保险公司，理赔完后再去交警队领行驶证。

轰的一声，年轻的大盖帽发动摩托一溜烟走了。他刚才填单时，对讲机不断呼叫，哪儿哪儿又出事了，他不耐烦地应着，马上马上。好像满世界都等着这个救世主去拯救。你说人类多奇怪，为了快捷发明了汽车，付出的代价是制造出更多的麻烦。

小C跟保险公司通着话，啊啊啊，哦哦哦，快点快点！

我也赶紧掏出手机跟保险公司联系，电话忙音。一直打，一直忙。

老A在旁边焦躁地抽烟，他一个劲埋怨我们，你看看，今晚有重要事情，都被你们搅了。好像我俩是合谋，要特意阻挠他的狗屁重要事情。话说回来，深圳人哪个都忙，等个红灯都很不耐烦，谁有心思撞车。

小C跟老A道歉，不好意思，我也有事，赶急了点儿，保险公司马上就到了。

我的保险公司偏偏联系不上，那个电话永远是忙音。想起当时是一个老乡推销的保险，我赶紧在手机上调出那个人的电话，说是停机了。寸劲儿，全赶一块儿了。

所以，我也懒得说话。

等保险公司勘验完毕，已是晚上九点多。我的保险公司还是没人来。拍照、估价都是女人的保险公司代劳的，拿着那张理赔单，我决定明天去我的那家保险公司找老乡。记得当时那个老家来的人，不知从哪本电话名录上找到我的电话，然后不厌其烦地向我推销汽车保险，一口乡音让我决定买他的保险。

拿到勘验单，老A急着走，我们三人互留了各自的手机号，而且为了验证一下，还当场互相打通了试试，为了双保险，又加了微信。

说来好笑，我拼命打老乡电话，偏偏打不通。而三个本来素昧平生，也不打算继续交往的人，却要留下电话号码，而且在这几天里注定要像密友般联系。

这就是当代都市人的荒诞一种。

## 二

回到家，看见桌上老婆留的字条，她早上去香港了，要晚点回来，她把菜都做好搁在冰箱里。我老婆每次出门，都会安排好一切，从吃的用的到其他，让我时时处处都能感觉到她坚固的存在。

我从冰箱里拿出半盆卤牛肉，懒得热，撕了一袋花生米，开了瓶啤酒，打开遥控器，摁到体育频道，一屁股坐下来看足球赛，已经是残羹剩汤的下半场了。其实今天要不是为了这场球赛，我还真不会这么早从公司出来。我一直奉行晚出晚归的习惯，因为与其在高峰期的路上耗油，还不如错过高峰期一路飞奔来得爽。何况我是平面设计师，晚上熬夜，上午从来不用起早。我的一天总是从中午开始。

可看了一会儿球，又开始对国家队生气。看着一群四肢发达的人，像没头苍蝇满场梦游，实在有点泄气。就是我在汽车追尾现场着急的那会儿，国家队已经被人家灌了两个球，而且据解说员补叙，其中有一个还是咱们后卫的乌龙球。

此刻在我的眼里，足球场上也在四处撞车，可是他们的撞车受到所谓规则的保护，不怕交警的罚款单。他们合法地撞车。有追尾的，有爬头的，有侧面撞，有正面撞，有背后撞，还有像我们今晚这样三车连环前后夹击的。结果总是咱们的车被欧洲的车撞得东倒西歪，看起来有规则保护的弱肉强食，很是具有观赏性，电视里老是在死球的时候，把镜头对准女人，她们穿着暴露，放肆地大笑着大叫着，我甚至怀疑她们是引起球场撞车的主因。也许有一天，世界上会出现撞车运动，我想会超过足球，成为世界第一运动。照目前体育朝娱乐化方向发展的态势，这种可能性巨大。

我刚从我的撞车事件中平复了一点点，不大会儿工夫，中国队又被连灌三个，彻底输得找不到家。我突发奇想，假如有一项关于足球比赛结果的保险，我估计没有哪个保险公司敢于承保中国队。因为中国队谁都敢输。

一想到保险公司，我的头开始痛起来。痛了一会儿，也就不痛了，因为我睡过去了。

不知道什么时候，我被推醒，老婆拎着大包小包站在我的沙发前。她说今天过关人太多，排了两小时队。也许是老婆在香港的采购大获成功，她对我跟她汇报的汽车追尾事件不感兴趣，完全没有追究的意思。这要搁以前，这么大个事，没准会跟我嚷嚷四个小时以上。而今天，她的兴致完全花在欣赏她从旺角的女人街扫回来的服装上。

我只是挪了个地方睡觉而已。从沙发换到卧室的大床。

早上，我难得起了个早，把车子开到修理厂。

远远地看见老A的车已经在那儿躺着了，小C的那辆红色跑车也停在旁边，我把我的白车靠过去。红、蓝、白，色彩搭配得倒不错，就是都有点残缺。修车厂就是工业化时代的残联。

想到自己的爱车腹背都受伤了，要在这里躺几天，心里还真有些舍不得。假如这时候那肇事的小C还在旁边，我也许没有昨晚的风度。

没看见小C，倒看见她发过来的微信：再表歉意，影响了你的出行。

我用手指回答：影响确实大，我车即我家。

她又回：昨晚有件对于我很大的事发生，真的，很大很大，所以忙中出错，希望以后当面道歉。

我只能继续跟她黑色幽默：你也忙，我也忙，大家都忙；你出错，我出错，大家更忙。

我这人没别的长处，就是没心没肺，天大的事搁我这儿，一觉起来就消化了。所以在朋友中，我时常扮演“心理医生”的角色，没事爱掺和事，用好听的话叫给人“排忧解难”。

比如朋友中有夫妻闹矛盾，苦着脸来找我，一顿海侃，大都春风满面地回去了。再比如有好几对懵懵懂懂的小恋人，正处于欲说还休的初级阶段，被我一指头捅破窗户纸，还真就终成眷属了。我把自己总结的一套经验，名之曰“大话心理学”。但在给别人解决问题的那阵子，我自己还单着呢。那会儿有人开我玩笑，你啥都明白，咋自己的问题解决不了呢？

我告诉他们，医生是不会给自己看病的。

## 三

我的车辆保险泡汤了。

事情是这样的，我找做保险的老乡，那人停机。等我拿着保单到保险公司一问，人已不在了，那张保单也是假的，没这个编号。我傻眼了。

保险公司的一个部门经理对我说，你找的这个人，已经骗了好几单，早就卷款而逃了，我们半年前就报了案。他给我拿出他们的报案存根，我也懒得看，这就意味着我花几千块买了张废纸。那个经理看我脸色不好，安慰似的告诫我，以后买汽车保险，最好还是到公司来，或者当业务员面马上电话查验保单编号。

经理让我做了笔录，接着动员我做他的客户。他殷勤得不是时候，这让我怀疑他和我的那个老乡是一伙的。刚被蛇咬的人，哪有不怕井绳的？

我想了想，还是换家保险公司吧。因为在我眼里，这个保险公司已经不保险。其实这年头什么保险呢？连“老乡”这样的关系都不保险了，哪怕他有口音做证，虽然你们都在同一片遥远的天空下生活过。

从保险公司出来，我沮丧至极，因为这个结果意味着，老A的车那三分之一的修理费，得我自己掏腰包了。此时我对那个女人一直不太强烈的怨恨，被我的那个不知所踪的“老乡”和满脸堆笑的保险经理，一股脑地勾了起来。

我拿起手机，给修理厂打过去，问了一下老A的修车费，我大约要掏两千多块。我跟车厂说，我被人骗了，买了假车险，是不是能打个折，对方表示无能为力。

倒霉。天上开始飘雨，好像配合我的情绪。想来电视剧导演经常用雨雪风霜、晴空万里来渲染气氛，也不是全无道理。我现在心里就开始阴转雨。

回到公司也打不起精神做事，手边正赶一套邮票小型张的设计稿，怎么着都不满意。我一边在电脑上毫无希望地调整构图，一边努力地调整情绪。我把回车键敲得咔咔的，鼠标都快摔裂了。

对面的王端端歪过头看我一眼，发了条微信问我，萧哥，今天怎么了？

我隔着一大堆电脑线，看见她在对面有点局促不安，回了一条，没什么，撞鬼了。

王端端是今年刚来的大学生，人如其名，端端正正，身上没多少九零后的流行病，所以一直对她印象不错，她天天萧哥萧哥地叫得热络，我忍不住帮她和公司里的一个小伙子半真半假地撮合过，没想到被她当场拒绝了，弄得小伙子很没面子。

过后她笑话我，你那么喜欢给别人做媒，当年是不是也靠别人给你做的媒？

我不回答她，而是反问，你喜欢什么样的？告诉大哥，保证帮你找到。

王端端说，也没什么特别的标准，只要人有趣、幽默、有点才、善解人意就行。

我说，天哪，这还叫没什么特别的标准啊，你这可就为难媒人了。

王端端说，假如我就看中了媒人呢？

我告诉她，这可不行，媒人可是名草有主了，眼下还不想把这根草拔出来，你们这些九零后呀，太超前了。

王端端说，你好自作多情啊。

这几年，我身边的同学、同事、亲戚、朋友，能离的差不多都离了，不能离的好像也快离了。但我和老婆之间一直没有任何要改朝换代的迹象，几乎连想都没想过。另外我看过一本谈论婚姻的书，书名忘了，但那里面有些词句很能打动我。比如书中兜售一个“婚姻逻辑”，内容大致是：没结婚的不要结婚，因为结了婚也会离婚；没离婚的不要离婚，因为离了婚还要结婚；离了婚的不要再婚，因为再结婚还将离婚。

那段话有点绕，那个作者很贫，但内容很对我胃口。

## 四

肇事的女人小 C 晚上来电话了，她说，能请你喝咖啡吗？

我说，我不喝咖啡，伤胃。

她说，那就喝茶吧，请你喝普洱。

我说，我爱熟普。

我们去了“一壶锦色”，跟其他高档的茶庄不同，装修和里面的陈年普洱一样朴素，我就喜欢这种泛着霉味的朴素。

坐下来才开始打量小 C，她三十出头，用小说家的语言应该是“面容姣好”。在本城，凡是开跑车的基本上都面容姣好。她说自己叫陈腊梅，开美容店的。

难怪她保养得这么好，油光水嫩的，答案就在职业上。

我们有一搭没一搭地闲聊着，我问她，昨晚什么急事把你忙成那样？

她沉默了一会儿说，其实很难于启齿。她的眼圈有点微红。我赶紧申明，我可不想探听别人的隐私。

她犹豫了一下说，还是告诉你吧。她说昨晚在跟踪她的老公，她的老公有外遇，而且据她侦察还不止一个。前面跟过几次，都跟丢了。她知道他外面还有窝，她要查到这个窝。昨天她从下午起就守在老公写字楼的停车场，等到傍晚，看见老公跟一个女人下了楼，驾车离开。她就跟上了，发誓这回一定要有所斩获。没想到，眼睛光顾着盯丈夫的车，忽视了别人的车，因此……就……“嘭——嘭”……

能看出来，这是个要强的女人，眉毛很浓，目光锐利，下巴长得很结实，面相上说这叫“兜得住”。典型的事业型女人。但她和我谈话的神情，又显示出她毕竟是女人，她说每回她在跟踪自己的男人时，心里面总是在疼痛，一面跟，一面哭。甚至有时候因为泪眼模糊，跟着跟着就跟丢了。

女人的绝望是真绝望，这种绝望从她的眼睛里一泻千里地奔涌出来。此时，我的“心理医生”的角色意识又开始复苏，我们开始像医生和病人那样一问一答：

你跟你老公当面谈过吗？

谈过，他死不认账，但眼神分明像小偷。

死不认账，证明他心里还有你，至少你们还有余地。

他心里有我？鬼才相信咯，他心里只有那些小狐狸精。

你总不能根据猜测就下结论吧？

怎么是猜测？那么多蛛丝马迹就是证据。

呵呵，蛛丝马迹是做不了证据的。

难道非要在床上抓到吗？唉，这次眼看就要抓到，还是出了岔子。

那你们之间还有爱吗？

没有爱了，但是有孩子。

嗯，孩子，确实是个难题。

……

跟陈腊梅喝普洱茶喝得很晚，实际上是听她的故事听得很晚。最后我只能告诉她，婚姻和爱情的游戏规则完全不同，爱情需要完美，情人的眼里容不得一粒沙子，家庭则是要靠责任、宽容诸如此类的东西来维系，否则，我敢打保票百分之九十的婚姻都得完蛋。

陈腊梅趁我滔滔不绝的空当，问我一句，你有过外遇吗？

我摇摇头，还属于空白呢。

陈腊梅突然笑起来，从轻笑转为大笑再到爆笑。

她的层次分明的笑声等于告诉我，她认为我是个空头理论家，也就等于说我给她这一晚上的分析，等于白扯。

这个城市有钱的女人不少，但她们往往幸福不多，她们能够自如地支配钞票，却支配不了爱情。这个问题，好像不是我能解决的，连我这样的“心理大师”也解决不了的问题，看来只能永远成为问题了。所以只得草草收场，回家睡觉。

喝了晚茶，回来没睡好，第二天早上却罕见地去上班。我发现这个奇怪的变化，没车以后反而能起早了，过去挤公共汽车的记忆被无意唤醒。

面对电脑，我又继续捣鼓那个邮票小型张设计。这是个邀标的项目，是我们头儿从北京争取来的活儿，能争取到设计资格实在是很不容易的事情，那么多大设计公司竞争，我们公司籍籍无名，要不是我们头儿当年给邮票公司做过几套漂亮的邮品，哪能吃到这块天鹅肉呢。

现在居然就“肠梗阻”在我手里，真是辜负了头儿对我的信任。

我在设计公司里是一人之下众人之上的角儿，头儿虽然是公司的老板，但因为是设计师出身，而且是我的大学学长，所以从来没拿我当雇员看，前几天头儿出差的时候，在公司里当着大家伙儿的面对我说，这回看你的了，相信你不会让我失望的，你从来就没让我失望过。

这回可栽了。弄不好真要让头儿失望了。

想到这里，我开始焦躁不安起来，眼冒金花，只得从电脑桌前站起身，准备去洗手间解决。对面的王端端看向我，微微一笑，我只能对她报之以苦笑，还耸了下肩，以示无奈。

在洗手间里，我弯着腰两手抱紧双腿，让血慢慢冲上脑袋，等到面红耳赤，再凑近自来水龙头，用凉水狠狠地冲击混沌的脑袋，把血液向全身疏散回去。冲了一会儿，我觉得满脑子的金花不见了，这才直起腰来。这种在厕所里解决头脑问题的方法，是我的独门秘籍，原理有点像铁匠擅长的淬火，以前加夜班的时候常常试，颇为有效。有时候腰杆一弯，脑袋充血，眉头一皱，计上心来，我觉得灵感也许就是顺着血液冲进我大脑的。

回到座位时，我满脸红光。看见微信在电脑上一闪一闪，王端端的。

她说，萧哥，别老闷着啦，晚上去吃麻辣烫吧。

我先给她一个哭脸，然后回了一条，我现在自己就快成麻辣烫了，邮票不脱手，吃啥也不香。

王端端执着地建议，要不晚上干脆去我那儿，给你做几道拿手的淮扬菜。

我回道，建议甚好，只是要等革命成功。

王端端无奈放弃，从微信上给我送了两杯咖啡，我顺手还她三朵玫瑰。

## 五

王端端的网上咖啡和正宗淮扬菜，虽然都是虚拟的，但仍然对我有不小的激励作用，我的设计方案开始有眉目了，我的好心情也开始有眉目了。

一鼓作气地在电脑上定型、着色，公司的人都走了，外面华灯初上，只有我一人在噼里啪啦地突击，又经过几次大幅度的厕所弯腰淬火，我觉得离设计成功只差一步了。

就在此时接到陈腊梅电话，她说下来吃饭吧，我请你。

我说你在哪儿呀？

她说就在我的公司楼下。

我说你真能找。

于是我就下了楼。

陈腊梅果然候在楼下的大堂里，我们去了一家西餐厅。

其实我不怎么喜欢吃西餐，那些半生不熟的牛扒，往往让我望而生畏，嫩了有血丝，老了咬不动。服务生往往会问，先生你要几成熟的，六成七成还是八成？我往往会反问，有没有六点八或者七点五的？反正就是不爱吃。加上我是左撇子，舞刀弄叉总是和别人反着来，有点别扭。

但陈腊梅喜欢，她说她是学外语的，从学生时期就爱吃，西餐让她无法忘记自己的专业。我们便刀刀叉叉地操作起来。

我想跟她说说我的保险被骗记，但她更想接着上回在“一壶锦色”的话题，讲述她和她老公的恩怨情仇。不一会儿我只能按照她的思路走，而且按照眼下的题材决定论，肥皂剧导演肯定也会青睐她的选题。于是我从上回的心理分析师沦为这回的听众。

陈腊梅说，我老公曾经是个很能吃苦的人，做外贸做得风生水起，我在他的公司里做报关员，天天跑海关。正当公司红火的时候，遇到一波原材料行情震荡，我们的一批电脑元器件，全部贬值得只剩下两成，连关税都付不起，干脆就彻底放弃了，连货都没提。加上另一批办公用品，被中间商骗去佣金后，韩国的厂家根本没接到订单，这边是追讨违约金。公司就要关门，员工走的走散的散，我也在犹豫，要不要和其他员工一样离开。因为几个月没发工资了，我想拿到工资就走，可是这种情况下等工资完全是没谱的事，就这样，我跟当时还不是老公的老板摊牌，再不发工资，我也挺不下去了。他说一星期内保证发，领到薪水你再走不迟。

陈腊梅说，为了等薪水只能再熬一星期，过了一星期没薪水也得走人。那几天无所事事很漫长，公司里几乎只剩下我和老板两个人，这一段老板的车没钱加油，一直停在车库里，他天天坐中巴上下班，白天关在里间四处打电话，晚上总是早早就下了班。我有些起疑，过去他总是晚上要加班到很晚，现在天天这样，我的工资岂不是更没希望？一天下班后，我开始悄悄跟踪老板，他连中巴也不坐了，完全步行，这样倒方便了我的跟踪。你知道，我看到了什么？

看到了什么？我也开始好奇起来。

陈腊梅小卖了一下关子，发现有了效果，就满意地继续下去。我看到他在给一个贸易培训班兼课，讲完课领了钱就走。我突然想起来，早上我进去替他收拾办公桌时，看见桌上堆满了各种培训班的小广告，这几天他在四处打电话，原来是联系去培训班讲课。我接连跟踪了三天，发现他在不同的班上兼课，有时一晚上还要赶两个班。一个星期过去了，他把我叫到里间，数给我三个月工资，他微笑着告诉我，做成了一笔业务，收了点款子，你先拿去吧。我想戳穿他，这是你的讲课费吧？但我没说出来，心里有点苦涩。

陈腊梅一口干了杯中的红酒，她总是说一段干一杯红酒，在干杯和说话之间交替着行进。我们俩一会儿就放倒两瓶法国干邑。

她说，当时拿着钱走出老板办公室，在外间又坐了片刻，我决定不走了，不是为了钱，是为了那片刻意掩饰起来的用心。公司就剩下我俩，硬是拆东墙补西墙，挺过了那一段。公司活下来了，我们也住到了一起，老板成了老公，后来有了女儿，生意也越做越红火。但是，这王八蛋……

我知道，女人只要一骂“王八蛋”，后面肯定是痛诉革命家史了。果不其然，家史就此滚滚而来。

陈腊梅开始叹气。男人有钱就变坏，这是真理。我们的公司不但活了，而且活得很好。因为那段时间，不少公司都关门不知去向了，只有我们还在维持，有时候甚至倒贴也做。等到行业复苏，老客户一下子找上门来，我们都不知道怎么对付了。没几个月公司恢复到两百人，而且还买了写字楼，这在过去都不敢想。老公也开始鸟枪换炮了，先是换写字楼，然后是换车。他跟我说，现在公司做大了，要让我享享清福了，回家里做全职太太。开始我不同意，但拗不过他再三再四地坚持，还瞎感动，就回家享清福。现在看来这是一切错误的开始。我真蠢。他岂止是换写字楼、换车那么简单，最后是换人。

陈腊梅抹了一把眼泪继续说，他招了一大批美女，说是做业务需要，其实他是自己享受。他身边的秘书走马灯似的换，一个一个狐狸精都快把他吸干了。这些倒也算了，他还在外面买了房子，弄了自己的窝，养了小的。还当我不知道。后来干脆就不回来了，每个月除了朝卡上打生活费，他就从我身边消失了，偶尔回家也像住宾馆，住几天就走。男人真他妈的不是东西。

我赶紧半开玩笑地提醒她，打击面别太宽，你老公不代表所有男人。

陈腊梅醉眼惺忪地看我一眼，说谁知道呢。

她就这么一会儿哭一会儿笑地痛诉着她的家史，语无伦次却又锲而不舍地对男人进行清算。时而清醒时而糊涂地把我错当成她的老公，她一面咬牙切齿地咒骂，一面随手掐我，我咬牙忍着，使劲掰开她鸡爪般尖利的手指，并且告诉她认错对象了。她分清之后，马上替我抚摸揉搓着手臂，流着眼泪道歉，用尽全力抱紧我，并且用嘴唇轻轻地亲我。

她说你是好人，那天一撞车就看出你是个好人，人跟人真是不一样。

我说你喝多了，咱们走吧。

显然陈腊梅是走不了了，但她坚持要走，站起来几次又摔倒几次，但我们还是互相搀扶着走到西餐厅的门口，勉强坐上出租车。她上车说了地点，然后倒在我的肩膀上睡过去。

抵达目的地，我付了车钱，架着她下了车，此时她似乎清醒些，虽然还是有点步履蹒跚，但仍然方向明确地走向她居住的楼。女人的直觉总是超常的，即使喝得走不了路，但不会迷失回家的路。这跟男人不一样，我就曾经有过大醉之后忘记自家的楼层，在电梯里睡了一夜。

所以，虽然是我架着她，但却是被她带着走向她的家。

陈腊梅的家在这幢高楼的顶层，视野很开阔，满城灯火尽收眼底。房子的装修很堂皇，每个细部都很讲究，但因为老公不回来，女儿在幼儿园全托，所以更显空阔和寂寥。

进了家门，陈腊梅变得兴奋起来，她把我按在沙发上，坚持要给我泡普洱茶。

我说你都醉成这样能泡什么？

她说那就你来泡吧。

我说我喜欢喝普洱茶，不会泡。

她说不会泡普洱茶，那你就泡我吧。

没等我把泡普洱和泡我想明白，她就扑过来，用她雪白的手臂紧紧抱着我，温热的嘴唇紧紧地贴上我的嘴唇。

我脑子一嗡，借着酒劲，把手伸进她敞开的前胸。

就这样，普洱茶还没有泡，我们就先泡到了一起。

## 六

后来我在回味那个夜晚的时候，怎么也想不起来，一切是如何开始的。

但有一个场景却记得很清楚，第二天早上醒来，我们俩赤条条地睡在卧室里的大床上。

我是被陈腊梅蹭醒的，她用头在我的胸前轻轻地蹭，卷发刺激着我的皮肤，痒痒的。我们对视了一会儿，她爬到我的身上，我们便在清醒的状态下又做了一次。这一次做爱，让我们重建了记忆。

很快我们喘着粗气分开，我仰躺着凝望头上的吸顶灯，一时还没搞明白刚才这一幕是生活还是戏剧。陈腊梅侧头看着我，突然问，你一夜没回，老婆怎么不找你？我说我老婆对我一直很放心，我是没有前科的。

这可不是假话，我有时候加班太晚了，就跟老婆说太晚不回去睡了，她也从来不说什么，更不会查岗。干设计师这行，加班是家常便饭，有时加班干脆连电话也不用打。老婆很清楚，我是有贼心没贼胆的人，工资卡放在老婆那里，每月的零花钱都从老婆那儿支，她非常像我的会计，她深深懂得在鸟城控制住了男人的钱包，就等于控制住了他的腿。我虽然跟狐朋狗友们在酒桌上比赛说黄段子一点也不落下风，但总体而言，只属于“口腔流氓”一类，没动真格的勇气和能力。这一点老婆很清楚，所以她一直很放心，至少她认为像我这样没什么钱又没什么地位的男人，是不会吸引鸟城的女人的。为此她还曾经拍着肚皮对我说，娘子我宰相肚里能撑船，你要有本事找个相好的，带来我瞧瞧。这气度立马就镇住了我，我也拍着娘子的肚皮回应，纵然娘子肚里能撑船，相公我也没船。

因为老婆的放心，我也就格外规矩一些。比如对整天对我笑口常开的九零后王端端，我起初是有一点动心的，甚至假想过搞点什么名堂，但一想到老婆的那种宽松和大度，想到王端端这个淮扬女孩虽然很可爱，但也许很难缠，所以索性把大哥做到底。但现在的女孩子很有意思，我在王端端面前越正人君子，她就越是在屁股后面黏着，仿佛跟我比耐力，好像她有把握一举擒获我。但就是这么着，我也一直硬挺着没有下水。

此时此刻，我忽然有点责怪起老婆，你昨晚怎么一个电话没有？怎么一条微信也没有？而且我加班你从不过问，莫非你忽视我这个老公，莫非你觉得我肯定是好猫，绝不会吃腥，你其实应该像中纪委监督贪官一样监督我，我自愿接受监督。这下倒好，因为你的不监督和不作为，我居然下水了。

想到此，我不免叹了口气，同时叹掉了一点内疚。

陈腊梅探过脸说，叹什么气？你是不是后悔啦？

这家伙怎么像个女特务，那么会察言观色。

我无法否认，只能说后悔有什么用，事情都做了。

陈腊梅说都怪酒。我说，对，都怪酒。

想到了是酒的责任，我们更放松了一点。然后，我们又抱在了一起。

陈腊梅说，现在我给你泡普洱茶，我要把你从生茶泡成熟茶。

离开陈腊梅的热被窝，我直接回了公司，继续收拾我的设计稿。

一旦沉浸在那个没完没了的设计稿里，我又把一切抛诸脑后。

小型张在着完色后，自我感觉还不错。几个同事围过来看了，一致认可，都说这回应该 OK。

尤其是王端端，一个劲儿说，萧哥真棒，通过了就犒劳一顿淮扬菜，而且亲手做。我说你那顿淮扬菜一直激励着我呢，还是先留一留吧，没准儿还能激励出更多的创意，如果留上几年，说不定能激励出个大师。

王端端一撇嘴，美得你，再留下去，你就吃不着了。

设计这活儿，没想法的时候一点没辙，有了灵感，挡也挡不住。

我的天空又开始阳光灿烂。

## 七

当夜晚来临的时候，阳光就不那么灿烂了。

不灿烂的原因是，东窗事发了。

起因是晚饭后，我洗完澡，拿起衣服习惯性地朝洗衣机一丢，正准备按操作程序摁动按钮。老婆走过来望了我一眼，淡淡地问了一句，昨晚在办公室睡得好吗？

我说还行。

老婆又问，你的胳膊咋了？她用嘴朝我的相关部位努了努。

我低头一看，糟糕，胳膊上一道道青紫，这是昨晚陈氏鸡爪书写的印记。

我嘟囔着，这是怎么回事？难道有人企图谋害我？

我嬉皮笑脸地争取过关。就这短暂几秒钟的思维短路，等于把答案告诉了老婆。我低头摆弄着洗衣机，手臂上的青紫印痕如同象形文字，老婆是考古学家，已经读得明明白白。在阅读这种类型的象形文字上，女人天生比考古学家强。

老婆阴冷着脸，好啊，你进步了，那个人是谁呀，说出来我听听？

我说，哪有啊。抵赖得软弱无力。

哼，胳膊上不都写着嘛，敢做不敢当啦？

老婆的柳叶眉开始竖了起来，最终柳叶眉竖成了柳叶刀。

眼看一味投降的路线换不来局面改观，我开始琢磨防守反击。

我说，胳膊上这几道印子能说明什么呢？同事之间就不能开个玩笑啦？平时也没见你这么关心我呀，今天倒知疼知热了。

老婆大人毕竟技高一筹，对我这点小伎俩完全不在乎。哎哟，你们同事之间倒是知疼知热哈，亲密无间哈，男同事女同事啊？没事有朝胳膊上拧的吗？哄小家伙去啵。老婆撇着嘴冷笑。轻而易举地打垮了我这种豆腐渣式的防守反击。

鬼使神差，手机此时突然响起，我一瞥眼，正是陈腊梅，我不能接这个不合时宜的电话。手机一遍遍地唱着："爱就像蓝天白云，晴空万里突然暴风雨，无处躲避，总是让人始料不及……"真是手贱，前几天刚刚从抖音上下载的，这铃声一阵紧似一阵地执着。

老婆冷笑着说，你倒是接呀，怎么不接了？不是亲密同事吗？接呀！老婆的话让我想起日本电影《追捕》里的台词：杜丘，多么蓝的天哪，一直朝前走不要朝两边看，你就会融化在蓝天里，你跳下去吧，怎么不跳呀？

杜丘终究没有跳楼，我终究没有接电话。

老婆冷哼一声，一甩手进了卧室，嘭的一声关了门，我知道我们家的过去一并关掉了。

手机不唱歌了，改成叮叮咚咚的微信声。

陈腊梅居然也跟老婆一个腔调，怎么不接电话？

我回了一条，正忙着呢。

她又发一条，忙什么呢？亲爱的，我想你了。

我又回一条，在忙着赶设计稿呢。

她又发一条，在哪儿赶呀？

我又回一条，在办公室。

她再发一条，刚去你办公室，没人。

我再回一条，这不刚回来嘛。

她立刻顺竿爬，太好了，我就在你家楼下。

我半信半疑，不会吧，你怎么知道我家地址？

她得意了，这点小本事对于女人不算什么，不信你朝窗下看。

我没再回微信，悄悄踱到窗前朝下窥去，发现路边的灯柱下，果然站着陈腊梅，穿着低胸连衣裙，正仰脸朝上看。

她叮咚着问，你住多少楼？我能上来吗？

我嗖嗖地回，不能上来，这里正在战争中。

她发，那要不要我来帮你呀？

我回，你不加入还是常规战争，你一加入就是核战了。

她发，那就核战呗。

我回，千万别，还是和平万岁吧。

她发，你跟老婆和平，就不怕我跟你核战吗？

我回，别介。

她发，那就去我那儿。我今晚还要你！

我回，姑奶奶，别逼我行不？明天我去找你好不好？

她得意地发了两个大笑的表情包，好吧，放过你，明天不找我跟你没完。

陈腊梅仰脸朝上面望过来，虽然相距甚远，但我能准确地感觉到她脸上的满足。她的影子在楼下示威似的飘了两圈，总算从路灯旁缓缓消失，我站在阳台上，长出一口气，心烦意乱。

## 八

我在客厅的沙发上挨过狼狈不堪的一夜。天一亮没等老婆起床，便逃也似的出了门，我想去和陈腊梅了结这件事情。我想好了，我会告诉她这一切都是一个误会，一个被酒精主导的误会。我不是她需要的那种男人，我也不想赔上一个家。

我打了个滴滴快车去陈腊梅的家，一路上在心里默诵着准备好的词，仿佛是去参加一个演讲比赛。

摁响电子对讲门禁之后，陈腊梅懒洋洋的声音飘下来，一猜就是你。

我走出电梯间，再次进入那个房子，还没回过神，便被陈腊梅一把箍住，她哭着说自己一夜没睡觉，怕我出事。我一边挣脱，一边说门还没关呢。

陈腊梅用脚一钩把门关上。我的演讲词还没来得及出口，便被她的嘴堵上了，她疯狂地吻着我，她的眼泪打湿了我的衣服。她的长发散了，覆盖着我，在她滚热的身体的重压下，很快一场情欲之火把我的演说烧得无影无踪。其实在床上，男人有时候是被动的，他们的身体常常会凭直觉替他们做选择，以至于他们所干的和他们所想的并不一致。英雄难过美人关，难就难在过性的关，这是男人的致命弱点，陈腊梅恰好抓住了这个弱点。

我们大汗淋漓地纠缠在一起，陈腊梅气喘吁吁地发出咝咝的呻吟，这呻吟裹挟着热乎乎的气息吹向我的全身上下，我承认这种咝咝的呻吟对我具有极大的杀伤力，在她忽高忽低的咝咝声中，我在她的身体里井喷了，像火山爆发。

这才想起，我在妻子身上已经很久没有这种喷发了，我们每天睡在床上，像两个老友一样对话，滔滔不绝却没有任何的肉体欲望，床第对我们已经不构成某种暗示，只纯粹是个解决睡眠的地方。更多的晚上，是我面对电视，用遥控器一遍遍不厌其烦地来回搜寻，在一无所获后走进卧室，此时妻子已经走进梦乡。我们渐渐都很习惯这种夫妻的常态。

陈腊梅扳过我的脑袋，说你在想什么？我说什么也没想。她说你是在想你老婆吧？我说是。我问她你跟你老公究竟怎么回事？你们怎么走到一起的？

陈腊梅叹了口气，她说我们其实很早就认识了，上次跟你说的是后半段，现在再告诉你前半段。

她说，我和老公是注定要完蛋的，从第一天认识起就注定完蛋。当时我才十八岁，刚刚是大一学生，他是学校的助教，虽然不教我们的课，但经常到我们的教室听课，也许是为以后的讲课做准备吧。起先我根本没有注意他，长得老土老土的，不像外语系的人。

我们认识是因为一个意外。一天下课，他走到我的座位旁，对我说你留一下。我很奇怪，虽然隐约知道他是我们系的老师，但我们毕竟从来连话都没说过。别人都走了，他拿出一张纸给我看，我刚看一眼，脸就白了。那是班上一个男同学给我写的情书，话有点露骨有点火辣。他绷着脸严肃地对我说，你要知道大学新生谈恋爱是要受处分的。我很害怕，当时的大学可不像今天谈恋爱像喝凉水，辅导员、系主任逮着机会就警告我们不要玩火，不要拿自己的学业前途开玩笑，有两个同学因为过于亲密，被当众检讨过好几次。当时我想如果换成我，还真不知道脸往哪儿搁。我一边害怕一边恼火，别人的情书怎么截留到你手里的？但不敢问。他告诉我，只有两种选择，一种是明确回绝他，这件事就算过去了。另一种是他把字条交给系里，后果嘛……他冷冷地笑，也不明说，但我知道那个结果，而且赔上的是两个人。所以，我只能选择第一种。他监督我写了一张字条，让这件萌芽中的事情蔫了。现在想想我都觉得奇怪，当时怎么就真像做贼似的写了那个字条，鬼使神差地把一件莫须有的枷锁套到头上。

毕业许多年后，我的另一个同学告诉我，那个男同学当时被狠狠修理了，武器当然是我的字条了。他被告知字条是我交给助教的，助教作为老师必须义正词严地教训他，而且警告他不要接近我，否则这张字条将会交到系里。这张字条，轻易地控制了两个年轻的大活人，让我们俩一直分隔在两岸。大学四年，这个男同学对我都没有正眼看过。毕业后他出国留学了，但对我的怨恨一刻未消。当然这都是后话了。

此后，助教就开始找各种借口跟我谈话，但说实话，我很怕他。到三年级，他成了我们的语音辅导课老师。期中考试结束，他让我帮他改试卷，我在他的宿舍里埋头忙活。记得很清楚，那是个夏天的夜里，闷热不堪。我在专心地改卷，突然发现身子一紧，我被他从后面抱住了，我说不要，他说没关系的。他一向铁青的脸此时舒展开了，他的笑让我觉得陌生。他一只手伸进我的胸口，另一只手摸向我的下身。而我在挣扎中成了一摊面条。

陈腊梅一边说，一边又开了一瓶红酒。我趁机调侃了一句，你老公很会以权谋私啊。

陈腊梅说别打岔，他毁了我，临近毕业时，我怀孕了，我们的关系也迅速被学校察觉，他为此背上了处分，我也被严重警告。后来他帮我处理掉肚子里的东西，我们离开了大学，干脆来了南方。在那个时代，很多人在遇到一些棘手问题的时候，都会有一个选择：去南方。

陈腊梅开始流泪，一边流泪一边继续说，现在这个狗东西没心没肺，在外面包了二奶。她去银行查了账，丈夫把家里的资产都转走了，只给她留了这套房和那个勉强维持的美容店。他们是彻底完了，但她不甘心就这么完，发誓要让老公受到惩罚。

我劝她不必如此，实在不能一起过，也要好聚好散。她瞪着我，像瞪着她老公，她说你们男人都他妈一样，没好东西，你要以后这样对我，我也不会饶你。听了这话，心里咯噔一下，我说我们还没有开始呢，也许就到此为止吧。

陈腊梅一把揪着我的头发，我把我都给你了，你居然还没开始？

我掰开她的手指，你不是外语系的，是体育系的，特喜欢动手。

她冷哼一声，你别贫了，你要背叛我，我会杀了你。

说着话，她用手掌作势朝我的脖子砍过来。

正是这隔空劈来的一“刀”激怒了我，我啪的一声打开她的手，像狮子一样吼了起来，你以为你是谁？你是我情人吗？你是我老婆吗？你现在就想彻彻底底地支配我，假如我们真的在一起，还不知道会怎样呢。你口口声声说你老公的不是，你不检讨一下自己？如果我是你老公，我也会吓跑的。

我吼完了，开始穿衣服，陈腊梅一把抱住我，说刚才错了，她不应该这样对我。她说她对男人已经不再信任。

我说你如果仇恨所有男人，你会被自己的仇恨杀死的。

我朝陈腊梅扔过去这句话，站起来走出了她的卧室，穿过她的走廊，在她的客厅里找到自己的鞋。然后走到了大街上。

## 九

我去修车厂提车，仍然选择了走。突然发现其实没车也挺好，至少可以边走路边想事。以前我的很多设计构思，都是在上下班路上形成的。但在我开车以后，就失去了这种边走边想的乐趣，因为开车是无法思考的，除非想出事。

走进修车厂，一眼看见并排放着的红、白、蓝，少了一辆。师傅说，那辆蓝车前天已经提走，你们俩好像都不急着拿车。

我去结账时，收银台小姐说刚刚接到陈女士电话，她交代说你的车没买保险，她愿意替你付，你只管开走就行了，把单子留下让她来结。

我说，不，她弄错了，我的修车费必须我来结。

我这人从来不想欠谁。

收银小姐虽然有点困惑，但也不太坚持，对跟钱打交道的人来说，一般都不会拒绝收钱的。

付完款，我重新坐上分别一星期的车，这里摸摸，那里看看，有一丝温情缓缓上升。我打开汽车音响，点燃一根烟，仰靠在座椅上抽起来。

开车回到家，老婆已经出门了。桌子上放着一张字条，写着两行字：

萧一诺，从今天起，我搬出去住。

你跟你的那位要真的难以分开，我准备让位，不会影响你的美好生活。

我一看，傻眼了，嘿，老婆跟我玩真的了。打老婆手机，关机。

字条的旁边，是我的银行卡，一直归老婆保管，这回老婆不管，还真有点不习惯。男人是贱骨头，有人管不舒服，没人管又很失落。想起当年有个人讨厌有单位管着，可是一旦没有领导来跟他谈话，他反而忧心忡忡，每天自己在家写思想汇报。最后领导一直不找他，他得了抑郁症。

我现在理解他了。当我们家的领导不再管我，我理解那个病人了。

一个人在家里憋着，想等老婆一个责骂的电话而不得。

等到晚上，情形没有丝毫改变，但我毕竟还是需要我的老婆领导，于是决定去寻找老婆。

我记得老婆以前跟我隐约说过他们单位的宿舍，印象虽然模糊，但也聊胜于无。找到地方再说。

我下了楼，天已大黑。

开车朝着隐约的方向驶去。

但我那天找到深夜，硬是没有找到老婆单位的宿舍。这个城市每时每刻都在变化，一个星期不出门，完全有迷路的可能。人与人之间靠一个手机维系着，确切地说，靠一串数字维系着，记错一个号码，很可能意味着一个朋友被从此勾去。

没想到这事会发生在我的身上。

我第二天天一亮，我继续寻妻。我打算三天内找不到老婆的话，我就得报 110，好像 110 什么都能找到。

不承想刚一上路，又遇上塞车，我习以为常地慢慢跟着大部队蠕动。

漫长的蠕动，我的车终于要过那个瓶颈，按我的经验，毫无例外地是一起事故。伸头望去，发现远处确实又是几辆车发生了碰撞。

我前面的几辆都小心地绕了过去，我也格外小心地绕过去。

在和两辆追尾的事故车擦肩而过的时候，我不经意地瞄了一眼，只这一眼，让我倒吸一口凉气。

两辆中的一辆，是部红色的跑车，号码很吉利，尾数三个 8。

我清楚地看到在马路上，陈腊梅在笑容可掬地向前面的车主解释，那个车主像我那天一样脸上写满不耐烦。

我小心地驾车绕过那辆红色跑车，绕过陈腊梅。

希望我能早一点绕过追尾的现场。

从倒车镜可以看到，陈腊梅和那个车主拿着手机重叠在一起“扫一扫”。

**胡野秋**，文化学者、作家。曾任凤凰卫视《纵横中国》总策划、香港卫视《东边西边》首席嘉宾，中国传媒大学南广学院客座教授、深圳大学城市文化研究院特聘研究员。出版有《胡腔野调》《冒犯文化》《六零派：文学对话录》《闲人，书生活》等。导演电影故事片《爱不可及》、纪录片《触摸》等。

# 冤家路宽

——

王昕朋

一

陈书记，亮亮叔，你们看，那边又有人盖楼了！何东东指着一河之隔的二陈家村嚷嚷。

何文革一屁股坐在河堤上，失望地叹了一口气，这些天净看对岸盖新房娶新娘，鞭炮响礼花放的。同饮一河水，同吃一方粮，人家收入就比咱高，生活就比咱强！

哼，还不是争来的……何东东不服地说，要不是亮亮叔心慈手软，我带几个兄弟晚上摸过去，一夜把他们银杏树剃光。

何文革顺手从屁股旁边捡起一块土坷垃，朝儿子瞄了瞄，原想砸在他身上，最后砸在了他腿上。何东东跳了起来，爸，你干啥？那边的人拿针扎你的心，你还挂念着你那老情人？人家早不在二陈家村了，在省城跟她女儿过。你这就是单相思——

何东东没说完，何文革已经从地上爬起来，扯下脖子上的毛巾要抽何东东：你小子有本事就跟人家公平竞争，老想着阴人家，那是小人做的事！

陈亮亮伸出胳膊拦住何文革。他瞪了一眼何文革，又瞪了一眼何东东，不耐烦地说：你们爷俩还嫌我不够烦心呀？去，要打要闹回你们家去。有能耐你们爷俩把自家房子拆了，或者一把火给烧了！

何文革咳嗽几声，倒背着双手，脚步蹒跚地走了，一边走还一边摇头，嘴里低声嘀咕着。

何东东凑到陈亮亮面前，递了一支烟给他，又给他点燃了火，嬉皮笑脸地说：陈书记，您也别生气。我正在想办法让二陈家那边出点事。不管怎么说，咱大陈家让二陈家给比下来了，您老人家脸上也没光。

陈亮亮阴沉着脸，两眼直直地望着二陈家村口，好像没听见何东东的话。

何东东见他目光专注，也顺着他目光的方向看。他个子比陈亮亮矮些，只好踮起脚尖，伸长脖子。两个村之间就隔一条十几米宽的河，再过去百十米就是二陈家村口。所以村口的情景看得清清楚楚。何东东看见对面村口停了一辆考斯特，从车上下来几个黄头发的外国人，陪同外国人的是县政府最年轻，也是分管农业的女副县长林晓。在村口迎接的是二陈家村委会主任陈晨。女副县长昨天陪同那几个外国人到大陈家村考察过。何东东脱口而出说：陈明明、陈晨太过分了吧，到咱嘴里抢食了！我过去给他搅黄。咱大陈家村吃不进嘴里的肥肉，他二陈村也甭想独吞！

陈亮亮指着何东东骂道，你小子别动坏心思。你爸骂你骂得对。这么多年我和陈明明都是正大光明地竞争，我没阴过他，他没黑过我。

何东东站稳后说，亮亮叔您这话就太、太那个……

陈亮亮问：哪个？

何东东答：太谦虚了吧！本来县里银杏示范园应当归咱大陈村。您在村民大会上都郑重其事地宣布过了，我带着村民拼命给您鼓掌。要不是他陈明明暗中捣乱，怎么着也不能花落二陈家村！还有，咱大陈家村银杏果加工比二陈家村起步早、质量好、名气大，要不是陈明明从中作梗，怎么也轮不到二陈村跑咱们前边；还有……

陈亮亮皱了皱眉头：你小子有完没完，你说这些无怪乎猜测、怀疑，有本事拿出真凭实据来呀！

何东东一时回答不上来，抽了几口烟，想起句激将的话来：反正二陈村跑咱前边，陈明明骑在您脖子上，我心里难受。说着，他朝地上一蹲，假装抹起了眼泪。陈亮亮一看，拍了拍他的肩膀，挨着他坐在地上，望着一河之隔的二陈家村沉思起来。

大陈家村和二陈家村一河之隔。上个世纪七十年代之前，两个村是一个生产大队。大陈家村的人口比二陈家村多出几百人，分为四个生产小队，而二陈家村只有两个生产小队。那个时候是人民公社制，利益分配也搞平均，尽管小队与小队之间也有些矛盾，还没到针尖对麦芒的地步。实行联产承包责任制以后，两个村村民经常因为用水问题发生纠纷，从开始的几家几户吵嘴，逐渐发展到一群村民起争执，严重时甚至动了棍棒，县公安局出动警察前来维稳。县里也派工作组前来调查、取证、调解。当时分管农村工作的副县长和稀泥，提出将一个大队分为两个大队，后来又改成两个村。没想到这个办法不灵，两个村关系越来越僵，矛盾越来越深，最后发展到相互不再往来。大陈家村毕竟占有一些优势，当年大队办的村集体企业在大陈家村里，分家时二陈家村只分到了一部分现金。前些年，大陈家村的经济比二陈家村好，村民收入也更高。改革开放后农村第一批老草房换砖瓦房，大陈家村几乎家家户户换了新房，二陈家村换新房的却寥寥无几。那些年大陈家村的村民自我感觉日子舒坦，见了二陈家村的人有意识地昂首挺胸。二陈家村的人明知赶不上大陈家村，也自觉地不和大陈家村争，但内心里却极不服气。

分家以后，两村关系日渐淡薄，甚至发展到了两村的青年男女恋爱都受影响。何文革与二陈家村的陈蒙蒙就是典型。何文革和陈蒙蒙二人同在县城中学上学，高三那年开始恋爱。可是双方的父母都强烈反对。两人高中毕业后，为了躲避家人的干扰，一起到省城打工。何文革的父亲、陈蒙蒙的母亲追到省城，一个以断绝父子关系威胁，一个以自杀要挟，硬是把两人给拆散了。两个村子之间矛盾到了水火不容的境地。只要提起这两个村，附近村民都直摇头叹息：那是一对冤家！

陈亮亮从部队退伍回到村里，不久接替老支书担任了大陈家村村党支部书记。二陈家村的陈明明听说以后，卖掉在县城开的公司，回到二陈家村竞选上了村委会主任，两年后也担任了村党支部书记。这二人辈分相同，又是同年生人，孩童时代经常一起光屁股玩耍，相处得如同亲兄弟。后来，父辈之间有了隔阂，来往少了，两个孩子并没受太大影响。陈亮亮当兵时，陈明明还专程到部队看望过他。他回乡探亲时，还在县城陈明明那里住了一晚上。可是回到村里，分别担任两村村党支部书记以后，因为两村之间的利益之争，再加上二人都是好强的性子，慢慢地也少了往来。

陈亮亮上任后前几年，由于村经济基础好，加上他敢想敢干，经济收入、村民收入、社会治安年年都在全镇排名第一。大陈家村两年前就摘掉了贫困村的帽子，一跃进入先进村行列，二陈家村却至今戴着贫困村的帽子。渐渐地，陈亮亮飘飘然了。他让何东东等人把原先立在河边的大幅标语牌上两行字“大陈二陈银杏之乡，脱贫致富奔向小康”，改为“银杏之乡数大陈，银水河畔小康村”。原来那两句打油诗是老县委书记所写，他这一改，引起二陈家村民的反感。

大陈家村、二陈家村都以种植银杏闻名。据考证，这两个村种植银杏的历史可以追溯到一百多年前。在银水河畔，百年银杏树不少。陈亮亮前任村党支部书记，私下挖了几十棵百年老银杏树，有的送给县里官员种在别墅中观赏；有的以高价卖掉中饱私囊，被村民告发后锒铛入狱。银杏除了极高的观赏价值，还浑身是宝。树叶可以制作成茶叶，而银杏果则兼具食用、药用价值。在市场上，银杏叶茶和银杏果深加工的产品都是抢手货。可大陈家村和二陈家村的村民过去却守着银杏这“摇钱树”挨饿，主要原因是没有搞银杏深加工。先前，村民一棵银杏树每年收入也就百十元。到了银杏树产果期，把银杏果摘下来往口袋里一装，几家拼辆车拉到镇子上摆摊，卖不上好价钱。至于银杏叶子，村民任其落在地上雨淋水泡后化成肥料，至多拉回家里当柴草用。陈亮亮担任村党支部书记后，把银杏产业当作大陈家村的支柱性产业来抓。他支持何文革和几个村民办了个银杏加工厂，生产银杏茶叶和银杏果，解决了银杏使用效率低的问题。几乎同时，二陈家村也办起了银杏产业公司，陈蒙蒙任董事长，同样从事银杏产品的深加工。两个村子从过去的生产竞争，转为了市场竞争。竞争扩大到了商标问题。两个村同时向工商部门申请注册“银杏康”商标。陈亮亮大为光火，认定村里有人与二陈家村暗中勾结，决定进行调查。查来查去，怀疑是何文革把“银杏康”的品牌透露给了陈蒙蒙。陈蒙蒙一气之下辞去二陈家村银杏联合经营公司董事长的职务，到省城女儿家住去了。陈明明十分恼火，与陈亮亮的矛盾由此更加深了一层。

两个村围绕银杏树王之争也日益激烈。银杏河的两岸上，分别有一棵上了年纪的银杏树，而且长得极为相似，仿佛一对双胞胎兄弟。两个村都说长在自己这边的是树王。在陈亮亮看来，这不仅是一棵树的历史先后之争，更关系到谁家的银杏树更正宗。他一连跑了十几趟县地方志办公室，搬出一位退休多年的“老县通”，旁征博引为大陈家村村头那棵百年银杏树“正名”，说还是在大陈家村、二陈家村只有两户人家时，陈姓先祖就种下了这棵银杏树。没想到他的文章在市报上一登出来，引起全县甚至全市一片哗然，纷纷指责他拿钱替人捉笔，晚节不保。一位县中学老教师，以明末清初时任本县县令在开挖银杏河时（当时还没有大陈家村、二陈家村），即兴所作的两句顺口溜“银杏河畔银杏王，一树成林遮半阳”为例反驳“老县通”。没想到，这一下把银杏树王的历史大大提前，更加剧了两村银杏树王之争的矛盾。让陈亮亮感到奇怪的是，这一年多的时间里，二陈家村那边不再提银杏树王的事了。

亮亮叔，天不早了，咱回吧！何东东打断了陈亮亮的沉思，这两天我想法儿摸摸那边的底，看看林晓带外国人到二陈家村干啥的。

陈亮亮问：听说林晓和陈晨是省农大校友？

何东东哼了一声，那又怎么着？林晓的老公和我还是表兄弟呢！亮亮叔您老放心。要是有什么好事，我就是不能整个过来，也保证抢一大半。

陈亮亮没吭声。

何东东又说，毕竟咱大陈家村是正宗的银杏树王之乡！等几天咱那个宣传画册印出来，省市电视台的宣传片出来，咱大陈家村的银杏树王之乡谁也别想夺去了！

陈亮亮皱了皱眉头：这几天病虫害来势不小，你和村委几个人多上点心。

何东东点着头说，放心吧亮亮叔，老毛病，没什么大惊小怪的，已经用上药了。

陈亮亮轻轻地摇摇头，没有吭声。

## 二

说实话，我对树王之争毫无兴趣！陈晨开门见山地对副县长林晓说，包括“银杏康”品牌之争，我早已放弃了。

陈明明在一旁点点头。

林晓问：为什么啊？

陈晨说，我们都没那个时间和精力。别的不说，就说去县城一趟来回得耗去大半天工夫，约人、等人、谈话，如果被找的人有事，一等就是半天。要是去省城呢，就是坐高铁来回也得一天。后来我想了想，与其花那么多精力、时间、经费争个树王、品牌，不如踏踏实实做出消费者喜欢的好产品。

林晓赞许地点点头。三人刚刚送走一拨外商，站在村口路边上聊天。他们的身前身后，都是银杏树林。一阵微风从林中吹来，挟带着成熟的果香和幼苗的稚气，给人一种清新的感觉。林晓不由赞叹说，这银杏之乡的空气都养人！一边说，她一边走进幼苗林。林地里，有几个年轻人一边看着幼苗，一边用手机拍照，正嘻嘻哈哈地说着什么。林晓马上就明白，这几个年轻人在视频对话。她觉得好奇，走到一位戴眼镜的年轻姑娘身边看了一会儿，问道：姑娘，你这是在和谁视频呀？戴眼镜的姑娘头也没抬，依旧兴致勃勃地和对方聊天：阿姨您看看，您的这个小宝贝吃得好，睡得好，长得好，个头比周边的都高出半头了。您再来，也许认不出它了呢！

陈晨嫌那姑娘不礼貌，背后轻轻拍了拍她的肩膀：甜甜，林副县长问你话呢。

甜甜头也没抬：看不见我正忙着吗？让她等一会儿。

陈晨不好意思地冲林晓笑了笑。林晓没在意，笑眯眯地站在一旁看着。

陈晨主动向林晓做了介绍，甜甜是我姐的女儿，刚从省农大毕业。

林晓说：哟，咱校友。

陈晨说：她和几个同学自主创业，办了个农业互联网公司。她们把结果的银杏树和幼苗都起了名字，上了网，让省城、市、县城的市民在网上监督成长过程，包括浇水、施肥、病情治疗、剪枝、嫁接、采摘、银杏系列产品制作加工、包装，直到物流信息全都公开，我们二陈的万棵银杏全都在网上。

林晓听了很感兴趣：这么说你们的银杏产品不愁卖不出去了？

陈晨突然压低了声音，不是不愁卖不出去，是根本就供不应求。实话和你说吧林副县长，我们和周边几个种银杏的乡村都签了合同，他们的银杏果都供应给我们，由我们统一加工、统一销售。

林晓问：包括大陈家村吗？

陈明明的脸又红了，假装没听见，低下头看甜甜与省城客户视频。

陈晨摇摇头，正要回答林晓的问题，甜甜突然直起腰，对林晓说：我们和大陈家村老死不相往来。二陈家村的村民就是到几十里几百里的地方买银杏叶、银杏果，就是每公斤加几元几十元也不肯要他们的。

林晓一怔：这是为什么呢？

甜甜看了一眼陈晨，又抬头看着林晓说：都是老皇历了，也可以说成地方习俗。

林晓眼睛里充满了问号。

甜甜说：纵然你是副县长，也违背不了市场经济规律。

林晓哈哈笑了：那我问你，市场经济规律有要求舍近求远？

甜甜理直气壮地回答：他们太霸道，欺负人。我姥姥就是被那个陈亮亮、何东东给气走的。

林晓问：市场经济规律有生气就不往来这一条吗？

甜甜一下子答不上来，赌气地昂着头：反正我明明姥爷不和他们来往，我姨不和他们来往，我更不敢和他们来往。

陈晨说：好，不来往。你快去和下一家视频吧。一会儿天完全黑下来，视频就看不清楚了。

甜甜到一边去忙活了。陈明明大概怕林晓再提二陈家和大陈家的事，借口村里有事也告辞了。陈晨陪着林晓边走边聊，来到银杏河畔。河面上，落日的余晖还没散尽，仿佛一河碎银子。河两岸那两棵高大茂盛的银杏树倒映在河面上的影子肩并着肩挨着，一副难舍难分、相亲相依的样子。林晓看了好一会儿，才对陈晨说：多好的一对兄弟呀！

陈晨听出林晓话中的深刻含义，想了想回答：本是同根生，可是性格不合，追求不同。

林晓说：陈晨呀，性格不合这点我同意，可你说追求不同，我不敢苟同呀。咱也不用拐弯抹角表达了，直话直说吧。你说大陈家村的支部书记陈亮亮、村委会主任何东东和你们争树王也好，争品牌也罢，目的是为了什么？

陈晨回答：亮亮叔从小就争强好胜的性格，什么事都喜欢当大爷。明明叔和他偏偏相反，你愿当大爷你去当，我反正不比你矮一头。何东东呢，和他爸何文革又是两个不同性格的人。何文革是你好我好大家都好，何东东是我不好你也甭想比我好……

林晓说：陈晨，我希望你正面回答我。

陈晨无可奈何地说：他们就是想把我们二陈家村比下去。

林晓沉默不语。

陈晨说道：上个月，何东东请来省、市电视台的编导，大张旗鼓地拍什么电视宣传片，折腾了好几天，非说他们那边的银杏树是树王，说他们的银杏产品比我们二陈家村的口感好、营养成分高，分明要把我们踩在脚下。明明叔这回也忍不住了，要去和他们说道说道，被我劝住了。我说他们折腾他们的，咱干好咱自己的事。

林晓问：你是说网上销售？

陈晨答：不光是网上销售，我们还搞网上幼苗栽培、网上产品加工……刚才甜甜就是和省城一家农产品商场老板视频，让人家随时可以监督。

林晓笑了，大陈家村无论怎么搞，目的是扩大市场宣传，扩大销售，脱贫致富，富村富民，让老百姓口袋鼓起来。你们二陈家村也是这个目的。陈晨呀，你说追求的目标是不是相同啊？

这回轮到陈晨沉默了。

二陈家村这二年在银杏河文化建设上下了不少功夫，投入一些资金。河堤上建了小广场，有健身器材、广场舞舞池、儿童游乐设施，每天晚饭后有不少村民到这里休闲娱乐、锻炼身体。虽然到了做饭吃饭的时间，还是有几个老奶奶带着孙子孙女在玩耍。林晓拉着陈晨在一张连椅上坐下，想进一步劝说她。陈晨非常敏感，不等林晓开口就把她的话堵了回去。她说：林副县长，我的好林姐，人家大陈家村已经摘掉贫困帽子了，我们现在还在脱贫攻坚。我们要是拉着和人家合作，人家还以为我们想沾光占便宜。从我们自己来说，你连贫困帽子还没摘掉，万一拖累人家返贫那岂不是罪过！

林晓心想再说下去恐怕会适得其反。所以，她转移了话题，问陈晨：现在就咱俩，我既是你的校友又是大姐，怎么样，能不能给我透露一下你的个人问题。

陈晨轻轻打了下林晓的肩膀，不好意思地说：我在竞选村委会主任的会上，就向父老乡亲立过誓，二陈家村一天不摘掉贫困帽子，我陈晨就一天不考虑个人问题！林姐，这是承诺，是誓言，能违背吗？

林晓摸了摸陈晨的脸颊：哟，发烫呢！不好意思了？

陈晨亲热地搂住林晓的腰，把头放在她的腿上。

林晓慢慢捋着陈晨的长发。借着旁边路灯的光亮，她突然发现陈晨头发中有一丝白发，疼爱地说：陈晨呀，要爱护好自己。我记得明天过去，后天就是你三十岁生日，对吧？

陈晨一下子坐起来，激动地握着林晓的手：姐，你是副县长，不知比我忙多少倍，还记得我的生日？

林晓平静地回答：我分管脱贫攻坚，全县几十个贫困村的领导、贫困户户主包括他们的孩子的生日我都记着呢。何东东比你大一个月……

你怎么又提大陈家村的！陈晨有些不满，我一听“大陈家”三个字和他们村的人名，浑身上下都起鸡皮疙瘩。

哈哈哈，太夸张了吧？笑罢，林晓起身告辞。陈晨知道公车改革后，林晓下乡一般都坐公交车。她要用自家车送她，被她拒绝了。去公交车站的路上，林晓问陈晨，你们二陈家村今年摘掉贫困帽子看来是大有希望吧？陈晨故作神秘地说：现在还得保密。林晓问：怕你们的竞争对手知道？陈晨说，怕他们的心脏受不了！林晓点了下陈晨的额头，半是认真半是玩笑地说：贫困帽子要摘掉，新娘的花冠也要戴上啊！

陈晨回到家里，甜甜和几个年轻人正围在一起。甜甜见她回来，捧着手机给她看上面的信息，不满地说，小姨你快看，大陈家村又跟咱对着干上了。陈晨已经习惯了，满不在乎地说，要是跟他们计较，那咱天天吃气都吃饱了。甜甜说这回不一样，他们对咱的客户说我们是在他们的苗圃里直播的，这不是造谣中伤吗！一个年轻人接上说：这回有证据了，咱可以告他们。可是，明明爷爷不让我们告。甜甜气愤地说，明明爷爷这辈子真窝囊，看着大义凛然、一身正气，怎么对大陈家村就没了脾气？他要是对大陈家硬棒一点，我姥姥也不会辞职不干……

别这样评价长辈！陈晨打断甜甜：你又不了解情况，哪能听风就是雨呢？

甜甜噘着嘴，扭过头干她的事去了。刚才接她话的年轻人却不服气地说，何东东在微信朋友圈里吹牛，说他们今年要上马银杏胶囊生产线。哼，他压根儿不知道，咱二陈家村第一批银杏胶囊马上就要在省城超市与消费者见面了！

甜甜头也没回地叮嘱说：你可别光顾着高兴，不小心泄露了咱的商业机密。

那个年轻人说，还商业机密呢，今儿二陈家村就有人到大陈家村收银杏果……

陈晨没听她们往下说，火急火燎地拔腿就往外走，到了门外又回头对甜甜说：你们吃饭别等我了。

## 三

陈亮亮耐着性子听何东东说完二陈家村生产银杏胶囊的事。

什么时候的事？陈亮亮问。

何东东如实地回答：亮亮叔，我也是刚知道。是二陈家村的人来咱村收购银杏果，不小心说漏嘴的。

陈亮亮铁青着脸，又问：你是聋了还是瞎了？

何东东小心地回答：亮亮叔，我这不是忙着给树王命名、商标注册、拍电视宣传片的事，没顾上那边。他看陈亮亮的脸色不对，又补充说：对了亮亮叔，我还请了咱省拿过大奖的美女歌唱家为咱演唱村歌……

砰——陈亮亮拍了桌子，你弄这些事有屌用！然后，指着何东东的额头一顿臭骂，你小子就知道整这些虚的。银杏树王石碑立起来了，电视宣传片拍了，商标也注册下来了，钱扔出去几十万，好处呢？实用吗？

何东东委屈地说：亮亮叔，我，我这还不都是照您指示办的。

陈亮亮像泄了气的皮球，扑通坐在椅子上，一边喘着粗气，一边摆着手说：好了好了，我问你今年咱大陈家银杏果产量跟去年比增长多少？

何东东故意沉吟了片刻，好像在心里默默算账。

陈亮亮等得不耐烦了，直截了当地说：我给你说吧，往少了估算，也得增长百分之二十以上。

何东东：三十，我算增长有百分之三十。

陈亮亮问：销路你都找好了吗？

何东东来了精神，蹲在陈亮亮面前，掰着指头数了数说：亮亮叔，这点就不用您老人家操心了。我在拍电视宣传片时认识一个经销商，专做大健康农产品的，他说咱产多些他收多些，还不用咱送，他到咱村里来收。价格嘛，比咱拉到城里卖稍微便宜那么一点。不过除去物流费用，还是咱划算！

陈亮亮一边听一边思考。等何东东说完，他才似信非信地说：东东，我提醒你做事别那么莽撞。你得考察考察这个人的底细，万一到了时候，他撂了，咱大陈家村老百姓的银杏果卖不出去，你我可担当不起。

何东东满怀信心地说：亮亮叔，我已经考察过了。给您吃个定心丸吧，这人靠谱。

陈亮亮一边起身往外走一边说，别怪我没提醒过你啊东东！

何东东：亮亮叔您就放心吧！明年保证咱大陈家村盖楼的比二陈家村的多，买车的也比他们多……

何东东是去年村委会换届时竞选上的村委会主任。陈亮亮为他竞选这个村委会主任没少出力。何东东一开始的想法是当上村委会主任后，大张旗鼓地搞开发。他有几个搞房地产的朋友对他说，你们大陈家村离市区只有二十里地，与县城中间仅隔了一座山。村旁有银杏河，村里有银杏大道，一片片银杏林景色优美，就像童话般美丽。你们这空气好，环境好，适宜居住尤其是老年人养老，加上交通方便，如果开发几个高档别墅区，肯定能火。何东东雄心勃勃，鼓着劲儿想大干一场。没想到第一个泼冷水的是他爸何文革。那天吃晚饭的时候，他乐呵呵地给他爸倒了一杯酒，然后一五一十地把这事说了一遍，盯着他爸的眼睛等待回答。

何文革有个喜好，喝酒的时候把酒杯放在手中反复摆弄，还不时举起来，眯着眼睛看杯子上边的纹路。他晚饭时就喝一杯酒。杯子在他手里摆弄到最后一道菜上来，一仰脖子喝个底朝天。那天晚饭也是如此，何文革喝完了，抹了抹嘴唇才开口：这事不成！何东东问：咋不成？何文革说：我说不成就肯定不成。你快把心思放在银杏这个主业上。何东东又追问了几遍，他没再回答。何东东饭没吃完，把碗一撂就去了陈亮亮家。

陈亮亮脾气急躁，说话干脆利落。何东东只说了半截，他就瞪了眼：你让我说你小子什么好呢？咱这土地性质你又不是不知道，它只长银杏不长房子！再说了，村里的规划十年前就定下了，你想变就变呀？这事你到此打住，不要再提了。

何东东问：是不是我爸给你打电话、发短信了？

陈亮亮火了：怎么，我的脑子不够使，还得听你爸的？

何东东忙给陈亮亮上烟，亮亮叔您别生气，我不是那个意思。我是怕我爸那老脑筋，影响您的判断和决策。您想想，这高档别墅区一建起来，大陈家村那就不叫村，叫新区了。

陈亮亮说道：大陈家村的子孙后代吃什么，吃水泥钢筋的房子？我让你打住你就给我打住！以后不要再提起这事。

何东东嘴上不再说了，但心里不服。在一次去县里开会时，他把这事给林晓说了，并再三表白不是告陈亮亮的状。林晓当时没有表态，过了两天给他打了个电话，明确告诉他自己支持陈亮亮和何文革的意见！何东东这才死了心。

二陈家村生产银杏胶囊卖给谁去？何东东想。两村已结了怨，基本上没有往来，打听点靠谱的消息很难。他苦思冥想，直到想得头都痛了，才想到了一个办法。他自鸣得意地笑了。

## 四

村里来了客人，本来应当归村委会主任陈晨接待，但陈晨去省城出差了，陈明明只好亲自出马接待。

客人是从省城来的。一个中年妇女，长得眉清目秀，人也大大方方，谈吐更是成熟老练。她给陈明明一张名片，名字姓陈，职务是营养学会副会长兼秘书长。陈明明不善言谈，寒暄几句后就没了话。陈秘书长问一句他答一句，二人颇有点演双簧的样子。

陈秘书长说：我们这个营养学会是全省第一家，会里集中了很多营养学方面的专家学者，还有些从事营养品生产的企业家。我们的会长，也就是我的顶头上司，说出来您也认识……

陈明明冷冷道：不认识。

陈秘书长说，那就这样给您说吧，我们早就关注银杏这个产业了。我这次专程前来拜访，就是受会长的委托，请您出任我们学会新成立的银杏研究会常务副会长。

陈明明摇头说：不干。我明年退休。

陈秘书长：您从村支书岗位上可以退休，这个研究会可以再干十年二十年都行。

陈明明坚决地摇头。

陈秘书长皱了皱眉头，好像被眼前这位村支部书记难住了。她想了想，又说：为二陈家村老百姓谋利的事您也不干？

陈明明这下来了兴趣：你说吧，对二陈家村老百姓有利的事我干。

陈秘书长嘴角露出一丝不易察觉的微笑。她生怕陈明明反悔，马上接着说，我们学会在二陈家村设个学习研究基地，您看行不行？

烟酒？陈明明愣了一下，我从小就不喜欢烟酒。

这时，甜甜进来了。她说，明明爷爷，这阿姨说的烟酒不是抽的烟喝的酒，是……哎呀怎么跟您说呢？您和我小姨是不是经常在一起商量事，那叫研究工作。这位阿姨说的研究基地就是在咱二陈家村搞研究。

陈明明：噢。明白了。

陈秘书长拉着甜甜的手，亲热地说：你叫甜甜吧？

甜甜问道：你怎么知道我？

陈秘书长：我和你姥姥是老相识老朋友了。她经常到我办公室来，我们一起谈银杏果的营养价值，讨论银杏产业的发展大事。你姥姥那人有文化，也很健谈，我和她谈到高兴时常忘了吃饭。

甜甜两只大眼睛忽闪忽闪，看样子听得很认真。她突然朝陈秘书长身边一靠：阿姨咱俩照张相吧。没等陈秘书长答应，她的手机咔嚓一声拍完了。

陈秘书长书归正传，又向陈明明提出一串问题，核心是打听二陈家村的银杏胶囊生产的技术来路、生产能力、下一步的销路……陈明明好像对她早有戒备，有一搭无一搭地应着，到了关键问题，就推说只有陈晨能讲明白，而陈晨又不在村里。陈秘书长看问不出个所以然，只好怏怏不乐地告辞。

陈秘书长开着车前脚刚走，甜甜也没给陈明明打招呼，也直接开车走了。

过了一会儿，甜甜回来了，问道：明明爷爷，刚才那人是大陈家村派来的探子？

陈明明诧异：你怎么知道？

甜甜：她开车走，我开车跟，看见她朝大陈家村拐了。

陈明明：也许是找大陈家村研究去了。

甜甜哼哧一声：找何东东邀功去了。我把和她的合影用微信发给了我姥姥。我姥姥肯定地说，没见过这人。

陈明明没吭声。甜甜便到公交车站接陈晨。

陈晨见了甜甜嗔怪地说，没有三步地，你开个车来接我，不怕乡亲说我烧洋包？

甜甜说，小姨，我是想拉你去个地方吃饭，见个人。

陈晨说，哟，今天怎么这么大方，舍得破费了？

甜甜把陈晨的行李箱放进后备厢，又把陈晨推到车上。她发动了车，调皮地说：我说拉你去个地方吃饭，见个人，没说是我买单，对吧小姨？

陈晨说：你姥姥都说你抠门呢。

二人谈笑着，对面开过来的一辆轿车突然亮起大灯，甜甜的眼睛被强烈的灯光闪了一下，气得爆了粗口：找骂呢！

陈晨说，你慢点。到黑瞎子区了！

陈晨称之为黑瞎子区，是大陈家村与二陈家村接壤的一段路。由于两个村之间的矛盾，这段路成了三不管的路，路面上起了坑谁也不管，路灯坏了谁也不修。镇上派人来修，今天刚把坑填上，明天就有人又刨个新坑；今天把路灯换上亮的，明天就有人给弄瞎了。平常，就是大白天，两个村的村民宁愿多绕几里路，也不从这路上走，陈晨不明白甜甜为什么晚上还要走这儿。

甜甜知道陈晨要说什么，主动解释说：小姨，何文革开了个银杏茶馆你知道不？

陈晨说：不知道。

甜甜说：我现在就带您去那个银杏茶馆，尝尝何文革做的银杏茶的滋味。

陈晨有点不高兴，让甜甜掉头回去，不然就停车让她下去。甜甜不但不调头不停车，说了声：小姨您坐稳了，然后踩了下油门，车子加了速。路上坑坑洼洼，高低不平，加了速的车子仿佛脱了缰的野马撒开蹄子跑得更欢，咣当咣当地不断响，陈晨的身子也是忽起忽落，头顶几次撞到车顶。好在路途不远，几分钟的时间车子就过了大陈家村的地界，到了公路边上、银杏河畔的银杏茶馆。甜甜还没停好车，陈晨就认出了这个地方——她上小学时的村小。

陈晨上小学时，大陈家村和二陈家村的行政关系虽然已经分开，但两个村还是同一所小学。这所小学在大陈家和二陈家中间，要是按河南河北划分，应当是在大陈家的地界里。陈晨五年级的时候，两个村矛盾加深，二陈家村自己建了小学校，从此没再踏过这所学校一步。大陈家村后来也另选新址盖了所新学校，把这里租给镇上一个人开旅店，接待城里来旅游参观的人。去年旅店租期到期，退了休的何文革把它接下来，进行了一番改造后，开了个银杏文化茶馆。他常对村民说：我开茶馆不是图挣钱，是要把咱这银杏之乡宣传出去，把银杏产品营销出去，把银杏之乡的历史文化保存下来，让咱的后代了解、热爱、珍惜、传承银杏文化。平常，忙碌完了的村民都爱朝这聚集，在银杏树下喝茶打牌聊天。何文革从来不收费。他说得很在理：银杏茶叶是咱自己树上采摘的，水是咱自己的老井水，我也就是掏点电费。他在银杏茶馆里还设了陈列室、展览室、产品展销厅，不过谁要是想带产品出去那是必须要掏钱买的。

让陈晨没想到的是，陈列室、展览室、产品展销厅里到处可见二陈家村的身影。一走进陈列室，首先映入她眼帘的是一幅放大的黑白照片。照片上是一辆手扶拖拉机，驾驶员是位漂亮的姑娘，旁边坐着几个喜气洋洋的年轻人。这张照片下边有一行醒目的字：拉着银杏上省城。陈晨认出那个女拖拉机手就是陈蒙蒙，旁边的年轻人中挨着陈蒙蒙最近的是何文革。她这个时候想的是母亲年轻时创业的艰难。越往下看，她的心里越觉得惴惴不安。河两岸的两棵老银杏树同在一张照片上，并没有注明大陈家村的是树王。银杏园连成一片，也分不出哪是大陈家村哪是二陈家村的。陈列的银杏茶、银杏果，以及银杏深加工产品如银杏开心果、银杏胶囊等等，不少是二陈家村的产品……在这个陈列室里，没有大陈家村、二陈家村之分。这时，陈晨有些感动了。何文革这样一个老人，能有如此的胸怀的确不容易。

回到车上，甜甜开门见山地问道：小姨，不，陈主任同志有何感想？说出来咱们共享。

陈晨实事求是地说出了自己内心的感受。甜甜达到了目的，摇头晃脑地说：陈主任，你得向何爷爷学习。她说完，高兴地哼起了小曲。

## 五

陈晨和甜甜来大陈家村的消息，何文革当天夜里就告诉了儿子何东东。

何东东听了先是一怔：她？她怎么来了，来干吗？

何文革不紧不慢地品了一口酒，眯着眼，想了想才回答：这还不明白，想看看你何东东在大陈家村有什么杰作呗！

何东东说，那您怎么不骂她，赶她滚？

何文革睁开眼瞪着何东东，你以为你老子像你一样没素质？人家阿庆嫂早就唱过：“开茶馆盼兴旺，江湖义气第一桩……来的都是客，全凭嘴一张……”你老子开的是银杏茶馆，怎么能随便赶客人？

可她陈晨不是客！何东东说，她，她是咱大陈家村的竞争对手。

何文革问：竞争对手就一定要翻脸不认人？

何东东拧着脖子争辩，二陈家和咱大陈家是冤家！

何文革火了：冤家，冤家就一辈子不往来，世代不往来？

何东东冷笑着说：这冤家是您和陈亮亮那一代结下的，现在倒怪起我来了。

何文革理直气壮地说，我后悔了，我想明白了，我脑瓜开窍了行不？这么多年过去了，银杏河水没倒流过，银杏树上也没结出苹果过，大陈家村和二陈家村也没改过名字，姓陈的也没改过姓，人争来争去，上一代没争够又传给下一代，这冤家什么时候是个头？我，我不想争了，也不想让我的后人争下去！

何文革说完起身上了床，连衣服也没脱，背着何东东倒头就睡。何东东愣了一会儿，甩着袖子走了。

何东东没有回自己家，而是去了陈亮亮家。陈亮亮家靠近银杏河，院子很大，小轿车能直接开进去。何东东到了陈亮亮家的院子里，见院子里灯火通明，屋里也亮着灯，电视里传出的歌声在院子里激荡。何东东摁了下喇叭，从银杏树下钻出一个光着膀子的男人，正是陈亮亮。陈亮亮开口就骂：兔崽子。

二人坐下以后，陈亮亮告诉何东东，他刚才是在借着灯光察看银杏树病状。他说，你有没有发现，咱村的银杏树，尤其是西北靠河边那片银杏苗圃里的银杏树，这些天好像患了病，无精打采的，树枝有的耷拉脑袋，叶子也开始变色。何东东实话实说，亮亮叔，您是不是花眼了？陈亮亮不高兴：我眼花，我戴着花镜。你小子呢，多少天没进园子了？何东东不好意思地回答：我这不是忙吗？您是知道的。

陈亮亮点了支烟，边抽边思考。灯光透过密密麻麻的树叶缝隙落在他的额头上、脸颊上，让他那张冷峻的四方脸多了几分严肃。一抹光亮涂在他花白的胡子上，好像一只白毛虫在蠕动。何东东看着，禁不住笑了。

何东东说，我想起来了亮亮叔，今天河那边的陈晨过来了，是不是他们的银杏园也出现了病虫？

陈亮亮听了，愣了片刻，把烟头扔在地上，踏上一只脚，狠狠踩了踩：你见了？

何东东没肯定也没否定，让陈亮亮猜不透。接着，他把话题转移到病虫害上，而且显得非常着急。亮亮叔，这病虫害可是大事。您记得不，咱和二陈家村还没分家的时候，有一年银杏树发生病虫害，由于陈蒙蒙、陈明明不听我爸和您的话，耽误了防治时间，可把咱们害惨了！

陈亮亮呸了一口，让你爹听见了，非脱了鞋子把你屁股揍肿了不可。那时候你爹可是头，要说耽误也是你爹的责任。

何东东说，咱先不说谁的责任了。眼下这病虫害恐怕不光咱大陈家村银杏园有，二陈家村、咱周边的村包括全县也跑不掉。依我看，咱先不着急，等他们开始治病，见了效果，咱照搬过来，既省时又省钱，一举两得。嘿嘿。

陈亮亮砰地给了何东东一拳头：那病虫就悠闲自得地等着你啊？什么狗屁主意。再说了，你怎么断定人家二陈家村的银杏园也发生了病虫害？

何东东为难地说：可是我……我这几天都只能吃一顿饱饭。早上天不亮就出门，去县里、市里、省里，遇上高速公路上堵车，一整天都在车上，别说吃，连口水都喝不上。

陈亮亮听得不耐烦，一边洗脸一边下了送客令，好了好了，我知道你还在做着你那个高档别墅小区的梦。银杏树病虫害的事不用你管了。我打算明天去县银杏研究所去一趟，回头再找银杏专业技校要些学生过来帮忙……他还没说完，何东东嚷嚷开了：亮亮叔，那个银杏专业技校可是在二陈家村。当初您和我爸要是下劲争一争，怎么轮得到二陈家村。陈亮亮说：技校是县上办的，不是他二陈家村的，我找县银杏研究所批个条子，用不着求二陈家村的人。何东东说：可那技校校长是二陈家村的陈晨兼的！陈亮亮没再接话茬儿，说了句：回去吧！

## 六

夏初的夜晚，银杏河畔凉风习习，清香宜人。河堤上的灯光温柔地照射在银杏树上，树叶泛着银光，仿佛一片银色的海洋。远处，天上的几朵淡淡的白云挨着树梢。灯光照进林子里，忽明忽暗，给银杏林增添了几分童话般的色彩。陈亮亮倒背着双手，轻轻漫步在银杏林边。他从小生活在这片银杏世界里，已经和银杏结下了生命之缘。不过，这次发现的银杏树病虫害让他十分头疼。这么多年了，银杏树常见的病虫害，只要他看一眼就知道是什么病因、危害程度、治理手段。他和二陈家村的陈明明、陈蒙蒙、陈晨凭着在银杏树病虫害防治方面过硬的专业技术水平，被省银杏产业研究院聘为研究员，多次受邀到一些银杏之乡讲授银杏树病虫害防治知识。这次银杏树病虫害来势不是很猛，所以没引起多大重视。村民只是凭借过去的经验给银杏树用药，一棵棵银杏树挂上了输液瓶，仿佛树上缀满了星星。陈亮亮注意观察了几天，发现没有见效，开始担心起来。这次侵袭银杏树的，不是常见病，过去的知识、经验都不适用。他找何文革商量过，何文革一个劲儿摇头说，咱是老革命遇到了新问题，没得法子。你可以去问问陈明明，实在磨不开面子，问问陈晨也行。他听了何文革的话，的确动过去河对面的念头。可是，他强烈的自尊心、好胜的性格暗暗制止了他。可是，眼前他又确实找不到好办法。

出了脚下的银杏园就是银杏河。陈亮亮抬眼朝对面望去，朦朦胧胧的灯光下，园子里有人影晃动，场景好像皮影戏。他不知是自己眼花还是对面园子里光线暗，看不清对面园子里的人是男是女。他犹豫着要不要离开，转念一想没那个必要。于是他故意大声咳嗽了几下。对面园子里的人听到声音，先是静了一会儿，接着一个清脆悦耳的声音飘了过来。

是亮亮爷爷吗？对面问。

陈亮亮道：你是谁？怎么这么快听出我的声音？

对面回答：我是谁不重要。重要的是我不仅能听出您的声音，还能从您的声音中分辨出您的心情、心思。

陈亮亮乐了：哟，谁家的孩子这么大本事。说说看，如果你说对了，亮亮爷爷送你一棵壮实的银杏树。

对面问：说话算数？

陈亮亮理直气壮地回答：这一片十里八乡还没有谁说过我陈亮亮说话不算数的。一口唾沫一个坑，你就放心吧。

对面迟疑了一会儿。陈亮亮猜出对面至少还有一两个人，另一个人显然比刚才说话的小姑娘年长，在劝阻小姑娘。

陈亮亮没有猜错，对面说话的是甜甜，旁边劝阻她的是陈晨。

俩人从何文革的银杏茶馆出来后，并没有马上回村。甜甜带着陈晨到大陈家村村民的银杏园里去了一趟。这户人家的儿子是甜甜的同学，在省城工作。他给甜甜发了条微信，上边是他家银杏遭受病虫侵袭的照片。他说是他爸爸发给他的。他一时半会儿回不来，求甜甜一定帮帮他家治疗病虫。甜甜开始没给陈晨说清楚。陈晨看了现场以后，劝甜甜不要插手大陈家村的事，让陈亮亮知道了，不仅不会感激，反而会产生反感，骂二陈家村的人插手大陈家村的村务。她死拉硬扯才把甜甜拉回二陈家村。甜甜坚持要到园子里检查一下。到果园没多久，她们便听到了陈亮亮的声音。甜甜忍不住与陈亮亮搭话。陈晨竭力劝阻，甚至用手把甜甜的嘴捂住。

陈亮亮等了一会儿不见对面说话，故意使用激将法大声说道：要是不说，我就走了。村里还有一大堆事等着我。

甜甜急了，咬了陈晨一口。陈晨疼得松开了手。甜甜跑到河堤上，与陈亮亮隔河相望，直言不讳地说：亮亮爷爷，您现在的心情很不好，对不对？

陈亮亮放声笑了，我心情不好？怎么会呢？我们大陈家村的银杏今年挂果比过去年都多。我走在园子里，时刻小心碰着它们……

甜甜说：亮亮爷爷您别吹牛了。您现在的心情用“热锅上的蚂蚁”来形容一点儿也不过分。我说得对不对？

陈亮亮沉吟片刻：为什么这样说？

甜甜说：您那银杏树发生病虫害了。您还没找到医治的办法，所以心急上火呗。我说得对不对？

陈亮亮想了想，如实回答：你说得对。你怎么知道的？

甜甜说，我只说了一半。等我说完另一半再回答您的问题。

陈亮亮一屁股坐在河堤的石头上，点燃了一支烟，平静地说：你说吧，我听着。

甜甜说：您现在吃不香睡不实，一门心思把银杏树病虫害治好。现在就是再给评个什么树王，什么第一，您都觉得不重要，对不对，亮亮爷爷？

陈亮亮没有正面回答，反问道：孩子，你这会儿得给亮亮爷爷说实话，告诉我你是谁了吧？

甜甜说：我行不更名坐不改姓。我乃银杏专业技术学校青年教师甜甜！

陈亮亮说：听出来了，说话的口气、说话的声音，包括话中透出的性情，和你外奶奶没什么两样。

笑罢，陈亮亮又问甜甜：甜甜，你给亮亮爷爷说实话，你们二陈家村银杏树生病了吗？

甜甜正要回答，陈晨捣了一下她的后脊梁。她故意哎哟哎哟叫了几声，小姨，您下手怎么这么重！

陈亮亮明白陈晨就在甜甜身旁。他起身就要离开，可是又觉得这样一走了之对甜甜不道义，于是对甜甜说：孩子，你刚才说的两个问题都说对了。爷爷绝不食言，明天就派人把我说的银杏树给你送过去。

甜甜说，我不敢收。我怕您送给我的银杏树带病。等把病治好了，不要您送，我登门去要。

陈亮亮一下子沉默了。他想不到甜甜会说出这种话。而从甜甜的话音里，他听出的是对大陈家村银杏树发生病虫害的担心，绝非冷嘲热讽，也没有丝毫的恶意。说不定这个姑娘已经在暗中帮助他了。这样一想，他有些感动，忘记了自己的身份，恳求地说，你要帮我们把病虫害给治好了，费用什么的你说了算，我认账！你看行不行？

河对面的甜甜笑了，声音比刚才还要悦耳动听：亮亮爷爷，我不要您和大陈家村一分钱，保证帮您把病虫害治好。不过，我有一个条件，您得答应我。

陈亮亮说：别说一个条件，十个条件我都答应。还是那句老话，十里八村的没听谁说陈亮亮说话不算数的。

甜甜说，那我就直说了。等银杏树病虫害治好了，您和我一起去一趟省城，把我外奶奶接回来。

陈亮亮又愣住了。过了好一会儿嘴里才蹦出一个字：行！

## 七

你这孩子，葫芦里卖的什么药？陈晨一上车就指着甜甜的额头问。

甜甜没有正面回答，而是放了一首歌。歌的名字叫《下辈子不一定遇见》。陈晨听过这首歌，也喜欢这首歌优美的旋律、深情的歌词。其中有两句，她记忆深刻：我们下辈子不一定遇见，我不想今生留下遗憾。

甜甜若无其事地说，珍惜身边的每个人，珍惜这辈子相识的缘分，大家能帮就帮，能让就让，都活得好好的，该是多美好的事啊！

陈晨一下子明白了。一个二十多岁的姑娘家，想得太简单、太天真了。两代人几十年形成的恩怨，哪有那么容易一下子和解？作为见证者、经历者，她没有那份信心。她的母亲陈蒙蒙与何文革的事又涌上心头。

小姨，你怎么不说话？甜甜问。

陈晨叹息一声，我说什么？我只能重复一句话，你要记在心里。你外奶奶是被大陈家村给比下去、逼走的！从那以后，你外奶奶像变了一个人，往日的创业的热情、干事的激情在她身上看不见了……陈晨说着说着声音哽咽了。

甜甜抽出几张纸递给陈晨，平静地说：这话我是记在心里。可是，小姨你也应当知道，我外奶奶那一代人所处的年代，互相竞争不择手段。可是现在不同了，再这样下去，对双方发展有害而无利。就说这次银杏树发生的病虫害，我已经拍照片发微信给我老师看了。我觉得两个村都在追求产量，不重视发展质量。银杏园里不管树龄、密度，年年种植新树，搞得密不透风。人喘不过气来都会诱发各种病甚至呼吸衰竭，银杏树也是如此……

陈晨没等甜甜说完，一把抓住她的胳膊，急切地问：甜甜，你真的找到治疗这次银杏树病虫害的办法了？

甜甜推开陈晨的手，嗔怪地说：小姨，我在开车呢！

陈晨又问：你是不是找到了办法？

甜甜说，这还没配好方子，我哪敢打保票。就是方子来了，也不能在咱二陈家村的银杏树上试用。

陈晨惊讶地瞪着甜甜，你想先给大陈家村，让他们试用？

甜甜没有正面回答。

陈晨严肃地说：甜甜我警告你，大陈家村和咱二陈家村可是多年的冤家对头。你要是把方子先给他们，别说我和你明明爷爷心里不舒服，你外奶奶知道了也不会好。再说，大陈家村如果试用的效果好，那个何东东说是他大陈家村的发明，他大陈家村的知识产权，到时候咱花钱也不一定给咱用。

车子已经到了院子里。甜甜停好车，拿着包和手机准备下车。陈晨拉住了她的胳膊说，有话在车上说完，进了家门甭再提一个字。

甜甜说，陈晨同志请你放心，你怕何东东，可我不怕他。再说了，大陈家村当家的是村党支部书记陈亮亮。

下了车，甜甜一头钻进卧室去捣鼓。陈晨打开电视看了会儿，她眼睛盯着荧屏，心里却在想着今晚发生的事。她越想越觉得事情不小，应当征求陈明明的意见。她怕自己一个人说不清楚，就过去敲甜甜卧室的门。甜甜卧室里的灯突然熄灭了，甜甜少气无力地说：小姨，我累了，你让我美美睡一觉。有话明天再说不行吗？

陈晨怏怏地出了屋子。到了院门口，她看了下手机上显示的时间，晚上九点钟。平常，甜甜从来没这么早睡觉。鬼丫头，又给你姨斗心眼！再回头一看，甜甜卧室的灯又亮了。她无可奈何地笑了笑。

二陈家村这几年居民建设比大陈家村快，村街两旁上个世纪八十年代的老房子所剩无几，基本上换成了两层的小楼。陈明明和陈蒙蒙多年前就预料到农村会发展，提早请县建筑设计院的专家做了村庄的规划设计。设计符合农村农民生活实际，比如家家楼下留了片院子，给主人放杂物用。尤其是把村里过去的打麦场建设成停车场，这在当时引起不小的争议。不少村民认为，再过十年二十年，二陈家村也没人买得起小轿车，留那片地方做停车场是浪费。很多年轻人对此却表示支持，说村领导班子自信且眼光长远。陈亮亮听说后，公开讥讽二陈家村班子是“做白日梦”。十几年过去了，今天的二陈家村几乎家家都买了车，整个村街上却见不到一辆乱停乱放的车子。

陈晨上任村委会主任后，从二陈家村长远发展考虑，对原规划进行了调整和修订，注入了银杏文化和乡村旅游文化元素。村街两旁建起了村民文化广场、健身广场、小型银杏体验园、银杏酒吧、文明家庭、文明村民光荣墙、流动图书阅览室等。每天晚上，村街上歌舞升平，一派繁华热闹景象。陈亮亮听说后，对何东东发了场大火，你爸当年就比不过陈蒙蒙，你现在又让陈晨给落下，让我替你脸红！

陈晨走到村委会前，看见村党支部办公室的灯还亮着，于是推门走了进去。陈明明摘下老花镜，用惊讶的目光看了陈晨一眼。陈晨朝陈明明对面的椅子上一坐，开门见山，一五一十地把来意说给了陈明明。陈明明半天没说话，只是低着头抽烟。过了一会儿，陈明明问：会不会是你妈的意思？

陈晨摇头：我妈？不会的，不会的。您还不知我妈的脾气性格，她提起大陈家村那些年就恨得牙根痒痒！

陈明明搓着手，眼睛看着地下，躲开陈晨的目光，又问了一句：陈晨呀，会不会何文革找你妈帮忙？

陈晨一下子火了，忽地站起来，由于用力过猛，把椅子也带倒了。她质问陈明明：您这是啥意思？

陈明明不慌不忙地说：我是说，别看何文革的村委会主任不当了，可现在大陈家村的村委会主任是他儿子。遇到困难，他能不帮他儿子？

那您凭啥说他会找我妈？陈晨紧追不舍。

陈明明还是不慌不忙，笑了笑说：他不好意思求你们当晚辈的嘛！

陈晨说，何文革连我妈的电话都不知道，他怎么求我妈？再说，他就是求我妈，我妈也不会搭理他。

陈明明眯着眼睛笑，没有吭声。过了一会儿，他把话题转到了甜甜提出的问题上。他说：甜甜说得不无道理。其实，我也在琢磨这次银杏树病虫害的发病原因。不瞒你说，除了大陈家村，周边几个村的银杏园我都去了解过、咨询过。他们也都没找到原因。

陈晨问：您是说甜甜和她的老师分析得有道理？

陈明明说：现在还不能肯定。

两个人沉默了一会儿，都在开动脑筋思考。陈晨先开口说：明明大爷，我现在就到园子里去，找一片病虫害比较重的园子再观察观察。

陈明明一边穿鞋，一边从抽屉里拿出手电，我也去。

陈晨劝道：您年纪大了，眼睛不好，腿脚也不灵便，这半夜三更地进园子……

陈明明一边往外走一边说：怎么着，嫌你大爷老了？别忘了老祖宗的话，姜还是老的辣！

出了门，陈明明抬头看了看天，见满天乌云在风吹动下，像受了惊吓的羊群四处奔跑，有几片乌云仿佛要掉下来。他自言自语地说了一句：要下雨了！赶忙转身回到屋里披上雨衣，又给陈晨拿了把雨伞。

## 八

陈晨回到家时，已经是夜间十一点多了。一进门，她打开一瓶矿泉水，坐到桌子前咕噜咕噜一口气喝了个精光。抬眼朝上看去，发现有一张字条，拿起来一看，是甜甜留给她的。字条上说她去了省城。

陈晨走到门口，这才发现车子不见了。雨还在不紧不慢地下着，雨点打在院子里的银杏树叶上，噼噼啪啪的。她心里惦念着甜甜。回过头，她又把甜甜的字条看了一遍，心里骂道：鬼丫头。她掏出手机，想给甜甜打个电话，拨了两个号码后又停下了。她知道这个时候甜甜接电话会分散注意力。

陈晨和陈明明带着两个技术员去了园子里，发现这一次的病虫害来势凶猛。一个技术员说：这次大陈家村银杏树的发病率，高出本村几倍。陈明明暗想，大陈家村这两年为了争银杏果年产量全县第一，加大了银杏树种植密度，在老园子里种植了很多新树。去年，周边有两个靠近县城和镇子的村，因为建设征用，一些老树要移植，大陈家村陈亮亮、何东东找那两个村的领导谈，一下子买了很多株老树，移植到了大陈家村的园子里。二陈家村虽然也有一些村民移植了一些老树到园子里，但移植面积没有大陈家村大。这一次病虫害，不管是大陈家村的还是二陈家村的，都是发生在有移植老树的园子。几个人分析后，决定等甜甜和她的老师研制的新方子出来。

陈晨一会看看手机屏幕上显示的时间，估算着甜甜到了什么地方，一会走到门口看看雨是否小了。一直到手机屏幕显示时间 00 ： 00，她才和衣躺在床上。就在她迷迷糊糊的时候，手机铃声响了。她连灯也没顾上开，就拿起来接听。电话里传来的是陈蒙蒙略带嘶哑的声音：陈晨，还没睡吧？陈晨说：妈，您怎么这么晚还没睡？怎么……陈蒙蒙打断陈晨的话：你哪儿那么多怎么？陈晨不好意思地笑了：妈，我着急嘛！陈蒙蒙说：你那个脾气妈还不知道？停顿了一下，又说：甜甜已经到省城了。陈晨一骨碌从床上跳下来，连鞋子也没穿，走到客厅的沙发上坐下，气呼呼地说：她在哪儿，妈您让她接电话。我非得好好骂她一顿不可！陈蒙蒙说：你等等吧，我还没骂你呢。你要是支持她，她能冒雨半夜开车跑几百里？陈晨正要解释，陈蒙蒙突然把电话挂断了。陈晨再打过去，传来的是对方正在通话中的忙音。

知道甜甜平安到了省城，陈晨的心情放松了，到浴室冲了个澡。出来再看手机，上边有陈蒙蒙和甜甜的微信。陈蒙蒙在微信中说：闺女，早点休息吧，有话明天再说。甜甜的微信是一个表情，意思是不让陈晨生气。陈晨给甜甜回了条微信，让甜甜给她回电话。过了半个多小时，甜甜那边没有动静。她又发了一遍同样内容，可又过了半小时，甜甜仍然没有动静。陈晨又急又气，几次想打电话过去，但是又怕惊动陈蒙蒙和家人休息。

第二天早晨，陈晨刚睁开眼就吃了一惊，床前落了一层新鲜的朝霞，晃得她眼睛迷离。她想：昨晚睡前明明关了门，怎么门自动开了呢？她赶忙穿衣下床。到了门口，看见甜甜正在院子里弯着腰擦车，好像遇着高兴的事，嘴里还哼着小曲。

陈晨咳嗽一声。

甜甜回过头，冲陈晨笑了笑：早，小姨。

陈晨在甜甜屁股上拍了一巴掌：我还以为你不回二陈家村了。鬼丫头，做了什么坏事，怕我知道？老实交代！

甜甜说：小姨呀，你第一次发微信的时候，我和外奶奶正在外边陪我老师和一位客人吃饭。我在外奶奶和老师面前给你打电话，是不是对他们不礼貌？

陈晨没吭声。

甜甜又说，你第二第三次给我发微信的时候，我已经在回来的路上了。我在高速路上开着车，外边又下着雨，怎么给你回呀？你别小心眼，我能有什么事情瞒着你。

陈晨想了想，摇摇头：不对，你这时间也对不上……

甜甜说：心急如焚呀！拿了方子就往回赶。她突然想起了什么，打开车门拿出手机就拨号，嘴里嘟哝着，糟糕，我外奶奶还不知道我回来了呢。

陈晨一听方子，急不可耐地拦住甜甜：你先把方子给我。一会儿再给你外奶奶打电话。

甜甜有点惊慌：小姨，我让我外奶奶给你说吧。

陈晨被她这句话弄糊涂了，用咄咄逼人的目光看着她的眼睛，厉声问道：甜甜你搞什么鬼？你不是说拿了方子就往回赶的吗，怎么又推到你外奶奶身上了？

甜甜看躲不过去，只好如实向陈晨坦白，小姨，那方子让大陈家村的何爷爷拿回去先用了。不过，这是外奶奶同意的。

陈晨听了不相信，问道：你说的那个客人是何文革？

甜甜点点头：要外奶奶做证吗？

陈晨目瞪口呆。她怎么也想不到何文革和陈蒙蒙还有联系，怎么也想不到甜甜会把治疗银杏树病虫害的方子先给了大陈家村，而且是陈蒙蒙同意的……她拉开甜甜的车门，一屁股坐在后座上，好半天没说出话来。

甜甜到屋里端出一杯白开水递给陈晨，小姨，你今天早上的功课还没做吧？天已经晴了，出太阳了。你看你看，鲜红鲜红的太阳啊！

陈晨说：你老实交代，是不是何文革死缠着你，让你带他去见你外奶奶的？

甜甜一本正经地回答：报告陈主任，何文革没有死缠着我，在我到省城之前，他已经到了。只不过回来时搭了我的车。你如果认为应当收他的租车费，我负责向他要！说完，她咯咯咯地笑了。

陈晨余气未消，责备她说：要是别人知道你把方子先给大陈家村用了，那还了得，说不定一把火把咱这房子给点了！

甜甜哼哧一声，刚要发火，又忍住了，依然满面微笑地对陈晨说：小姨，外奶奶说了，这事你要是处理不好，你就不配继续在二陈家村当村委会主任。

你外奶奶真这样说的?

甜甜拿起手机又要拨电话：好，好，让我外奶奶亲自和你说吧。

陈晨刚要阻拦甜甜，甜甜的手机铃声响了。

陈晨听见手机里传来一个女孩焦急的声音：甜甜你快点到园子里来吧。园子里出事了。

陈晨从车上跳下来，一把夺过甜甜的手机，急切地问：在哪个园子里，出什么事了？

对方说，是陈晨姐呀！何东东和陈明明书记干起来了。

陈晨还没来得及问，甜甜已经发动了车，对陈晨嚷嚷着：我知道怎么回事。小姨快上车，我带你去。

是你引火烧身吧？陈晨在车上不停埋怨：早给你说过这档子事你小孩子别掺和，你就是不听。

甜甜不以为然，小姨，没你想象的那样严重。何文革爷爷说了，大陈家村和二陈家村不能再对立下去了，冤家宜解不宜结。都是种银杏的，都喝银杏河水，都要脱贫致富奔小康，有什么不能解开的疙瘩?

陈晨不满地说：疙瘩还不是他们那代人系上的？他早干什么去了？

甜甜说：何爷爷早就在心里承认错误了。他也有实际行动啊！比方说他那个银杏茶馆展览室陈列的历史是实事求是吧，比方说他营销宣传咱的银杏胶囊新产品是事实吧，比方说他帮咱二陈家村的银杏园灌水是真的吧。

你说什么，帮咱的银杏园灌水？陈晨吃了一惊，我怎么不知道这件事？

人家是学雷锋做好事，不想留名。

陈晨没吭声。

车子快到银杏河边时，果然看见河两岸站了不少人。让陈晨感到吃惊的是有的村民手里还拿着棍棒。她没等车停稳就着急地打开车门跳下车，一边高声喊着：不许动手！一边跑到人群前边。

陈明明就站在人群前边。他铁青着脸，两道眉毛耸立起来，仿佛倒立的山梁，里边蕴藏着一股怒气随时都可能蹿出来。他听见陈晨和甜甜的声音连头也没回，让陈晨心里不安。她想了想，对村民说，大家先各忙各的吧，这里的事我和陈书记来处理。

村民们的目光投向陈明明，都在等待他的态度。陈晨也恳切看着陈明明。

甜甜心里不乐，说出的话带着浓烈的火药味。她说：明明爷爷，您老人家消消气吧。您和对面都多年不来往了，就不念小时候的交情？再说了，您现在的身子骨还敢跟人家动武？

陈明明脸色越来越难看。他突然转过身，大步流星地离开了。走了十几步，他又回过头，冲正在发愣的村民吼了一声：走！都给我走！

村民们一哄而散，只留下陈晨和甜甜站在原地。河对面的人群中突然响起热烈的掌声。有人喊：二陈家村的害怕了，溜之大吉了！有的向何东东竖起大拇指：东东你比你爸厉害，几句话就把他们吓跑了！有的指着陈晨和甜甜说：还有一个大姑娘一个小姑娘呢。

陈晨气得浑身发抖，恨不得一步跨过河去，狠狠打何东东一个耳光。她咬牙忍住了，一边转身，一边大声对甜甜说：走，让他们自娱自乐吧！她气哼哼地走到车前，回头看时甜甜却不见了。再看河对面的人，几乎都目不转睛地看着河里。有的还指指点点，大喊大叫。她大吃一惊，赶忙朝河里看去，看见甜甜正向对岸游去。她快步冲到河边，对甜甜大喊：甜甜你要干啥？快点回来！

甜甜的水性很好。她回过头，两手挥舞着大声向陈晨说：小姨，你放心。我过去给他们当老师。学生敢对老师不恭吗？哈哈哈哈……

陈晨叹息一声：你嫌惹的麻烦还小呀！

## 九

陈亮亮耐心地听完甜甜的方子。不过，他并没有马上表示肯定，而是端着茶杯，有滋有味地喝了口银杏茶，好像在润嗓子，然后拖着长音问：闺女，你说的这种方法能治好这次病虫害吗？

甜甜一脸笑容，不急不忙地说：那不得试试吗？

陈亮亮点点头。

何文革轻轻咳嗽一声，看了看甜甜：甜甜你不是说来当老师的吗？那你就先给你亮亮爷爷上一课吧！

甜甜说：遵命！然后站起来，一边比画着一边说，专家看了我微信发的照片与我和同学的分析研究报告，认可我们的意见，这次银杏树发生的病虫害是上下两个方面的问题。主要原因是咱这几年发展理念不对……她突然意识到说得太露骨，目光快速瞄了陈亮亮和何文革一眼。陈亮亮闭着眼好像在思考，表情平常，看不出有什么不高兴。何文革向她噘了噘嘴，示意她继续往下说。

她正要开口，有个村民突然匆匆忙忙地闯进来。何文革问他：这么急有什么事吗？村民气喘吁吁地回答：大事不好。何文革问：什么大事？是不是你家银杏园病虫害的事？陈书记和我们不是正在想办法吗？

陈亮亮突然睁开眼，直截了当地问那个村民：是二陈家村来要人了吧？那个村民点点头。陈亮亮摆摆手：你先去忙吧。我知道了。那个村民一走，甜甜开口就问陈亮亮：你怎么知道要人，要什么人？陈亮亮笑了笑，没有回答。何文革说，二陈家村来这要的人就是你。

甜甜愣了片刻，嘿嘿笑着：明明爷爷和我小姨一定是担心我把技术都教给大陈家村了，大陈家村很快治好病虫害，今年产量再上一个台阶，又在二陈家村面前趾高气扬起来！亮亮爷爷，您说我说得对不对？

陈亮亮刚才的裤腿高卷着。他放下裤腿站起身，又弯腰用手捋了捋，拍打几下，然后抚摸着甜甜的头，赞叹地说：二陈家村有你这样的好后生，我还能骄傲起来？他又对何文革说：文革，咱去会会老冤家吧。

何文革说：是老伙计！

甜甜不解地问：亮亮爷爷，您怎么知道来的是您的老冤家？

陈亮亮说：山易改，性难移，陈明明要是不来要人，那他就不叫陈明明了！

陈亮亮果然说对了，二陈家村来的就是陈明明。

单刀赴会啊，明明兄？陈亮亮一见面就嘲讽地说，你这是老将不减当年勇，敬佩敬佩！

甜甜小心翼翼地走到陈明明身边，试探地问：明明爷爷，您是担心我在大陈家村受欺负是吗？

陈明明上上下下打量甜甜一会儿，拍拍她的肩膀说，孩子，我不担心。他们没那个胆，敢欺负二陈家孩子的人还没出生呢。说完，他咄咄逼人地看着何文革说道：何文革，我说的对吧？

何文革咳嗽一声，没有回答。

陈亮亮刚要发火，见甜甜冲着他亲热地笑，于是又忍住了。他掏出一支烟，犹豫了一下，递给陈明明。陈明明嘲讽地说：这恶习还没戒掉，怪不得还是老脾气！陈亮亮两手一摊，针锋相对地说：我要还是老脾气，你在大陈家的土地上能站稳了吗？你过了河，我就拿棍子把你打回去了。

甜甜担心两个老头话不投机，一手拉着陈明明，一手拉着陈亮亮说：亮亮爷爷，我明明爷爷今天来不是要什么人，是担心我经验不足，把银杏树病因诊断错了，误了你们治银杏树病。对不对明明爷爷？

陈明明没吭声。

甜甜又说：其实吧，何爷爷说亮亮爷爷这几天一直在纳闷，为啥二陈家村银杏园这次没有发生和大陈家村银杏园同样的病？起码没有这么大面积。他想找明明爷爷了解一下，只是还没来得及。对吧，亮亮爷爷。

陈亮亮哼哧一声。

甜甜趁热打铁，拉着二人往外走，那咱就去银杏园吧。

陈亮亮挺直站着，甜甜拉了几下没拉动。他看着陈明明，却对何文革说：让你何爷爷去吧，林副县长一会儿来找我商量工作。

何文革忙接上说：好，你忙你的，我陪明明，晚上我们老哥俩得好好喝两盅。

陈明明心里不情愿，但他既不好驳何文革的面子，又挑不出陈亮亮的不是，同时也不想拒绝甜甜，只好顺水推舟地点点头。

没想到半路杀出个程咬金，何东东带着几个村民在银杏园拦住了甜甜、何文革和陈明明。他既不给何文革面子，又拒绝陈明明和甜甜进银杏园。何东东说，陈明明，你和陈晨让甜甜拿什么新方子，在我们大陈家村的银杏树上做试验，我没计较就算了。没想到您老人家还亲自出马……

何文革打断他的话：你给我闭嘴！你明明叔不是那种人。

再说，这方子也有我的心血，你是不是觉得我也有问题？

除了甜甜，在场的听了何文革的话都一头雾水。

何文革伸起小拇指，直言不讳地说：半个月前，病害刚露这么一点点头，我就发现它与以往的病情不一样。不过，开始时我心存侥幸，想过几天看吧，也许用点药就会治好。所以有几户人家要输液，我没反对。可是，过了几天不见效，那几家急了，我才急了。

一个村民连连点头：是，我去茶馆给文革叔说的。

何文革指着何东东对那个村民说：你实话实说，给这位村委会主任说过没有？

那个村民犹豫了片刻，低着头说：何主任太难见，不是上省城就是去县城，在家的时候不是开会就是和人谈话，好不容易轮到见我一面，听了我的反映，一点也不在意，相反训斥我小题大做，说咱大陈家村种银杏树都那么多年了，什么病没见过，让技术员帮着看看，没什么大不了的。看不见我这忙大事吗？

那人说完，又补充一句：村里人说，见何主任比见皇帝老子还难！

何东东瞪了那个村民一眼，但一句也没辩驳。

何文革说：看看，你这个村委会主任要是上心，还能轮到我这个退休的老头帮村民解难题？

何东东委屈地说：我是在忙大事，那银杏树王谁宣传的？银杏康品牌是谁申请下来的？银杏文化园立项、申请资金……

我哪一样不是在替咱大陈家村老百姓争利益?

甜甜毫不客气地说：东东叔，你也别争辩。不客气地说，你的政绩观出了问题，发展理念也有问题。

陈明明怕何东东反咬一口，就对甜甜说：甜甜，让你何爷爷说完。

何文革接着说：我也给亮亮说过。他着急，比我还着急，上网查资料，找技术员研究分析，半夜里还到园子里去琢磨，可一时半会儿没找到个好方子。那天，我刚从园子里出来，碰上甜甜和她的几个同学。

何文革回忆起那天和甜甜见面的情景。

前天黎明时分，朝霞在银杏河上涂了一层水彩。但银杏园里的空气却好像凝固了一般，人走在园子里感到密不透风。何文革也在河堤上遛弯，心情很沉重。他想到看看银杏树病情，也怕撞见那些老伙计老兄弟，面子上过不去，就拐进银杏园里。没想到，进了园子，一眼看见甜甜和一个与她年龄差不多的男孩。他第一个反应是这两个孩子在谈恋爱，甜甜怕在二陈家村自家园子里被家长看见挨训，所以才躲到这片园子里。他急忙转身想离去，额头却碰到树枝上，树枝咔嚓咔嚓发出轻微的呻吟，被机灵的甜甜听见了。

甜甜几步跑过来，热情地拉着何文革的胳膊，亲切地说：何爷爷，您怎么见了我连招呼也不打就回头？我姥姥我小姨得罪过您，您生她们的气，我可和您没啥过节！

何文革脸上一阵发烧，甜甜的几句话让他觉得无地自容，咳嗽一声，笑着对甜甜说：孩子你误会了。何爷爷花眼，没认出你。再说了，我早就不生你姥姥、小姨的气了，给你姥姥你小姨认错了……

甜甜说道：您给我姥姥我小姨认错了？我怎么不知道您什么时候和她们联系的。

何文革不好意思地说：我是……是在心里认错，请她们原谅。

甜甜噘着嘴，不乐地说：您在心里认错她们怎么能听见？这样吧，我回去代您给她们做深刻检讨，就说我何文革前些年做错了，大陈家村、二陈家村不应该是冤家而应该是亲家。您看这样说行不行？

何文革紧紧握了下甜甜的手。

甜甜把那个男孩叫过来，给何文革介绍说，这是我的同学小付，专门研究银杏树病虫害防治的。

何文革惊奇地问：你俩咋跑这来研究？

甜甜嗔怪地说：何爷爷，您又说见外的话了吧！我听说大陈家村的银杏树病虫害比二陈家村重，所以就过来了。

何文革感动得连连点头：好孩子，陈蒙蒙有你这么个知书达理的外孙女，真是福气。

甜甜可能不想耽搁时间，直截了当地对何文革说了自己的分析结果。

何文革问道：你们是不是找到办法了？

甜甜说：我们目前只是判断，要确诊还得请专家。我已经拍了照片传给我们老师，老师让我带点发病的银杏样本到省城去一趟。

何文革问：你打算啥时候去？

甜甜反问道：何爷爷，您跟我一道去吗？

何东东听到这里，已经明白了事情的经过，抱怨地说：爸，您要知道您这样做是背叛咱大陈家村，亮亮叔点头了吗？

吭吭吭，陈亮亮威严的咳嗽声从一旁的园子里传过来，紧接着陈亮亮出现在大伙面前。他习惯地双手抱着膀子，神情庄严，说话的声音像敲击着钢管一样硬邦邦的。何东东，你小子在背后说我什么坏话？

何东东：亮亮叔，我哪敢说您坏话。我是在说我爸……

说你爸就是说我！你不知道大陈家村我和你爸好得像一个人？你爸的想法就是我的想法，你爸说的话代表我说的话。

甜甜高兴得一跃而起，搂住陈亮亮的脖子，在他脸上亲了一下：亮亮爷爷，您支持我们，太好了！

陈亮亮抚摸着甜甜的头，微微一笑。

## 十

林晓是在从省城开会回来的路上收到陈晨发来的微信，告诉她银杏树已经治愈。不过，心细的她从照片上看出，银杏园旁边河堤上那棵老银杏树是大陈家村那边的。因为大陈家村那边的老银树顶端呈伞状，而二陈家村那边老银杏顶端呈笔尖状。她试探地在微信上问了陈晨一句：你们那棵老银杏树也修整了吗？陈晨回复说：这照片上是大陈家村的银杏园。林晓马上明白发生了什么事情。大陈家村和二陈家村多年的矛盾化解了。

她放下手机，发现旁边一位大妈一直盯着她看。她也觉得那个大妈有些面熟，一时又想不起在哪儿见过，于是冲她笑笑。

那个大妈也冲她笑了，亲切地说：你是林副县长吧？我叫陈蒙蒙！说着，向林晓伸出手。林晓双手紧握住陈蒙蒙的手，激动地说：阿姨，早就听说过您，您和陈明明、陈亮亮、何文革在沙河的沙滩上种植银杏的事迹，我中学时就学习过……

陈蒙蒙摆摆手，谦虚地说：那都是老皇历了。时代在变，人的思想在变，要不是在今天的新时代，两个陈家村也可能不会变得冤家路宽！

林晓感叹地说：冤家路宽，阿姨您说得好，说得好啊！还得感谢您老人家不计前嫌、默默地做了很多促进两个陈家村牵手的工作。对了，那个人见人爱的甜甜也值得奖励！

听见林晓夸赞甜甜，做姥姥的陈蒙蒙开心地笑了。

就在这时，大巴车上的电视屏幕上出现了陈蒙蒙和林晓熟悉的画面：银杏河旁如诗如画的银杏园。接下来是一张张熟悉的面孔：陈明明、陈亮亮、何文革、陈晨、甜甜，还有大陈家村、二陈家村众多乡亲。陈蒙蒙伸着脖子边看边问，他们在干什么？林晓看了看，笑而未答。陈蒙蒙看见甜甜手里拿着话筒，自言自语地说：这孩子又逞能！

果然，甜甜开始讲话了。她一开口就动情地说：今天，两个陈家村握手言和了。通过这次银杏树病防治，两个陈家村心连在一起，手挽在一起，脚并在一起，往后的道路会越来越宽广！

周围响起一片掌声。陈亮亮、陈明明和何文革都在悄悄抹眼泪。

林晓觉得被陈蒙蒙握着的手有点疼。她深深理解陈蒙蒙此刻的心情。

**王昕朋**，江苏徐州人。中国作家协会会员，一级作家。先后出版过长篇小说《红月亮》、《天下苍生》（合著）、《团支部书记》、《漂二代》、《花开岁月》、《文工团员》、《非常囚徒》等多部，中短篇小说集、散文集、报告文学集等多部。作品曾多次被选刊转载，入选多种年选本。长篇小说《漂二代》入选对外出版工程，译成英文在美国纽约出版。

# 兄　弟

崔　敏

季家有三兄弟，季国雄、季国栋、季国梁。名字当然是父亲起的，端庄大气。有一次酒喝多了，段云心生感慨，对季国雄说。老大，你爸也忒那个了，瞧这名字起的，不仅响亮，朗朗上口。搁到一块儿，了不得，全是美好的期盼啊。老大季国雄嗐声叹气。坏就坏在这名字上了，包袱太重，从小就压着，哪个受得了嘛？！段云咂嘴，酒杯磕桌面。实在，冲你这句话，咱得再走一个。

三兄弟的父亲叫季骁骏。“文革”中，季骁骏作为“工宣队”的一员，去子弟中学当了名老师，教语文。后来“工宣队”

撤出，季骁骏也没回厂，而是去了技校，负责娃娃们的实践课。车铣刨磨钳，样样拿得起，拎得清。过去的学生觌面，有喊季老师的，有喊季师傅的。虽说一字之差，季骁骏的反应却不同。喊季师傅的，季骁骏点点头。喊季老师的，季骁骏会上前一步，笑，与对方握手，嘘寒问暖，气氛要热烈得多。季骁骏对知识、对文化的尊重，由此可见一斑。他经常跟国雄、国栋、国梁说，你们要好好念书，我那时没条件，家里穷。放牛的路上，在学堂的屋檐下，听一耳朵。当兵去部队，读夜校，才算扫了盲。后来复员进厂，自学，翻字典，不懂就问……

季骁骏说着说着，鼻腔齉齉的，视线模糊，他自己首先被感动了。一个放牛娃，最终穿着中山装，走上了教学岗位，容易吗？季骁骏刚一离开，老大季国雄撇嘴，给老二老三发烟。就知道吹牛，好像听两耳朵，他现在能当教授似的。老二季国栋望着天花板，吐烟圈，不响。老三季国梁被烟呛着了，咯，拿拳头砸床铺。哎哟，笑死了笑死了，老大，你饶了我吧。

二十年前，三兄弟的母亲罹患胰腺癌，撒手人寰。母亲弥留之际，淌着眼泪说，你们都没成家，我死不瞑目啊！季国雄说，妈，你放心，明年就抱孙子了。季国梁说，妈，我大哥讲得对，一抱就是俩，双胞胎。老二季国栋抬起眼睑，嘴唇动了动，啥话也没说。

母亲摇了摇头。主会保佑你们的，给我唱首歌吧。母亲查出“瞎瞎病”，疼得受不了，整日哼哼。后来信了主，被教友搀扶着，去礼拜堂唱歌、祷告，季骁骏很不满意。季骁骏说不卧床静养，积极治疗，反而唱什么歌子？瞎胡闹嘛！母亲笑了，满脸都是褶子。而褶子的背后，瞳仁里，却布满了忧戚。

母亲说的歌是赞美诗。兄弟三人你看我，我看你，谁都不会唱。到了出殡的时候，老大季国雄捧遗像，老二季国栋摔丧盆子，老三季国梁披麻戴孝，扯着嗓子，号。妈耶，我的妈耶……

季国雄瞪了老三一眼。太夸张了吧？少惹咱妈生点气，至于长癌吗？老大这话当然没说，在心里滚了个个儿，又咽了回去。他将一本抄满赞美诗的小册子，放在母亲身边，一起推进了焚化炉。夜里，亲朋好友都散了，弟兄三人，横七竖八，在小屋卧着。季国雄起身，推开窗牖，透一透烟气，突然笑了。

老大，你还有心笑？老三季国梁，横了老大一眼。

喊啥喊？就你尿得高，得是的？好嘛，一家人，四个光棍，能不乐？

季国梁一抬腿，将椅子踹了过去。季国雄不笑了，头一歪，放声恸哭。季国栋、季国梁，都吓了一跳。

季国雄高中毕业就去了磁带厂，做电工。磁带厂八百余号人，地方国营，离家远，乘公交车也得三十分钟。当时电机厂、玻璃制品厂、泡沫塑料厂，都在招工。一打听，唯独磁带厂有单身宿舍，季国雄就去了。家里两间房，兄弟仨挤在小屋，上下铺架子床，季国雄实在是受够了。哪怕工资低一些，离家远一些，只要有个落脚的地儿，认了。磁带厂的宿舍是两排破旧的平房，有两人间的，三人间的。半年后，季国雄发现厕所旁的一间小屋始终空着，无人进出，机会来了。他买了两盒红塔山，给管后勤的领导，领导心知肚明，笑。那间房离厕所近，味道大，以前胖老夏住着，厨子，又是个光棍，算照顾吧。领导侧了侧身，近乎耳语一般。谁能想到，去年秋天一个淫雨绵绵的晚上，胖老夏下身赤裸，头上套着塑料袋，将自己挂在了门框上。场面骇人哪，那间房闲下来，谁都不敢住……

季国雄咽了口唾沫，我去住，咋样？领导略一沉吟，住可以，但有个条件，捎带着清理一下厕所，不然惹闲话。领导手一挥，狗日的现在这人坏得狠，闲着可以，你一旦住进去，他那怪话比屎都多。领导瞅一眼红塔山的烟灰，倒腾着腿。扫地的嫌工资低，闹情绪呢，撂挑子。这叫要挟懂不懂？死了张屠夫，就要吃带毛猪？没多少活儿，也就拿水管冲一冲，每月多给你一百五十元的保洁费，如何？

就这样定了。季国雄星期天没回家，打扫房间，换掉了两块破碎的玻璃，将铺盖搬了进去。到了晚上，再怎么说，也是乔迁之喜。买了卤味熏腊，两瓶尖庄，喊几位要好的工友，过来聚聚。酒酣耳热之际，电停了，季国雄拿着手电排查，有人用电炉，跳闸。刚刚举起杯子，门外轰的一声，好端端的一截树杈坠落，众人皆惊。说国雄啊，就到这儿吧，你忙活了一天，早点歇着，不送不送。

季国雄敞门窗，站了许久，泪水潸然而下。那是他有生以来，头一回有了独立的空间，喜极而泣。一次跟梅梅闲聊，说起磁带厂的“家”，那股子兴奋劲儿，依然过不去。你是不知道，梅梅，我一点一点，添家当。电视机、录像机、沙发、风扇，美死了。门一关，想干吗干吗，名副其实的老大。梅梅怫然，嗔怪道。你不是爱看书吗？该好好念书才对，也没见你混个文凭。季国雄嘿嘿。我爱看武侠小说，剩下的，像《金瓶梅》《查泰莱夫人的情人》，也凑合，数理化不行。季国雄挺起腰杆，用欢欣的、充满深情的口吻说。终于有个地儿，可以舒舒服服随心所欲打手枪了。梅梅一吓，险些跳起来。好恶心哟，季老大，这话也能说出口？季国雄抹了把脸，食色性也，男人没打过手枪的，罕见。梅梅黯然神伤，抱住季国雄的头，摁在胸前。可怜的老大。

季国雄进厂那会儿，磁带厂刚进行了重组，但形势所迫（数码产品正已不可替代的优势，滚滚而来），仅仅在维持。过了差不多五年，已处于半停产状态，发生活费，有活儿干了，再另行通知。季国雄住在厂里，早出晚归，去一家小区的物业兼职。这样混了两年，有朋友成立了装修公司，请他负责水电这一块，季国雄买断工龄，搬进了李家堡村。这有两个原因。一来，老大不小了，想出去闯一闯；二来，磁带厂濒临破产的边缘，人心惶惶，朝不保夕。买断工龄，厂子一次性给了季国雄五千块钱，算是两清。季国雄雇了辆皮卡，将家当从磁带厂拉到了李家堡。李家堡位于西郊，离家近，母亲那时的身体已出了状况，多少也有个照应。街坊邻居，长久不见，总要问他在哪儿干呢？老大呵呵，美着呢美着呢，有碗饭吃。人东奔西走，胼手胝足，不就顾个嘴吗？大伙儿跟着笑，那就好那就好。季国雄很结实，须发茂盛，脚蹬战斗靴。最引人注目的，还是连心眉，看上去，就虎虎有了生气。

给母亲过完头七，老大季国雄去了段云的餐厅。段云跟季国雄是同学，同批进的磁带厂，交往十多年了。段云招呼季国雄坐，有些日子没见了，怎么也得喝两杯，掰扯掰扯。说着话，从抽屉里捏了撮黄山毛尖，令服务员用滚开的水，沏上。菜是两荤两素，其中两荤——回锅肉、糖醋里脊，是客人退下的。不是太甜了，就是发现了一只蚊子。如今，重新回锅，该勾芡的勾芡，该过油的过油，又端上了台面。段云笑着，让老大，来，吃菜吃菜，丧事都忙完了？季国雄不客气，一仰脖，将啤酒干了。忙是忙完了，我也该走了，明天，上东北。

东北？装修公司那边，不干了？段云给季国雄一支烟。两个月不发工资，还他妈的拉我入伙，要共襄盛举。这不扯淡嘛，又不是水泊梁山，还入伙？段云莞尔，上东北干啥活儿？

季国雄搛了筷回锅肉，扔进嘴里，嚼着。卖命的活儿！给电信公司架天线，底薪八百，只要上梯子，一天再补助六十。

段云是个胖子，谢了顶，从颧骨往上，亮晃晃，汪着油汗。他一边斟酒，一边非常亲昵地拍季国雄的胳膊。老大，说实话，明天就是寒露了。东北那鬼地方，冰天雪地的，穿厚一些，有军大衣没？最好带上。季国雄握住酒杯，半天没吱声。他揉了揉眼，望着天花板，唉声连连。咱就是个苦命，考大学嘛差了七分，买断工龄嘛早了四个月。四个月后，标准集团收购了咱厂，凡是买断工龄者，补偿两万。你就赶上了。如今有吃有喝，娃都一岁了，再过两年，就会打酱油了……

段云仰着身子，笑，眼泪都笑出来了。这不仅因为他多得了一万五，问题的关键，是娃都一岁了，过两年，就会打酱油了。段云神清气爽，老大，给你拿条烟吧，路上抽，精品白沙。季国雄咧着嘴，似笑非笑。谢谢，就普通的软白沙好了，我抽着顺口。

回到李家堡，季国雄交了半年的房钱。之后，收拾毛衣毛裤，袜子，衬衫，装了满满一皮箱。抽了两支烟，还是睡不着，又重新起来，在门框钉了一个笔记本、一支圆珠笔，并留下了一行字。诸位，我外出公干，如有吩咐，请留下姓名和联系电话。季国雄。

老三季国梁比老大季国雄小了六岁，季国雄走后不久，老三季国梁的婚事，渐渐浮出了水面。

季家三兄弟当中，最爱玩，朋友最多的，是老三季国梁。深居简出，来无影去无踪的，是老二季国栋。一幢楼住着，住了几十年，很多人搞不清楚老二究竟是谁家的孩子。季国栋寡言，略微有些木讷，怪孱货。一年春节聚餐，季骁骏多喝了两杯，兴致勃勃，说老二，你也讲几句，热闹热闹。季国栋起立，双手绞在一起，嗽嗓子。偏大的向小的，中间夹个受气的。言毕，拂袖而去。季骁骏摇头，怎么样？怎么样？！蔫驴踢死人吧。老二季国栋在电车一厂做修理工，除了上下班，很少抛头露面。那张脸窄、瘦，总阴着，就没个笑模样。闲来无事，季骁骏瞎琢磨，将国雄、国栋、国梁，逐个掂量一番，多少有些沮丧。名字是好名字，可就没一个成器的。算了算了，顺其自然吧。老伴过世，季骁骏也退了，想着三个儿子都未成家，不是个事。刚好技校的一位副校长在兴平办了家厂，缺个技术过硬的钳工，喊他。副校长说，季老师，你过来把把关，带一带年轻人。季骁骏简单收拾了一下，就去了。兴平离家近，周末回来洗个澡，换身衣服。平日就住在厂里。一早一晚在田畴散散步，风吹麦浪，远方的村廓炊烟袅袅，倒也赏心悦目。

前面说过，老三季国梁好动，人也长得秀气，白，一笑俩酒窝。在学校读书那会儿，踢过一阵足球，练过吉他，朋友换了一茬又一茬。男孩子在一块儿，磕磕碰碰是免不了的，老师经常喊家长，开会。母亲最怕给老三开会，每次回来，都说心口疼，一疼就是好几天。高中没考上，念技校，三年后，顺理成章进了厂。会是不开了，老三的朋友却找上门来，挤一屋子，嗡嗡。老二季国栋不动窝，躺在架子床上看电视。有人给他烟，他噢一下，算是打过招呼。朋友就问季国梁，你家老二咋了？

没咋，喜欢一个人待着。

下一次来，朋友站在楼下喊，老三，季老三。季国梁从窗口一探头，来了来了。男男女女，在楼下的花坛说话、唱歌、弹吉他。一曲《皇后大道东》，季国梁演绎得有板有眼，老大季国雄听傻了。谁的歌？季国梁拨弄着琴弦，罗大佑，好听吧？好听好听。后来老大用上手机，铃声一直是《皇后大道东》，舒坦。每个月，总有那么一两天，季国梁吆三喝四，在花坛边架上烤炉，烧木炭，烤羊肉串儿。气氛就出来了。木炭红彤彤的，油烟蹿起老高，五楼一户人家的狗，烦躁不安，围着阳台，转圈儿。季国雄赶上，就抓一把羊肉吃。一边吃一边说，好嘛好嘛，蛮滋润。一伙子小年轻，喊大哥，忙着递烟。大哥就得有大哥的样子，季国雄去小店拎捆啤酒过来。慢慢喝，可有一条，小点声儿，否则群众有意见。小伙伴们纷纷起立，谢了大哥。上楼，季国雄问老二，你不下去尝尝？便宜那帮小子了。老二季国栋翻个身，将自己摆展，齆声齆气。

没吃过羊肉，还没见过羊跑？一股子膻味。

老三季国梁因此瞧不上老大老二。老大是个直肠子，没城府，干啥啥不成，倒霉透了。老二呢，闷葫芦，整天板着个脸，好像谁欠他八百吊似的。季国梁不一样。爱好多，性情活泼，进的是国营大企业，学铸造。工种虽说不理想，但有一点好处，三班倒，每天工作的时间，不会超过六小时。老三季国梁发挥这一优势，不等不靠，跟朋友在自由市场赁了一间门面房，卖服装。管住了吃喝不说，几年下来，还添置了手机和摩托车。摩托车是太子型的“建设 125”，日本原装货。发动机轰隆隆，声裂屋瓦，能传出两里地去。老三季国梁有信心，在不远的将来，开上四个轱辘的小轿车。形势当然是喜人的，一个叫航苇的姑娘，脱颖而出。航苇本来跟老三季国梁一点关系都没有，也是朋友套朋友，吃过两回烧烤。楼观台、净业寺、草堂寺，一伙子人，结伴而行。春风骀荡，雨滴芭蕉，渐渐地，

“建设 125”摩托车的后座，成了航苇一个人的天下。航苇丹凤眼，体格风骚，是公司总务处的出纳。按航苇的话讲，你就是打着灯笼，也难找啊！

当然，老三季国梁一笑，我打的不是灯笼，是摩托车的前灯，千回百转，看见的，只有你。

这句话就很感人了，航苇扑进了季国梁的怀抱。老三腾出手来，解航苇衬衫的纽扣，被止住了。或者说，航苇轻轻抓住老三的手，停在胸前，有话讲。咱们结婚，住哪儿？农村呗，租一间农民房。等将来有了钱，再买一所大宅子。老三季国梁的手，又开始动，螃蟹似的，横行。

航苇及时抽身，仿佛被蝎子蜇了一下，蹦到窗前。农村多不方便，脏兮兮，夏天热得要死，冬天冷得要命……我倒好对付，将来有了孩子，孩子怎么办？

那就住家里，季国梁叹了口气，去拿烟。航苇乘胜追击，挨着老三坐下，低鬟，就有些哀怨。住家里也行，老大老二得搬出去，并且要立个字据，放弃对房子的继承权。季国梁没吭声，一手拿烟，另一只手，搭在了航苇的肩上。航苇突然有些冲动，仿佛忍了又忍，再也忍不住，一把抱住老三。你得体谅我，这都是没有办法的办法。航苇说着，眼泪溢溢而出，扑簌簌往下淌，淌给老三看。

季国梁这一回畅通无阻，泪水与汗水交织在一处，眼前雾茫茫，一片空白。不知过了多久，老三季国梁睁大了眼睛，一字一句地说，总得有个先来后到吧，走到哪儿，都是这个理。

周末，季骁骏回来，季国梁跟父亲谈了。航苇也见了，花骨朵一般的女孩儿，季骁骏没意见。说你们兄弟自己商量，就这两间房，谁住都可以。为了表明姿态，季骁骏又加了一句。结婚嘛，房间得装修一下，这个钱我出。酒席彩礼买家具，也是我的。从提出此事，到洞房花烛，又过去了大半年。光装修就搞了两个多月，闹哄哄，给楼上楼下打招呼。老三季国梁的笑声少了，花钱，哪一项都要钱，货比三家，能省就省着点。节流还得开源，他办了停薪留职手续，要大干一场。赁了新门面，外贸服饰，亲自去广州进货，忙得不可开交。同学朋友见老三忙，不好再打搅，偶尔通个电话，问候一下而已。航苇说这就对了，形势逼人，挣钱才是硬道理。

老大季国雄从东北回来，门前的笔记本还在，上边有三条留言。其中一条是老二季国栋的，让他马上回家，有事商量。另外两条，是梅梅留下的。老大，你死哪去了？老大，还没回来？我搬到枣园西路副九号了，怡人发屋，我可比过去瘦了。

季国栋的字拘谨，抠抠搜搜，放不开，又瘦又小，不像梅梅。梅梅的字飘逸洒脱，手舞足蹈，宛如塄坎间的杂草，肆意萌蘖，长疯了。

季国雄笑了笑，洗头脸，去老安家泡馍馆吃羊肉煮馍。出去这半年，就惦记羊肉煮馍，临了喝口汤，冲老板竖起大拇指，灿活，美得很。季国雄的电话丢了，手头不大宽裕，一直没再买。本想赌口气，就不买手机了，没个意思。要么不响，跟个哑巴似的；要么一旦响起来，除了广告推销，就是形形色色电信诈骗，烦死个人。已是四月底，柳絮轻扬，棣棠斜逸旁出，花开得正艳。季国雄叫了辆人力三轮，来到电车一厂，找老二。老二季国栋穿着油渍麻花的工装，蓄起了唇髭，看上去，竟显出几分憔悴。兄弟俩坐在路沿上，肩并肩，开始抽烟。

说说，啥形势?

季国栋就说了。老三国梁准备结婚，让咱腾房子，签个字据。另外，老头有想法，正四处托人，给咱找个后妈。

季国雄一跃而起，仿佛屁股下坐着的不是混凝土、石板，而是火山的熔浆。什么?他还想弄?都弄两回了，有完没完?！

腾房子，老三结婚，老大季国雄没意见。关键是季骁骏，也太不像话了。季骁骏的确结过两次婚。头一个妻子在老家，有个女儿，前些年，还到西安来过。季国雄说完，扔掉烟蒂，笑。想弄就弄，总闲着，也不是个事儿，容易出毛病。

老二季国栋唇髭动了动，睃了季国雄一眼。好嘛，话都让你说了。

形势清楚了，季国雄先走一步，买酒买菜，回去拾掇。季国雄爱吃，更喜欢自己动手，烧点花样出来。这些年，每逢节假日，下厨的活儿，除了母亲，就是季国雄。季骁骏刚好在家，兴平那家厂，因土地租赁续约的问题，与镇上未谈拢，电给停了，放假，季骁骏就回来了。季骁骏见了季国雄很高兴，还去不去东北了?

活儿结束了，在家先歇一阵。季国雄摸出长白山，爸，抽烟。季骁骏退后一步，我戒了。上个月支气管发炎，大夫说你得戒烟了，发展下去就是肺气肿，那可遭罪。季国雄莞尔，想老二的话，对上榫了。

戒烟，大夫没说，介绍人说的。有热心人爱张罗这事，年纪又不算太大，问季骁骏有想法没？季骁骏满脸堆笑，遇上合适的，可以考虑，做个伴儿。就安排见面。无非坐一坐，喝杯茶，聊聊家常。介绍人反馈回来两条意见。一是季骁骏抽烟，另外，三个儿子都未成家，负担过重。季骁骏当即把烟给戒了，又放出风，愿意上门，住到女方家。介绍人鼻子不是鼻子，脸不是脸。老季，你白活大半辈子了，怎么一点道理都不懂？人家女方嫁过来，就是想给孩子腾地方。好嘛，你过去算咋回事嘛？岂有此理？这话都说得出口？！季骁骏面红耳赤，干咳，擤鼻子，眼皮跳个没完。他说不出口，他也想给孩子腾地方。老了老了，实在不行，回四川啊。季骁骏的心里，酸酸的。

这里面的弯弯绕，来龙去脉，老大哪里晓得。季国雄笑着打趣，爸，想找，就找一个，我没意见。听谁说的？尽胡扯。季骁骏一哈腰，走了，去买饮料。人家航苇就爱喝杏仁露，承德露露。

老三季国梁跟航苇一起回来的，带回来一股馨香，若隐若现，在空气里起伏、摇曳。家里有女人没女人是不一样，气氛、颜色都不对，哗的一下，老大季国雄的眼前就是一亮。航苇叫了声大哥，忙着系围裙，想打个下手。不用不用，季国雄点着一支烟，脸上笑吟吟，锅里正在炖红烧肉。航苇，希望都寄托在你身上了。什么希望？航苇就是一愣。生孙子呗，我妈临终前，念念不忘的，就是抱孙子。

航苇脸一红，也走了，将厨房交给老大。航苇后来跟季国梁学舌，你家老大浓眉大眼，说话怎么不着调儿。老三抻了抻袖口，粲然一笑。老大读小学的时候，学校组织春游，上兴庆公园。在公园门口，别的孩子都在排队，老大不安生，逗弄一匹驴子。驴子烦得很，踏了老大一脚。本来聪明伶俐的老大，就变得不着调儿……航苇娇羞带喘，笑得不成个样子，猴在季国梁的身上，去掐他的后腰。要说你们季家三兄弟，唯独你季国梁，精精神神，脑子也算灵光。

晚餐自然丰盛，冷盘热炒，啤的白的饮料，倒也满满当当。母亲的遗像，摆放在五斗橱的一隅，慈眉善目，落满了尘土。季骁骏端起酒杯，来，那咱们就开吃吧。老大季国雄冲着母亲的遗像招呼，妈，您老人家就放心吧，我们都好好的，没事。航苇非常乖巧，要不给阿姨夹些菜，敬上一杯酒？季国雄摆手，意思一下就行，别整虚头巴脑的玩意儿，骗鬼呢。航苇耸肩嘟嘴，季国梁哂之。

谈东谈西，酒过三巡，季国雄将签了字的协议书交给航苇。签字处，钤着红嫣嫣的指印，丝毫也不含糊。航苇站起身，说大哥、二哥，这还是你们的家，今后要常回来看看。季国雄笑，那当然，老爸还在呢，是不是，爸？季骁骏呵呵，老二季国栋面沉似水，一声不吭。酒足饭饱，该说的说了，协议书也奉上，老二觑了老大一眼。那意思，等啥呢？赶紧走吧。待下了楼，小风一吹，整晚未置一词的季国栋，敞衣襟，揉脖颈。这叫散伙饭，最后的晚餐。季国雄给老二一支烟，你也忒颓气了，算个屁呀。走，我领你去个地方，潇洒潇洒。季国栋一拍自行车的后座，免了，我回去睡觉，明天还上班呢。老三谈朋友，准备结婚，老二季国栋就给电车一厂（如今叫巴士股份）打报告，搬进了单身宿舍。季国雄默然，伸手叫了辆出租车，跟司机说，上枣园西路。

梅梅是一家发廊的老板，手下有几个洗头妹，老大季国雄都没看上。季国雄那时在朋友办的装修公司，忙起来没黑没明，一旦闲了，就踅进洗发屋，擦心慌。梅梅体态丰腴，双睑，说你喜欢啥样的？季国雄没客气，像你这样的。梅梅前俯后仰，奶子一颤一颤，浑身上下，冒热气。梅梅说我是不做的，早都戒了。老大季国雄不依不饶。洗个头，聊聊天，交个朋友，总可以吧。梅梅笑而不答，顾盼流盼，脸颊晶晶亮。一天店里的空调不制冷，季国雄爬上爬下，氟利昂没了，给修电器的朋友电话，添加氟利昂。完事，梅梅问多钱？季国雄说你别管，我回头跟他算。去年联系了一批二手空调给他，到现在账还没结清，他哪敢要钱？梅梅过意不去，晚上请季国雄去路边吃麻辣烫。

梅梅是汉中略阳人，丈夫好赌，将家里的一台手扶拖拉机给卖了。简直不是个人，畜生。梅梅面带愠色，你知道在农村买台手扶拖拉机费多大劲？有几家买得起嘛？！一气之下，梅梅离家出走，不过了。季国雄不免唏嘘。现在怎么样？梅梅啜了口啤酒，寻来过几次，又是写保证又是痛哭流涕，狗能改得了吃屎？也是带了些酒意，梅梅本推半就，跟着季国雄去了李家堡。宽衣解带，季国雄这才发现梅梅一身的肉啊。你太胖了，季国雄抱起梅梅，从沙发来到床上，今后得节食啦。梅梅杵了老大一拳，讨厌，不准说我胖。季国雄哼哧哼哧忙活，汗出沾背。梅梅睁大了眼睛，解释。我以前可苗条了，自从结婚后，生了儿子，跟面团一样发酵，都是你们男人害的。

季国雄歇下来，可真是累坏了，握住梅梅的乳房，喘。梅梅轻轻拍着他的头，像是哄自家的娃儿。老大，你知道吗？在我们乡下，有一种说法。处女的乳房叫金奶，跟男人有过关系的叫银奶，而生过孩子的叫猪奶。这话一半是调侃，另一半是看季国雄的反应，探探虚实。季国雄眨巴眨巴眼睛，轻轻地吻一下乳房，猪奶也是奶呀！梅梅全身战栗，死死箍住季国雄，喊，老大、老大……

出租车在枣园西路兜了两圈，司机有些不耐烦，说发廊多得是，随便找一家好了。季国雄眼睛睒也不睒，盯着沿途每一家灯火，门头，到了到了，停车。季国雄掏出十块钱，递过去，语重心长地说。人是讲感情的，哪能随便找一家好了。众物必有表里粗细，一草一木，皆涵至理。司机瓷马二愣的，半天没挪窝儿。季国雄走远了，司机吐了口痰。呸，这个瓜怂，还跩呢，将来有你好看。

季国雄推开玻璃拉门，有两位客人洗头，梅梅冲着老大笑。

季国雄悄悄将一副翡翠耳坠（包裹在锦囊里）递过去，梅梅喜得直蹦。啥时回来的？昨天。季国雄很快活，掏出两盒烟，一盒芙蓉王，一盒醇555，扔在了沙发上。抽，想抽啥自己拿，怎么搬到这边了？好一通找。梅梅拿起芙蓉王，凑到季国雄的耳边。宏光路那家店出了些事，没办法，挪到这儿，生意差了一截子。

两位客人多少有些狐疑，盯着季国雄，走了。老大笑着招呼，慢走，欢迎下次光临。洗头妹们簇拥过来，爹着手，在灯下看耳环，讨论价格。其中一个叫燕子的，季国雄没见过。燕子抽出一支醇555，略显腼腆，待会儿去消夜，带不带我们呀？

一起去一起去，劳逸结合，是不是，梅梅？问题又抛给了梅梅。梅梅看表，你埋单？那是，季国雄跷起二郎腿，我给你们讲一讲在林海雪原里，遭遇熊瞎子的故事。啊？洗头妹们悚然，季国雄摸脑壳。逗你们玩呢。梅梅险些踹老大一脚，神经。

房子装修好了，老三季国梁婚礼前夕，季骁骏喊老大老二回来，桌上摆了两沓钞票。季骁骏说，长幼有序，本来你们两个应该先成家，可迟迟不找，这事也不能勉强。买房我是买不起，咱家就这么个情况，我跟你妈工资都低……但你们可以租套单元房，兄弟俩，相互好有个照应。一人给你们五千块钱，买家具。将来如果结婚，我力所能及，该帮还得帮。我有退休金，外面又兼着差，说实话，为谁干呢？还不是为你们兄弟？！

季骁骏动了容，嗓音嗄哑，眼圈就给红了。季国雄说不要不要，这钱你留着，想吃啥自己买点。季骁骏不答应。拿上拿上，尤其是你老大，没个正当职业，东一榔头，西一棒槌，最让我操心。又扯了几句闲话，见父亲神色萎靡，老大老二没再耽搁，告辞。走下台阶的时候，季国栋说，这钱你都拿上，买家具家电，你给咱操办。房租嘛，算我的。别急，话还没讲完呢。我收入稳定，房费水电我来出。而买菜煮饭，是你的事，如何？印象中，老二季国栋很少一口气说这么些话，老大季国雄警醒过来，哐哐哐，拍胸脯，表态说，得，后勤这一摊子就交给我了，确保荤素搭配，营养均衡。

经多方察看、寻访，在团结西路冶金厂家属区，租了套两室一厅的单元房。这个位置，处于枣园西路与电车一厂之间，行走方便。离家稍微远了点，但有电话呢。季国雄从东北回来，一出手就买了两部摩托罗拉，自己一部，梅梅一部。房间把头，朝南的给季国栋，朝西的归季国雄。老二那边，添置海尔电视机影碟机，冰箱放厨房，厕所装燃气热水器。老大这边，电视没换，买了套音响，听罗大佑、李宗盛、崔健、施特劳斯家族。一万块钱，所剩寥寥。一天在音像店徜徉，一首曲子激昂而渺远，季国雄为之一振。谁的曲子？老板蔼然，德沃夏克，《自新大陆》。就是他了，老德。老板慢吞吞，捷克人，一位大师。季国雄很满意。每天听听歌、音乐，外出采买，一星期五天，基本不带重样的。周末老二好钓鱼，踩单车，风雨无阻，一跑就是一天。老大季国雄中午煮碗面，下午洗衣裳（捎带着连老二的也洗了），拖地抹桌，刷厕所，整饬一新。夜幕低垂，到段云的餐馆坐一坐。头发服服帖帖，还带着一股沐浴露的好闻味道。来了，就开始点菜，一边点，一边打电话，三五好友，觥筹交错。有人问老大如何打算？不急，急啥嘛？一张一弛，文武之道。大伙儿纷纷举杯，老大，哪里是随便叫的？买单当然是季国雄的事，众人拗不过，老大，有事就吭气。

从段云的餐馆出来，季国雄去接梅梅。现在的环境，比李家堡强太多，霄壤之殊，还能洗个热水澡。音响开着，《自新大陆》汩汩流淌，漫漶。梅梅哪里懂这个，埋怨季国雄。老大，装神弄鬼的，换一盘换一盘，有没有梅艳芳或者林忆莲。歌声中，难免忘乎所以，失态了，动静就比较大。一天中午，老二季国栋放下碗筷，愀然不悦。老大，你能不能小点声，我可是闲着呢！

季国雄这才感到问题的严重性。老二性情寡淡，从小到大，就没见他跟女孩说过话，即使同性的朋友，也屈指可数，他根本就不出门。季国雄喏喏，旋即给梅梅电话，帮老二叫个小姐过来，性情好，有耐心的。梅梅笑，你当大哥的真不容易，床上的事也管？这样吧，叫燕子过去，价钱你们自己商量，出台费嘛，我就不收了，算给你老大一点面子。

晚上九点半，燕子来了，季国雄去楼下接人。松糕鞋，脚踏裤，涂了张大白脸，唯独那双眼睛，黑漆漆，显出几分稚嫩。季国雄笑，搓手，与燕子保持一定的距离。你要教教他，我们家老二，可是个生瓜蛋子，未沾过荤腥的。燕子欣欣然，大哥，你放心，就是一条死鱼，也要让他飞起来。

燕子卸妆，冲了澡，披着浴巾进了老二的屋。季国雄抓耳挠腮，当然不能听兄弟的墙根，打开电视机，看动物世界。又不放心，门半敞，音量适中，怕万一有个三长两短，龃龉夹缠，好及时处理。一支烟刚吸完，燕子过来了，急吼吼，管老大要啤酒喝。说是渴死了，一身的汗，澡算是白洗了。

速战速决，够快的。老大季国雄忙着斟酒，给燕子点烟。

燕子将啤酒一饮而尽，抹了抹嘴，两条长腿光溜溜，晃。什么呀，根本就没弄。老二说得好，你能天天来吗？不能，老大没那些钱。要弄，就天天弄；要不弄，就一次也不弄，免得惦记。

季国雄松快多了，一块石头落了地，给燕子续酒。坐怀不乱，这就没办法了，我老大也算仁至义尽。燕子瞄了眼电视，从烟盒里弹出一支阿诗玛，哧哧笑出了声。老大，要不咱俩弄？反正闲着也是闲着。

季国雄心头一热，咬着牙。谢谢燕子，见贤思齐，钱我照付，咱就聊聊天吧。

老三季国梁婚后没多久把烟给戒了。不是他想戒，航苇一直做工作，循循善诱。医生说，烟酒对胎儿有影响，最好是戒了，实在戒不了，也要少抽少喝。尤其回到家，压根儿就不能抽，墙都熏黄了。老三季国梁记在了心上，但也有疏忽的时候，蹲在厕所里，吸了一支。航苇进门，鼻翼动了动，眼泪就下来了。一手扶着后腰，一手按着小腹，不吭声。航苇，怎么了？你还要不要娃了？要，瞧我这记性，忘了开窗通风。你是想要个痴呆、畸形、智力低下的娃呢，还是……

摆事实，讲道理，一讲就是半个钟头。季国梁害怕了，给航苇削了个苹果，切成果牙，劝她吃了再说。航苇叹口气，细嚼慢咽。你也不想想，就你们家，老大、老二，根本指望不上。一个四下乱蹿，属猴子的；一个闭门不出，像孵蛋的母鸡。你爸又是那个样子，天天梳个大背头，心野着呢，恨不能立马把自己嫁出去。真要有个什么好歹，大事小情，还不得靠我家？是不是？是，季国梁和颜悦色，结婚那天我也表态了，别人是一个女婿半个儿，我就是你们航家完整的儿子！

老三说到做到，往航苇娘家跑得更勤了，与过去的朋友，基本上断绝了来往。烟是戒了，偶尔喝点酒，生意场上往来酬酢，也适可而止。人们都说老三季国梁简直换了个人，成熟了，话也少了，唯一见长的，是胡子，没有时间刮。

航苇生了个女儿，叫季航。请满月酒，一周岁，两周岁，三周岁，摆筵席，娘家人多，剩下的，是总务处劳资室的同事，加上处长薛境。薛境南航毕业，从公司办调来不久，剑眉星目，给人一种不怒而威的稳妥劲儿。薛境大刀阔斧，起用年轻干部，航苇擢升到劳资室主任的位置。生了女儿的航苇，身材依旧窈窕，颐丰目秀，走在路上，都不带旁视的。季骁骏还在兴平挣钱，赶上了，就去餐厅坐坐。老二季国栋概不露面，连老三的电话也不接，后来索性关机。老大季国雄是场场必到，封个红包给侄女季航，迎来送往，忙着张罗。季国梁、航苇夫妇，就能安稳些，喝酒搛菜，谈笑风生。筵宴结束，季国雄疲疲沓沓，来到段云这儿，要碗担担面，狼吞虎咽。航苇是南方人，请客都安排在昆明路“汇庭海派私房菜”，玻璃幕墙，水晶灯，猩红地毯。踩上去，轻飘飘的。季国雄吃完担担面，一副痛心疾首的模样。咱红包太碎，拿不出手，力气活儿就多干点儿。按理说，季家这一系，就这么一棵独苗，我当大哥的，酒宴全包也不过分啊。段云笑，老大，将来发达了，包酒席就上我这儿来。新请了师傅，海鲜水产，花样多多。

段云的“舒心小厨”最近装修改造，相邻的面馆被吞并，隔出包间，连门头都换了，“红鳟坊”，主打虹鳟宴。挂牌那天，老大季国雄请李家堡过去的房东写了幅字，“仰天大笑出门去，我辈岂是蓬蒿人”。拿镜框镶上，送了来。段云倒吸口凉气，左右端详，谁写的？季国雄一提裤带，李家堡书协主席，汉唐书画的理事，书院门翰海公司名誉董事长。名头越多，越成了烫手的山芋。这幅字最终挂在了洗手间，段云觉得恰到好处。字的优劣姑且不论，这两句诗悬在餐厅显然有悖常理，而洗手间是它唯一的去处。段云对自己的随机应变，很满意。

季国雄在家闲了半年多，去“人人乐”超市做了名保安。保安这活儿累倒不累，季国雄的心里，却疙疙瘩瘩的。梅梅说咋？季国雄苦着脸，摇头。再别提了，保安队的队长是中堡子的村民，没事就让我们踢腿，走正步。踢踢腿没啥，关键是家门口熟人太多，尤其是过去的女同学，见了面就笑。那笑也不正经，曲里拐弯，嗲功十足，动辄要请我喝茶。每次呀，我恨不能钻进地缝里，真不想干了……梅梅扑挲了一下老大的头，你呀，跟我摆起大道理一套一套的。什么身正不怕影歪，破山中贼易，破心中贼难。人家笑人家的，你心中无鬼，怕个卵。话又说回来，咱就是一下岗职工，对不？祖上没积攒万贯家私，本人庸庸常常，也就床上还像那么回事。季国雄踮脚尖，轻舒双臂，梅梅话锋一转。农民怎么了？你爷爷不是农民？我也是农民，你要是嫌弃……季国雄去拉梅梅的手，哪里哪里，我是自卑，骨子里嫌弃自己，晚上过来呗。超市促销，买了尾花鲢，我给咱烧剁椒鱼头。

一个风和日丽的午后，季国雄正在“人人乐”超市巡查，电话响，是梅梅。梅梅带着哭腔说，老大，出事了，你得救我呀。原来，燕子给客人“服务”，客人不满意，拒绝付款，燕子恼了，拿高跟鞋踹了对方几脚。客人是农民工，越想越憋屈，坐在马路牙子上打电话报警。好嘛，一勺烩，通通带进了派出所。辖区内的发廊几十家，有道上混的“赵哥”收保护费，所里分局都有关系，风声紧了，就歇两天，一直相安无事。今天不一样，报了警了，“赵哥”破口大骂，去死吧你。警察倒客气，说要么拘留，要么交五千元罚款，自己考虑。梅梅急了，跟季国雄说我才给孩子将钱邮回去，交学费，身上不到两千块，无论如何，你给我凑三千块钱过来……

季国雄接到梅梅的电话就离开超市，脑子里剩下一个念头，钱。他身上只有一千多块钱，找谁呢？老二不行，老二每个月的工资交完房租水电，所剩无几了。老三更不行，老三倒是有钱，但不能借。老三季国梁的外贸服饰生意不错，但最近将资金投入股市，被套。前些天在超市见了，老三还嘀咕。说进货都困难，想跟老头借点钱，老头在电话里装聋，啥？啥？没治了。最终找丈人爸，才算了结。

季国雄摘下大盖帽，扇着，去了段云的“红鳟坊”。饭口已过，段云正跟几个师傅玩“挖坑”，季国雄笑。玩几把？段云问。不了不了，有点事，季国雄惴惴。段云发牌，有啥事你就说，都不是外人。师傅们冲着老大咧嘴，递烟。季国雄没吱声，右手的拇指跟食指捻了捻，段云头都未抬，多少？

两千，急用。季国雄说完沉默了，以一种谦卑的姿势，微微含胸，双手紧贴裤缝，汗出如渖如浆。段云，师傅们，笃定出牌。这一局段云“挖”的，张张有用，好牌，手中的“炸弹”响了。几个师傅相互埋怨，段云洗牌，一抬头，两千够了吗？够了够了，季国雄是没想到，如此痛快。段云数出两千块钱，你可是有些日子没来喝酒了。季国雄心中忐忑，倒班，经常还连轴转，身不由己啊。季国雄接过钞票，小心翼翼，补充道，我会尽快还你的。段云拍了拍季国雄的肩，多大个事，千万别往心里去，那你慢走。段云接着“挖坑”，季国雄一路小跑着出来，抹了把颡上的汗。今天够顺的，段云没打磕巴，连句多余的话都没有。想不到，真想不到。再一琢磨，这跟段云手气好有关。输赢事小，难得“炸弹”都响了，轰的一下，翻番。

季国雄兜里揣着三千五百块钱，直奔派出所。一手交钱，一手领人，梅梅形容萎黄，骂燕子多事，害得她丢人现眼，所里挂了号。挂了号等于被警察钉上了，警察钉上能有个好吗？转过来安慰老大季国雄，放心，这钱我肯定还你。季国雄哼哼唧唧，实话实说。还我两千就可以了，跟人借的，就开餐馆的胖子。

话音未落，老大电话响，瞅一眼，跟梅梅摆手，跳上一辆三轮车，快，“人人乐”超市。队长打来的，擅离职守，想不想干了？队长怒气冲冲，说完就给挂了。季国雄当然想干，尤其是现在。梅梅那里，也就那么一讲。床上一滚，男欢女爱，咋好意思提钱的事。他必须干满三个月，不吃不喝，才能把钱给段云还上。季国雄下了三轮以百米冲刺的速度，冲到队长跟前。对不起对不起，我爸病了，心脏病，刚送进医院……队长怔了一下，你爸不要紧吧？问题不大，输上液了，接到你的电话我就跑了来。队长的语气和缓许多，你还是上医院看看吧，今天就不用来了。有事也招呼一声嘛！谁家能没点事？！季国雄鼻子一酸，哭了。他很久没哭过了，上一次哭，还是在磁带厂毗邻厕所的平房里，连他自己都搞不懂，怎么就给哭了，涕泗横流。队长吓了一跳，宽慰道，你赶紧上医院吧，有需要的地方，说话，我们尽量帮忙。季国雄哽咽着去拉队长的手，摇了摇，走了。

从超市出来，季国雄脸上的泪痕未干，救护车嗷嗷叫，不远处就是职工医院。他懵懵懂懂，拐进去，熙来攘往，跟赶庙会似的。母亲生前手术、化疗、最终离世，都在这家医院。多久了，没想起母亲？大门的右侧是太平间、公厕，季国雄上厕所撒了泡尿，触景生情，又开始哭。有个面目黧黑的保洁员，放下扫帚，说小伙子，你咋了？季国雄泪眼婆娑，我妈不在了，一个人只有一个妈呀。保洁员枯瘦的脸抽搐了一下，想开些，活着的人就要好好活，免得老人家操心。季国雄给保洁员一支烟，谢谢你，我这就买酒去。

过了一个星期，季国雄去枣园西路找梅梅。他一直没打电话，怕梅梅误解，以为自己惦记着那笔钱，多没意思。他今天早班，下班后路过菜市场，买了只净鸭，想着过来招呼一声，晚上烧鸭子。自行车停在路边，不对呀，“怡人发屋”不见了，改“鑫鑫小卖部”了。揉眼，左右环视，枣园西路副九号。他奶奶的，地址没错，可物是人非。拨梅梅电话，停机，拨了两遍，都是停机。季国雄吸了口烟，至于吗？两千块钱就停机了？退后两步，刚想问问小店老板是否知道梅梅的下落，见门楣处刷了副新对联。四海翻腾云水怒，五洲震荡风雷激。老板果然戴着眼镜，戆头戆脑，像是个呆子，问个鬼哟。

大约半年后，磁带厂的一名工友在南大街开店，请季国雄帮着走线，与燕子邂逅。当时季国雄从公交车下来，阳光炽烈，一个举着遮阳伞风姿绰约的女子喊季大哥，正是燕子。据她说，梅梅的老公从略阳寻了来，孩子病了，要梅梅赶紧回去。真病还是假病不清楚，燕子舔了舔嘴唇，人家两口子“摸屁股搂腰，热乎着呢”。你季老大“晃点不清，竟干没屁眼的事”。这样吧，燕子从坤包里拈出一张烫金名片，以后想玩，找我。燕子言毕，扭动着长腿橐橐而去，再看香喷喷的名片，“碧丽斯昂”夜总会领班。季国雄往前走了几步，将名片丢进了路边的垃圾桶。

季航上小学一年级，季骁骏在兴平那家厂就不干了。季骁骏血压高，血糖也高，企业一直没大的起色。副校长一筹莫展，季骁骏提出回家休息，刚刚好。

季骁骏晨起遛遛弯，买菜，每天做三顿饭，接送季航，倒也其乐融融。季国梁买了部车，黑色丰田。航苇的意思想要白色的，季国梁说黑色的好，你看国家领导人的座驾，哪有白色的，一律黑色。航苇皱鼻子，懒得跟他啰唆。季国梁买得起车是因为股市暴涨，翻了好几个跟头，他果断套现，除了买车，又与人合伙开了家汽修厂。外贸服饰那边已走上正轨，每个月飞一趟广州，看样板，进货。更多的时间，放在了汽修厂。他有一种强烈的预感，随着汽车制造业井喷似的遍地开花，与之相关的服务业，势必得到蓬勃的发展。老三季国梁胖了，走路慢条斯理，连眼镜都戴上了。

而最近，一条关于季国雄的传闻不胫而走，说是老大在“人人乐”超市的差事黄了，天天路边打麻将。季国梁又是诧异又是恚恨，好你个老大，自甘堕落啊。不行，得找找他，一窥究竟。

季国梁没打电话，他要暗访，这天下午抽个空儿，开着丰田来到公司南门外的围墙边。据知情人透露，老大季国雄就在围墙边玩露天麻将，不远处，是等活儿干的农民工。丰田悄无声息，靠路边泊住，车窗徐徐降下。麻将桌不到十张，老中青，有几位还是女将。自然少不了观战的，手背后，满脸端肃。正值五月底，季国梁微微的，有些冒汗。他敲出一支芙蓉王，点燃，瞅着麻将桌，不响。倒是要看看你老大，这牌能打多久，沉迷于何种程度？观战的受不了了。观战的本来就是瞧热闹岔心慌，东张西望，咦，不对劲，是开丰田的不对劲。来者不善，冷冷的，嘴角叼着烟，像是揶揄，又仿佛不屑。观战的嘀咕，寻谁呢？咋了嘛？打牌的也纷纷抬头，季国雄笑，招呼一位看客，来来来，替我摸几把。众人恍然大悟，噢，老大他伙计。

老三季国梁真是气坏了，车都没下，季国雄赔笑脸，解释。两个月前，也就是春节后没多久，超市盘点发现，有商品不翼而飞。方便面、火腿肠、丝袜童装，东西值不了多少钱，但引起了安保部门的警惕。这天傍晚，队长在对讲机里通知季国雄，赶往服装 C 区，监控里发现，有个女人撕扯条形码，用尖嘴钳破坏防盗磁扣，一定要人赃俱获。季国雄赶到 C 区，发现是个小女孩，也就十五六岁的样子。瘦瘦的，小小的，那一瞬间，季国雄心软了。他上前一步，小声道，姑娘，放下东西，赶紧走，摄像头正盯着你呢。女孩惊魂甫定，张望。快跑，季国雄急了，往人堆里跑，再别来了。也就十几秒的工夫，女孩消失在人群中。队长在监控里一目了然，追问季国雄，你跟她说啥了？她是你什么人？吃里爬外的东西。自始至终，季国雄没说一句话。老大被开除了，毫无通融的余地，滚蛋！当天夜里回到家，季国雄买了瓶太白，一袋花生米，一斤卤鸡爪，跟老二学了事情的经过。季国雄埋着头，更像是自言自语。我受不了女孩的眼神，不想抓她，更不想移送派出所，从而留下案底，一个阴影。季国栋不说话，抽烟喝酒，嚼花生米。季国雄嘴唇哆嗦着，老二，我想暂时歇一歇，不上班了，你看咋样？季国栋眼皮一耷拉，没事，想歇就歇，我的工资够咱俩用了。的确，季国栋言语不多，但干活儿是一把好手，现任维修工段的工长。薪水一涨再涨，各种补贴，岗位津贴，杂七杂八加起来，也厚厚一沓子。

老三季国梁满腔满腹的怨怼，溘然间，消弭大半。他数出一千块钱给老大，又拿了条“好猫”，说，实在不行，就到汽修厂来，一个电话的事。老大频频点头，摸车身，烫手。这车多钱？老三说了个数字，老大龇牙。哎，你怎么又抽上烟了？季国梁将烟屁弹出窗外，现在制度放宽了，偶尔玩玩。

黑色丰田绝尘而去，季国雄接着打牌，给牌友散烟，好猫。牌友问谁嘛？我们家老三。牌友，包括观战的，对季国雄就多看了两眼。路边的摊子，小麻将，每人给老板交一块钱，有两三家。输赢都不大，参与者踊跃，渐渐地，就成了气候。虽说在路边玩，季国雄却一点也不邋遢。脸总是要刮的，一个星期铰回头，衣衫鞋子洗刷干净，步子不疾不徐。老朋友说他瘦了，肤色暗下来，季国雄嘿嘿，我从来就没胖过。隔些日子，有人电话联系老大，装修新房或者店铺，季国雄就忙上一阵，走线。毕竟知根知底，像泥瓦粉刷，也让老大找人，负责监督。也因为如此，老大在民工中就有了声望、地位。找谁干都是干，季国雄一露面，争相给老大递烟，笑，起码混个脸熟。这种半包的活儿，主家能省三分之一的费用。工程结束，除了工钱，也请老大吃顿饭。季国雄说那就南路“烧鸡公”吧。老饕的嘴是越来越刁，“红鳟坊”生意每况愈下，吃腻了，就得换花样，推陈出新。段云打出“烧鸡公”的招牌。季国雄记着段云的好，凡是有宴请，不管谁买单，都尽量揽到段云这儿来。无论是“红鳟坊”还是“烧鸡公”，吃的次数一多，有人烦，说老大，得是你在段云那儿入着股呢？季国雄笑，朋友的店，我入什么股？能帮衬就帮衬，都不容易。

这天老邻居家重新走线，不走不行嘛。三十年前的老房子，线路老化，空调、电饭煲、热水器，全是用电的老虎，总有一股胶皮的煳味儿。忙活了两天，告一段落，老邻居塞给季国雄几张钞票。几番推辞，老邻居生气了，非收不可，一码归一码。季国雄抽出一张，说够了，真够了。老邻居无奈，这样吧，咱找个地方坐坐，叙叙旧，把它花喽。季国雄放轻松，行，我有个根据地，南路“烧鸡公”。谁开的？段云，我同学。说名字可能陌生，见了面肯定认识。翳暝已暮，灯火灿然。进门，果然面熟，握手寒暄，老邻居又电话喊来两位善饮的，烘烘场子。人多嘴就杂，段云陪着老邻居喝了两杯，谈起彼此的父辈，竟然同年进厂，分在同一车间。哎哟哎，搂肩膀，排年庚，称兄道弟，关系又进了一层。正在这时，季国雄电话响，喂，哪位？

是我老大，梅梅，就在你家楼下。季国雄颜色突变，起立，双手抱拳。不好意思，我朋友来了，你们慢慢喝，咱后会有期。段云追到门外，出啥事了？要紧吗？季国雄骑上单车就走，是梅梅。段云吁了口气，这个老大，说风就是雨。重新落座，一五一十，梅梅，有两年，甚至三年没露面了。老邻居笑，重色轻友，根子，在季骁骏身上。季骁骏？对，就是三兄弟的爹，老季。老季快七十的人，前些日子闹了场恋爱。真的？段云嘴张得老大，忙着斟酒。那可不，是老爷子亲口跟我讲的，不避讳。老邻居散了圈兰州，风流韵事，总得张扬张扬，是吧？女方五十出头，还领到家里来过。姿色谈不上，好打扮，长裙皮靴，对上了年纪的人，还是蛮有吸引力。季老爷子精神，添衣衫洗牙镶牙染发，好一通闹腾。女方有房，准备扯证了，总得意思一下吧。买钻戒手链项链，世纪金花买外套，宜家的家具，“燕鲨国际”海鲜自助就去了三回。两个月后，女人不见了，人间蒸发。电话停机，那套房是租的，身份证自然是街头办的喽。姜，到底是老的辣。土埋到脖颈了，啥没见过，无所谓。季老爷子说得好，反正睡过几次，也算够本了。

段云笑，要免单。那怎么行？跟打架似的，象征性收了百元，喊服务员打包，将老邻居送到门外。老邻居意犹未尽，这叫啥？有其父必有其子。

梅梅站在单元门口，身边是拉杆箱，斜挎单肩包。季国雄停住单车，痴呆呆，望着梅梅。梅梅说，老大，给你还钱来了。

说着，去兜里摸索，数钞票。季国雄没接，有啥话上去说，黑灯瞎火的。方便吗？季国雄明白了。没旁人，就我跟老二。估计这会儿，老二正做梦呢。

季国雄拎起拉杆箱，腾腾腾，走在了头里，梅梅尾随其后。感应灯次第亮起，一层、两层、三层，又倏忽湮灭。打开防盗门，老二那边，果然静悄悄，鸦雀无声。季国雄过去瞅了眼，蹑手蹑脚撤出，老二睡了。

季国雄舀了盆热水进屋，先洗洗，刚从略阳来？梅梅点头，揩把脸，笑，笑着笑着，手在抖，肩胛也在抖，泪水长流。季国雄掩上门，好了好了，都过去了，吃饭了没？我不饿，梅梅说。那就先喝点茶，我们家老三给了些紫阳毛峰，你尝尝。梅梅瘦了，也黑了，鼻翼两侧的雀斑，隐约可辨。她捧着茶杯，像是在暖手，依旧泪水涟涟，啜泣。我走的时候，太匆忙，也没脸跟你打招呼。孩子的确是病了，阑尾炎手术，正用钱……本来不打算上来了，做那种生意，天天提心吊胆，一听见敲门就慌，神经衰弱。梅梅接过季国雄给的烟，吸了口，沉吟半晌。今年夏天，孩子去池塘游泳，结果，人不在了。季国雄的心，揪得紧紧的。梅梅咬住毛巾，咬了好一会儿。我跟他办了离婚手续，实在是丁点盼头都没有……在家晃了些日子，想着去南方，可人生地不熟，咱又没个一技之长，咋混嘛？还是先到你这儿看看，如果你有人了，我就走。

梅梅说完，喝了几口水，歪在床榻边。她本想靠一靠，结果，别别扭扭睡着了。或许是精神极度紧张，绷着，到了这会儿，彻底松弛下来，酣然入梦。季国雄给梅梅脱了鞋，盖好，站立片刻，去厨房倒了杯太白。梅梅是走投无路了，奔了来，而自己要啥没啥，租房住，房租还是老二在付。别说光明的前景，见了老二，咋交代嘛？想后思前，头一回，季国雄感到钱的重要性。去汽修厂上班？不行不行，闲散惯了，万一出点纰漏，不是给老三添乱吗？两杯太白下去，毫无头绪，季国雄进屋，倒在沙发上，昏昏欲睡。他恍惚走进了一片滩涂之地，鸥鹭点点，晚霞与千鸟齐飞，寻找着什么。波光潋滟，不远处水榭楼台，花团锦簇，石鸻宛转啼鸣。结果一脚踏空，跌进泥淖。愈挣扎，陷得愈深，伸手去抓菖蒲，喊救命。醒来，晨光曦微，拉杆箱立在墙脚，梅梅蜷缩成一团，鬓发蓬乱。喝了口杯中的残水，仰面倒下，无非多双筷子吃饭，又睡了过去。

季国雄下午接着打牌，梅梅在一旁充当看客，缺腿子了，也参战。老二那里，无话。仿佛梅梅从未离开过，两三年的光阴，弹指一挥间，连点涟漪都见不到。老大梅梅，相视一笑，老二就是老二。这天季国雄来得早，帮着老板摆桌椅，老板说，你想好了没？我要回家带孙子，你阿姨这几天关节炎又犯了，疼得要死要活……老板的确不想干了，私下里提过好几次。转给旁人不甘心，要么歪瓜裂枣，要么心眼贼多，一肚子坏水。老大没毛病，散了场子，还帮他拾掇归拢。季国雄一直没回应，是有顾虑。自己偶尔接了活儿，摊子就没人照看。再者说，真要以此为营生，七八张台子，一天二十几块钱，意思也不大。梅梅一激灵，捅老大，接，咱接，听我的。季国雄说，行啊，你真要不想干了，我干。老板笑，生怕老大反悔似的。好好好，我现在就回呀，你阿姨还等着我买药呢。季国雄急了，那也得把账算一算，银货两讫。老板走到马路中央，哈哈大笑。破烂玩意儿，值不了几个子，以后再说。

老板住冶金厂家属区，一个大院，那就以后再说。桌椅安放好，麻将往上一蹾，陆续有腿子过来。掷骰子，抓风，各就各位。见老大招呼，收钱，咋？老马不干了？换老板了？季国雄笑，啥老板，一起玩呗。梅梅、老大，站在路边，说话。梅梅兴致盎然，眸子不再混浊，有了神采，光亮。台子少，自然不挣钱。同样耗时间，再添二十张台，货卖一堆山，你看挣钱不？季国雄咳嗽着，有人玩吗？梅梅笑，如今从城市到乡镇，最不缺的，就是闲人。尤其小麻将，你就放一万个心。

主意已定，能省还得省，老大给老三、段云，过去的工友电话，谁家有手搓麻将，多多益善。一石激起千层浪，响应者众。老三季国梁最积极，第二天就送来了六副麻将、四张台。说先玩着，慢慢凑，谁家没几副多余的麻将。听朋友讲，肯尼亚、赞比亚、津巴布韦，只要中国人扎堆的地方，就有麻将、老干妈辣椒酱，标配。老大点头，那是那是。晚上，收了摊，梅梅拿洗洁剂清洗麻将牌，桌布用肥皂揉搓甩干，晾在厨房过道。第二天再看，崭崭新，光滑柔顺，泛着温润的光泽。季国雄笑，老马在那会儿，牌都粘着，揭三筒，连底下的八万也起来了。梅梅也笑，露天玩，脏，手上的汗，汽车扬起的尾气尘埃颗粒，今后我隔天洗一回。季国雄挠头皮，那就辛苦你了。梅梅鼻酸，啥辛苦，自家的生意，你看你的电视去。果然，麻将桌添几张，坐满，人是越聚越多。梅梅嘴也甜，叔叔阿姨哥姐嫂子，牌友们如沐春风。半个月过去，除了上市场采买一百六十个塑料凳，麻将、台子、桌布，全是亲友送的，共四十八套。浩浩荡荡，一字排开。问题来了，桌椅板凳三轮车，一河滩，放哪儿？马路斜对面，巷子深处，有家商洛人开的废品回收站，院子敞亮。季国雄前去交涉，特意买了盒芙蓉王。院子闲归闲，双方对费用却争执不下。商洛人喊口价，季国雄仿佛胸口被攮了一刀，抢劫啊，我又不开银行。你来我往，两支芙蓉王吸完，季国雄额外送对方一副麻将牌，成交。

尘埃落定，又买了两块彩条布，墙上钉钉子，另一端系槐树干，遮风挡雨，晚上刚好苫物件。恰逢周末，在段云的“烧鸡公”订了一桌，请朋友几个熟腿子坐坐，也算联络感情。当天收摊就早，电话喊老二，季国栋嫌闹，一口回绝。没办法，提前让段云烧了尾松鼠鳜鱼、尖椒肥肠，梅梅送回家。到了院门口的小店，梅梅喊老板来捆啤酒，一瓶西凤五年。梅梅头里走，小店老板的媳妇跟在后，说以后要啥，打个电话就行。梅梅深知，远亲不如近邻，日子还长着呢，谁知道哪片云彩能落雨。梅梅洗手脸，换衣衫，略施粉黛，老二季国栋进门。梅梅迎上去，说菜刚端回来，趁热吃，锅里有蒸馍。老二去厨房瞅了眼，难得一笑，过了，真过了，这样吃下去非破产不可。老二季国栋不但蓄起了唇髭，头发也披肩，目光如炬，喜欢穿牛仔衬衫、旅游鞋。巴士股份的人都知道维修工段有个工长，落拓不羁，绰号叫“艺术家”。

梅梅回到南路“烧鸡公”，一伙人正吵吵嚷嚷给季国雄敬酒。梅梅一照面，说刚好，干了干了。语笑喧阗，季国雄电话响，是老三。从包间出来，老三说你们吃吧，我有应酬，脱不开身。咱爸最近怎样？季国雄问，他有些日子没回去了，一点空闲都没有。老样子，最近去街心花园抖空竹，腰给闪了。不要紧吧？没事，那就这儿。电话那端有女子嬉笑，航苇还是小侄女季航？季航乖觉聪慧，眼睛像妈妈，脸庞像爸爸。每次见面，总缠着季国雄讲故事。上三年级了吧？如果麻将生意好，自己再多揽几桩装修的活儿，春节，封个大红包，季航。

季国雄笑眯眯，落座，梅梅问谁的电话？乐成这样？我们家老三，忙，过不来。过不来乐啥呢？季国雄眉飞色舞，少个人，咱不少花点钱，非让我挑明啊？众人笑，老大不是那样的人。季国雄带着微醺，闲言少叙，段云，把碟机开开，唱两曲。这是“烧鸡公”最大最好的包间，有电视影碟机，能唱卡拉 OK。段云红着脸庞，唱谁的歌？罗大佑，《皇后大道东》。段云纳罕，你怎么就爱这首？唱了十几年，也不嫌烦？季国雄说，喜欢，我们家老三也喜欢，啥也挡不住喜欢啊！季国雄瞟梅梅，大伙儿知道，老大有些高了。

季国雄、梅梅回到家，已是夜里十点多了，冲了个热水澡，酒醒大半。梅梅剥了枚柑橘，又泡了两杯铁观音。呷口茶，浓香型特有的馥郁醇厚，气味高长。季国雄说好茶，在刘姐那儿买的？是，梅梅一拢鬓发，盘腿坐在床上。刘姐是熟腿子，每到下午，老公守档，刘姐上了牌桌。深V套裙，艳抹浓妆，紫檀手串红玛瑙手镯，胸前悬青龙玉佩。观战的雁翅排开，聚拢在刘姐身后。看着牌，扫一眼刘姐的胸，刘姐大大方方。关键是人有魅力，人见人爱，花见花开，车见车爆胎。同场鏖战的腿子心猿意马，频繁出错，刘姐说这就对了。想买茶叶，上“天福茗茶”，市场北头第一家。季国雄笑，刘姐那张嘴，老少通吃，没辙。想我不？梅梅突然问，偎到季国雄的身上。

梅梅回来一个月了，他们没做过爱。季国雄是怕梅梅心情不好，孩子不在了，总得有个缓冲期吧？梅梅以为自己不辞而别，老大有阴影，更不敢主动。今天季国雄抱住梅梅，想，咋能不想呢。梅梅淌了会儿眼泪，我离开伤心之地，就是要摆脱，重新开始，我们会有个儿子的，一定会。激情过后，海晏河清，季国雄燃起一支烟。你想过没？要个孩子负担太重了，咱养得起吗？现在可不比从前了。别怕，梅梅去厨房摆了条毛巾，让老大揩汗。有苗不愁长，你看咱这博彩生意，摊子越铺越大，总得有个接班人吧？季国雄搂住梅梅的腰身，热烘烘，想着歇一歇，养养神。合眼，鼾声如雷。

老二季国栋买了辆电动车，买好几年了。当时评为全市公交系统的劳模，发了笔奖金，老二一合计，买辆电动车吧。季国栋好钓鱼，也是他唯一的嗜好。早些年，踩辆自行车，上沣河，或者草滩的沙坑。沣河、沙坑，经常剃光头。偶尔出鱼了

（要么有人放生，要么上游的水库泄洪），钓鱼的人，比鱼还多。更可恶的是贩子们拿电打鱼。便携式电鱼机，充气橡皮筏，连体雨裤雨靴。凡是电瓶打过的河段，断子绝孙，几天之内连鱼的影子你也摸不着。季国栋兜兜转转，不得已，去了鱼池。鱼池钓鱼，算斤斤，也有算天天的。季国栋就为了玩，消磨时光，算天天的他不去。按天算往往价格不菲，双方一场博弈，有些高手一次能钓几十斤，甚至上百斤。怎么办？卖。钓鱼就成了产业，而非休闲了。电车一厂有个小伙，八指，出工伤事故截了两根手指。单位照顾他，就干些杂活儿，连考勤都不带记的。八指也爱钓鱼，季国栋领教过。有一回，拉着季国栋上池塘钓天天，老板说一天八十。八指哭丧着脸，你看我一残疾人，能不能便宜些？老板瞅了瞅八指，娃耶，你也真可怜，这样吧，你给二十，随便钓。半天过去，八指钓了将近七十斤，三副鱼护都装满了。老板喊，爷呀，你甭钓了，我管你叫爷呢……

老二季国栋后来钓鱼就奔了鱼池，通常一碗扯面，小菜两样，一瓶啤酒，蛮好。也不多钓，两三尾，只要你在鱼池就餐，想拿几尾都行，多余的鱼，再放回池子。钓多了不行，鱼池的鱼，比市场还贵，另外，收拾起来太耗时间。曾经在沣河钓白鲦，三钱一个，钓了四百多尾。老大拾掇，拾掇了三个小时，躁了。钓一天鱼回来，风吹日晒，哪有精力收拾鱼？都是老大的事。白鲦拿油一炸，酥脆，就是个头太小，麻烦。老大说以后别钓白鲦了，鲫鱼最好，四五条，半斤左右的，红烧、熬汤都可以。季国栋明白了。老大脾气再好，也受不了两三个小时的拾掇，从此专钓鲫鱼。

买电动车，能省点力气，多跑几个地方。农家乐越开越多，人也多，尤其到了饭口，铁锅柴火黄辣丁，宰鸡烤鱼，挤挤挨挨，大呼小叫，坐满了。老二烦，老二就图个清静，而清静的池子近乎绝迹。老板弄鱼池农家乐，干吗？挣钱啊，人越多越好。尤其近几年，叠楼架屋，鸳鸯浴、温泉、棋牌室、标准间，全了。绿女红男，奥迪奔驰宝马别克，蜂拥而至。老二季国栋怏怏的，每到周末就犯愁，上哪儿去玩呢？工段里一位工友说他表哥承包了十几亩地，种莲藕，种了五年，要不咱去看看？就去了。提前打了招呼，从引镇往南，大约三公里，村子叫北留。表哥很热情，领季国栋来到藕池，芙蕖出碧波，清香四溢，蜻蜓点水。说去年放了些泥鳅苗，正试验着，想玩你就来玩。

表哥姓李，五十开外，头发全白了。每次去，不肯收钱，季国栋就买些水果，德懋恭的点心。几乎钓不上什么来，野生的鲫鱼白鲦，白鲦多，季国栋不钓泥鳅。泥鳅是人家放养的，收了莲藕，要捕捞。下午两点，李家的姑娘会送葱花油饼或一碗面条过来，季国栋给姑娘十块钱，这是之前讲好的，饭钱。李家姑娘略微有些斜视，银盆大脸，在镇上的泡馍馆当服务员。每次送吃的，都候在一旁，玩手机，好将盘子碗收回。姑娘蛮喜庆，总是笑呵呵的。有过路的也想垂钓，寻问价格，怎么个玩法？我们不对外。路人看季国栋，姑娘双手叉腰，看啥看？他是我哥。季国栋下次来，没话找话，问她结婚了没？离了。为啥？他嫌我不会生娃，也不看看自个儿的德行，也配要儿子？只能给社会添乱。季国栋心情大好，等李家姑娘送饭，哪怕三点呢，也等着，吃完走人。为此他买了张吊床，不想钓了，或半天不咬钩，将吊床系在树干上，往里一蜷，听半导体，翻手机，也翻书。书是老大的，杂志报纸，胡乱抓，抓上啥是啥。

五一这天，季国栋一大早就走了，在郭杜吃豆浆油条，饱饱的，因为午后那一顿，没个准头，早餐就得多吃点。老二季国栋戴着棒球帽、墨镜，将手机关了。他起身的时候，老大、梅梅还睡着，这俩货，也够背的。麻将摊子红火了不到半年，城管喊停，说是创卫大检查，啥时恢复，等通知。老大四处踅摸，想找个城管不管的地儿，接着练摊。季国栋不响。整个一痴人说梦。只要市尘巷间，越是人扎堆的地方、红火的地方，城管越是要管。除非赁套房，自动洗牌机，供应茶水盒饭。但成本上升，水涨船高，费用高出一截子。而老大结识的大都苦寒弟兄，打一“锅”收十块，四小时收二十，他们玩不起。老大口腔溃疡，牙龈疼，腮帮子肿得老高。梅梅说不急不急，实在不行我去市场卖菜卖水果，卖菜卖水果卖炒货的，干上十年八年，买房买楼的多得是。老大转圈儿，找消炎药，老二不响。

老三的媳妇航苇也出事了，那还是去年秋天。航苇被撤职，从总务处劳资室主任的位置，调到经保大队，当出纳。自从开始练摊，晚餐就成了问题，拖拖拉拉，回到家，往往七点以后了。为了不影响老二，每天中午，都要多烧几样菜。下午五点半，梅梅回去热一热，安排妥帖，再下楼帮老大收摊。这天灰蒙蒙，飘起了牛毛细雨。回到家，胡乱擦把脸，梅梅将饭菜一一端上桌，老大季国雄喊老二过来，有新闻。季国栋双手抱在胸前，倚在门框上，季国雄绘声绘色。当官的最怕星期五，人事安排就在星期五，措手不及，打闷棍，当场移交钥匙，滚蛋。老二竖起耳朵，梅梅笑，跟真事似的，你见了？季国雄霍地站起身，传遍了，咱就在公司的围墙外，还有假？一同处理的包括总务处处长薛境，降两级，去铸造分厂当一名三高。为啥？老二没忍住，问。大吃大喝，私设小金库，另外。季国雄看老二，又看梅梅，与劳资室主任，也就是航苇，不清不楚。真的？梅梅亢奋，筷子落地。那还有假，在办公室，航苇就坐到处长的大腿上……

事态严重了，不仅仅是经济问题，还有作风问题。想想也对，否则，不会一股脑儿将处长室主任同时免啊！季国雄推开饭碗，抓手机，季国栋问干吗？季国雄说问问。乱弹琴！季国栋的脸沉下来。问啥？你媳妇得是跟领导有一腿？插得还挺深，能问这话吗？那是咱老三呀。万一人家没这事呢，捕风捉影呢？即便有这事，为了孩子，不影响安定团结的大局，老三装憨装傻，你这一问，岂不捅了马蜂窝？你说老三是接着过，还是离婚吧？据我所知，老三也不是盏省油的灯，跟服装店里的小丫头，明里暗里，绝非一天两天了……

季国栋说一句，梅梅点回头，说到最后梅梅连连称是。老二说得对，这个电话不能打，人家两口子的恩怨，你老大插一杠子，算咋回事嘛？！

季国雄笑，点着一支烟。行啊老二，不说是不说，一说刀刀见血。季国栋泡了杯茶，当领导的，从来都没废话。

这件事嚷嚷一阵，也就过去了。要说变化，也有，航苇上下班见到老大，客气了，主动打招呼，问忙不忙？从前路过麻将摊，扫都不扫一眼。有一回见到季国栋，喊二哥，没事回家玩呗，季航现在学画画，要二伯当模特，说是二伯头发长，有特点。老大季国雄拿拳头砸掌心，好险哪，好险哪。

季国栋骑电动车到了北留，李家姑娘在，问她没上班？不干了，姑娘说，我准备自己卖豆腐。季国栋将一把香蕉递过去，那我上田里转转。你中午想吃啥？面条吧，越简单越好。行，姑娘正在扫院子，我到时给咱做菠菜面。

卖豆腐？这姑娘咋想起卖豆腐了？季国栋拎着马扎钓鱼袋水杯，沿着田塍小道去了藕池。不远，绕过一片树林，过石桥（河床早已干涸，布满了白花花的石头，有两只羊咩咩叫着，吃草），就是藕池了。荷叶随风摇摆，远方的秦岭蓊郁苍翠，一只游隼在空中盘旋。季国栋找了块地儿，开钓，吸烟。邪了门儿，一个钟头过去，浮漂纹丝不动。太阳越爬越高，季国栋移到树荫下，旋开杯盖，喝了口茶水，打开手机，跳出几条短信。老三说，二哥，今天你过生日，我在“粤珍轩”订了包间，308房，给你买了副“禧玛诺”鱼竿，晚上六点半，一定来呀。老大说，老二，你又关机，老三晚上请客，你过生日，想要啥？说话。

季国栋的心，就是一凛。多久没过过生日了，他几乎忘了这码事，生日。“禧玛诺”的鱼竿倒是不错，得几千块。季国栋换鱼饵，浮漂还是不动。他嘴里嘟囔，看起来今天不是钓鱼的日子。取出吊床，系好，蜷在里面翻杂志。鸟雀啁啾，池塘里粼光烁烁，他似乎睡着了，往村口张望。李家姑娘的菠菜面迟迟未到，等还是不等，真是个问题，竟出了身透汗。

**崔敏**，1963年出生，西安市人。从事过多种职业，已发表小说40余万字。代表作有《本命年》《一天到晚游泳的鱼》等。有小说被转载。

# 城市夜跑者

卫　鸦

我看到他时，已经过了午夜。那场雨在黄昏时就开始下起来了，两个小时之后，干净利落地停住。深圳的雨总是这样。他从绿道的拐弯处出现，小跑着向我靠近。这条绿道很长，从笔架山开始，一直通往红树林。我所在之处，恰好是中点，因此我估摸着，无论他从哪端来，他跑的时间都已经不短了。不知从哪天开始，在这条绿道上，我经常能看到一些夜跑的人。我喜欢，近距离地看他们从我身边跑过。在深夜里，他们面目模糊，两只脚交替着，在地面敲击出强劲有力的节奏，像在进行某种仪式。这也是我常常来这里静坐的原因，他们让我远离孤独，有时又会无比孤独。孤独是因为，虽然与他们近在咫尺，我却始终在这个群体之外。

他们为什么喜欢夜跑？是白天没有时间吗？又或者是别的什么原因？看他们夜跑的时候，我总喜欢思索这些毫无意义的问题。在我眼里，黑夜是一种神秘的意象，它限制了目力所及的范围，却反倒给予人更多的自由，它既掩饰一切，也彰显很多不为人知的东西。但是今天晚上，那群夜跑者消失了。也许是由于那场雨的缘故，在雨天里，没有人喜欢出门。那场雨也确实大，倾盆而下，让人顿时失去安全感。我身后的草地上，还残留着淡淡的雨水气息。天空被洗透了，夜色异常地纯净。我在这里坐了个把小时，他是唯一一个从绿道上跑过来的人。

绿道两边是两排整齐的玉兰树，一些白色的灯杆夹杂其间，夜色中，那些阔大的叶子被灯光照着，显得格外耀眼。他披着疏冷的灯光和树影，向我跑来，由一团青影慢慢变成一个清晰的轮廓。

“哥们儿。”到我身边时，他停了下来，向我打声招呼。我点点头，算是回应。我坐在绿道旁边的一条长凳上，前方是福田河，身后是块平整的草地。我正叼着烟，腾不出嘴巴来说话，也不想跟他说话。我知道这样很不礼貌。可他是个陌生男人，我为什么要对一个陌生男人表现出虚假的礼貌？更何况这是深更半夜。但过了几秒之后，我还是把半截香烟从嘴里撤出来，捻灭了捏在手里。我猜想，他大概是要向我问路，或者问点别的什么。我长着一张让人相信的脸，平时总能碰到一些问路的人。其实对于这座城市，我并不比他们更加熟悉，因此我一次都没有指出过目的地，但他们依然满怀谢意，满足地离去，这个世界就是这么令人费解。

更令人费解的是，这个男人并没有向我问路，也没有问别的什么。他只是停在我面前，就那样站着，没有说话，就像堵墙，将我眼前的一大片夜空遮挡住。这让我有种压迫感。

我又仔细看了看他，一张四十岁上下的脸，身材十分高大，以至于我总感觉他在压迫着周围的空气。令我略感诧异的是，他跑了这么远之后，脸上竟然没有汗水。当然，也许是被风吹干了。这是秋天，深圳的秋天，风真他妈大。雨后的风更大，是那种能把人吹透的海风，从红树林那边奔涌而来，送来一些嘈杂的人声。从我所在之处，向东望去，可以看到一团混沌的灯火，像宣纸上晕开的颜料，将一片建筑笼罩住。那地方有很多酒吧，我本打算在这里坐坐之后，再去那里喝上一会儿，然后回家。我每天都这样，这两年来，一直以这种无聊的方式，打发漫漫长夜。可是现在，这个男人跑到我面前来了。他就这么站着，不说话，而且他并没有要离开的意思。这让我感觉到一种明显的尴尬，像层膜一样，在我们之间很有质感地隔着。

我看了看四周，想把捏在手里的烟头扔掉，但找不到垃圾桶。深圳是设计之都，可在城市设计方面，尤其是一些细节上，有时真让人头疼。比如垃圾桶这东西，你不找的时候到处都是，想找的时候，却打死也找不着。我只好把烟头放进牛仔裤的口袋里。

他看了我一眼，不知是诧异还是鄙夷。我心想，管他呢，反正我经常这么干。我是个环保主义者，曾经加入过一个环保俱乐部，去参加过一次活动，上百人济济一堂，表情相当的肃穆，就像正在开一场追悼会。那场面让我有点无所适从。接下来我看到，一个衣冠楚楚的中年男人走上讲台，大概是俱乐部的头头，手舞足蹈地开始了演讲，他的激情与煽动力，有点类似于传销的洗脑。我赶紧退了出来，结束了这次短暂的俱乐部之旅。对这类组织，我向来保持警惕，尽管未必是传销，但至少跟传销一样无聊。然而无论如何，从他们身上，我还是学到了不少东西。那些人提倡低碳出行，吃素，时不时组织募捐，做点小慈善，看上去相当自律。我吃不了素，但在行为上控制一下自己，还是可以做到的。比如说，我从不随地乱扔东西，虽然只是小小的一颗烟头，我也要将它放进口袋里。当然，在这座城市里，随处都可以见到一些烟头被扔在地上，它们让我的这种行为变得毫无意义。但那又怎么样呢？我想起有一次，我把烟头塞到裤兜里，没想到余火未尽，燃了起来。我大叫一声跳起来，慌乱地将它拍熄了。后来大腿外侧留下个疤，那条裤子自然也报废了。我确实有点懊恼，为什么一个人想做点有情怀的事，往往就必须付出点代价？在这座城市里，“代价”是个很沉重的名词，会让人忧郁，有时甚至会让人想死。

“借我根烟。”他终于说话了。

“什么？”我装作没听清。不知为何，对这个男人，我有种毫无由来的排斥。尽管他长得并不令人生厌。客观地讲，他是那种还算好看的男人，五官分明，身材挺拔，看上去，他的经济条件也应该比较好。我这么说也许有点以貌取人，但一个长期陷于窘迫的人，他的困苦确实会长在脸上，就像某种标记，甚至比标记更为明显和可靠。同样，富足也会长在脸上，这男人的脸上，就分明透露着一种富态，不过，也隐隐让我看到了一丝暴发之气，因为一个富足而又有修养的人，绝不会向陌生人借烟。他走到长凳边，伸手摸了摸，确定凳面干燥并且没有异物之后，就在我旁边坐下了。我转过脸来盯着他，心里立马有些警觉起来。

就在上个星期，我被骗走一个手机。当时我在广场上看一位盲人拉二胡，听了一曲《赛马》，又听了一曲《二泉映月》。他拉得真好。听《赛马》的时候，我觉得他是个艺术家，但听到《二泉映月》时，我便忍不住往他脚边的箱子里扔了一百块钱。就在这时，那个女孩向我借电话。我并不缺乏生活常识，她一开口，我便意识到其间会有风险。但我拒绝不了。她长得真漂亮。对漂亮的女孩，我向来毫无免疫力，就好像我站在那里，就是等着要把电话借给她使用。打过电话，她把手机还给了我，但是过了一会儿，我就发现，那手机在我手中变成了一个几乎可以乱真的模型。

说实话，我一点也不心疼那个手机，如果她真需要，我会毫不犹豫地送给她。只是她摧毁了一个人的善意，这种行为，远比行骗本身更为恶劣。这件事造成的后果，就是让我遇到陌生人，就会保持戒备。比如说这个男人，开口向我借烟，我第一反应就是担心他会有别的什么企图。我盯着他看了一会儿，把目光从他脸上移开，转向另外一条长凳。不久前，那条凳上坐着一对情侣，有时搂抱在一起，有时又像陌生人一样，各自玩着手机，偶尔也会漫不经心地聊天，聊天的内容里，有电影、游戏、新款的苹果手机、韩国的组合，后来还谈到了深圳的房价，说傻子才去买房。这让我有些哀伤。我有位同学，是个很阳光很积极的人，刚到深圳两年，就买了个房子，拿到钥匙时，很有成功人士的感觉，可是当他面对那笔长达三十年的贷款时，才发现一辈子扔在了那一百来平方米中，后来他不堪重荷，从十三楼跳下来自杀了。每次想到这事，我都会悲伤好一阵子。等我从悲伤情绪中走出来的时候，那对情侣不知什么时候已经离开了。

“借我根烟。”他又说了一遍。

这下我不好意思再拒绝了，就这么一个小小的请求，他已经是第二次开口。一支烟而已，我还不至于那么小气。我掏出烟盒，弹出一支给他。他接过去，叼在嘴上，又向我借了火机，点燃烟，狠狠吸着。一大团烟雾在他面前散开，扭出一些抽象的图案，然后迅速融入夜色，显得格外地诡异。他将火机递还给我，又不说话了。他是个沉默的男人。我也是。我也点了根烟，本不想再抽了，但两个沉默的男人坐在一起，除了抽烟，我实在想不出还有别的什么方式来缓解尴尬。

他的烟瘾一定是忍耐了许久，一支烟很快就抽完了。他把烟头扔在身后的草地上。我想制止，又觉得没必要把自己的习惯强加于别人身上，便将自己手中的烟头捻灭，放入了口袋里。他看了看我，转过身去，反手将烟头捡起来，捏在掌心里。这个动作，让我对他有了些许好感。这意味着他对我的认同。我弹弹烟盒，又递过去一根，他毫不客气地接过去，点上继续抽。我们之间还是保持着沉默。

再次和我说话时，他的手里已经捏了四个烟头。这时他从长凳上站起来，转头看看四周，似乎在寻找着什么。

“周围有便利店吗？”他问我。

“大概没有，你要是想抽烟，我这还有。”我把烟盒拿出来，放在长凳上，示意他想抽可以自己拿。

“不抽了，嘴巴都快烧干，我想喝点儿。”

他抬起手腕，看了下，脸上闪过一线幽幽的蓝光。他戴着一个小米计步器，蓝色屏幕上，闪烁着一组变动的数字，在夜色中，像是一种奇怪的暗示。我想起网上有句话：在深圳，穷人玩车，富人玩表。这种说法如今显然又已经过时了，因为在很多场合里，我看到那些富得无法计算财富的人，往往手腕上什么也没有。这很正常，深圳是座快节奏的城市，远远不是网络语言所能总结的，当然，别的城市也一样，让生活变得仓促和浮躁的，不是城市，而是这个时代。

“每到这个点上，我就想喝点。”他把脸转向我，“有人说，这是一种病，你说说看，这到底算不算病？

“不算，”我说，“这要是算病，世上就没有几个正常人了。”

我说的是心里话。的确，喝酒算他妈什么病？他的这个习惯，我同样也有。每天到了午夜之后，我就想喝点，不喝睡不着觉。可笑的是，我曾经也有过和他一样的担忧，并且去看过医生。对我的情况，医生没有多问，一口便断言，我患有严重的酒精依赖症，搞得我当时很惶恐。医生说我的情况已经很危险，再这样下去，将会是肝功能减退，肝硬化。他夸大其词的描述，反倒让我镇定下来。我才三十来岁，各项指标都挺正常，怎么看都不像一个垂死之人。也许在这位医生面前，从来就没有人是健康的，他总能找到一些专业性很强的词汇，将你说成一位病人。事实证明，我喝了这么多年的酒，除了酒醉之后睡过几次街头，丢过几次钱包之外，什么毛病也没有，并且，我越喝越精神。

“这怎么可能是病啊？”我说。不过这个男人的担忧，倒是让我对他放松了许多。如果说在这个时代里，还有让我感到安全的人，那就是酒徒。一个长期被酒精麻痹着的人，多半自顾不暇，他不可能再有精力去为他人设置陷阱。

这么一来，我突然很想跟他喝点。我的酒瘾一下子就上来了。可四周确实没有便利店。这里是中心公园，除了树木和花草，就是绿道，以及紧随绿道而行的福田河。除此之外，唯一的建筑是一间公厕。若是节假日，这间公厕的女厕所门前，总是排着一条川流不息的长队。我经常在这种时候，才会感受到作为一名男性的优势，同时也会有些隐秘的遐想——站着和蹲下去，所花费的时间之差，从个体讲，微不足道，但若是放到宏观世界里，就是无穷之大。说实话，我不太喜欢从宏观想问题。宏观总是让人绝望，就比如说，我们仰望星空时候，往往只看到星光璀璨，却很少会有人想到，那些光是从数亿年前发出，我们看到的时候，那些星体也许早已经从太空中消亡了。在宏观世界里，一切都那么渺小，人类更是微不足道，从来就没有一样东西与我们的感知是平行的，我们所看到的，所感受到的，也许全是假象。当然，生活也如此。

“那算了，我回家去喝。”他说。他站起身。夜色更深了。为了节能，到了下半夜，这座城市会熄掉部分路灯。绿道边的路灯明显已经灭了一半，稀薄的灯光从树叶间漏过来，照着他的侧面。他的脸泾渭分明，一半明亮，一半阴暗。我注意到他被照亮的半边脸上，隐隐挂着一层失望。

“可以在网上叫，”我说，“很方便，让他们送过来，你能喝多少？”

“没个准儿，有时两瓶就醉，有时可以源源不断地喝下去。”他看了看我，确定我很有跟他一起喝酒的诚意，又坐了下来。我想，他此刻的心情一定跟我一样，迫切地想找个人喝点酒。这年头，找个女人上床很容易，找个人喝酒却并不容易。面对一个陌生女人，你也许有一百种方式可以勾搭成功，但面对一个陌生男人，你想说服他放下防备，陪你一起喝酒，实在是太难了。

我拿出手机，最近的便利店距这里有两公里，我点了两件爱士堡白啤。我们坐在那里，没说话，等外卖小哥把酒送来。其间他又抽了两根烟。我让他把捏在手里的烟头给我。他犹豫了一阵子，将烟头交到我手上。我将它们装进了口袋里。

“谢谢。”他说。

说完他又接着抽烟，不说话，只是抽烟，大口大口地吸着。他间或转一下头，盯着左侧的那条马路。马路那边，也许是他回家的方向，也许不是，但我知道这条马路有点奇怪。这座城市到处是电子眼，可这条路却有一大段是盲区，因此经常有人在深夜里，将这段路当成高速公路来飙车。汽车马达轰鸣着响起时，你会看到夜行车的光疾驰而来，像流星一样从这条马路上划过。在我们的前方，则是福田河。前几年，还是条黑色的水沟，最近突然变绿了，明晃晃的水面上，倒映着这座城市的点点灯火。水上水下两个世界，虽然看上去一样，但我知道，水中的镜像，远比上面的城市要干净。

啤酒送来了，一位穿黄马甲的小伙子，把一辆电动单车停到我们面前，在脚架上踢一脚，把车支好。他从后箱子里提了一袋啤酒下来，放在地上，向我确认过电话号码之后，把电动车的脚架踢掉，骑上就走了。

我把袋子提起来，放在长凳中间，让他自取。我拿了一罐，他也拿了一罐，我们各自打开来喝，没碰杯，也没说话。这样挺好，对于真正想喝点酒的人来说，所有的仪式都显得多余。他将易拉罐举到嘴边，半仰着头，就像一个饥渴的人在喝水，放下的时候，已经是个空罐了。我也一口而干。酒不就应当这样喝吗？如果把喝酒变成一种品位，像喝毒药似的慢慢啜饮，看上去确实很优雅，却也丢失了畅快和乐趣。在我的理解里，喝酒从来就不应该是一件优雅的事。

三罐喝完之后，他的话多了起来。

“我每天晚上都来跑步。”他说。

“为什么？”我问他，“白天没时间吗？”

“喜欢在晚上跑。”

“听说长期跑步的人会长寿。”我说。

“那是扯淡，”他说，“那些职业长跑运动员，一辈子跑过的路，能绕地球好几圈，退役之后也不见得就能活多长。再说了，靠跑步延长生命，那又有什么意义？”

他跟我算了一笔明细账，他每天跑一两个小时，往返家中的路上，又花掉一两个小时，累积起来，一天中倒有近六分之一的时间花在跑步上面，累积起来相当吓人。如果他活到八十岁，那么，将会有十几年的时间被跑步消耗掉，因此，就算多活个三五年，也远远抵不上跑步花掉的时间。

我想了想，确实是这么个道理。可是，如果将所有的生活，都套上一个精准的公式，那就一点意思也没有了。

“那你为什么还是要跑？”

“你知道闭汗症吗？”

“不知道。”我说。

我确实从未听过这个名词，但我大概能猜测到是什么样的一种症状。汉语是门很神奇的语言，对那些浪漫和美好的东西进行描述，往往异常抽象，而用于描述残酷和疾病时，却总是很具体。

“我也是半年前看过医生才知道的，这是病，虽然不痛不痒，但也无药可医。我每天晚上出来跑步，就是想跑出点汗来。悲剧的是，我跑了半年多了，一次也没成功过，无论跑多久，就是不出汗。”他说。他显得很沮丧。

我没说话。对这件事情，我不想发表任何意见。在我看来，这跟他喜欢在午夜喝酒是不是病这个问题一样的无聊。我想，就算是病，那也是富贵病。若是一个被生活追撵着，不得不像狗一样不断奔跑的人，压根儿就不会去思考自己出不出汗这类问题，他想着的，是怎么把肚子混饱。

“你呢？你为什么坐在这里？”见我不说话，他问我，他说：“我看到过你好多回了，每次都是一个人，有时我以为你想打劫。”

“你看我长得像个打劫的吗？”

“这可说不准，没人会把‘打劫’两个字写在脸上。”

“没那么复杂，我就是想坐坐，我喜欢坐。”我又开了罐酒。这次，我没有一饮而光，而是慢慢喝着。

“哦。”他漫不经心地应了一声，对我的回答，他显然不够满意。他低头盯着手中的那罐啤酒，脸上再次浮现出一丝失望。也许，在他看来，这座城市里的人，每一种行为，都应该有明确的目的性，否则就会显得无聊和荒诞。他一定希望，我也是为了某种煎熬已久的病而坐在此地。

我看了下摆在我们中的酒，各自喝了三罐，还剩下一半，为了不冷场，把余下的这些酒喝完，我决定谈点让他觉得我也忧伤的话题。

“前不久，我刚离婚。”我说。

尽管我尽量想把自己弄得忧伤一点，但他还是一眼就看出了，我并没把离婚当成一回事。

“你看起来不像个刚离过婚的人。”他说。

“那么，一个离婚的人应该长什么样子？”

“我也不知道，反正你不像，你看上去比刚结婚还要有成就感，也许你早就在等着离婚了。”他把一只易拉罐捏扁，握在手里，就像握住一样确凿的证据。

我不得不承认，他看得很准，相由心生，一种解脱之后的轻松写在我脸上，这无论如何伪装不出来。对于婚姻，我确实早已经绝望了。况且离婚这事，放在今天来看，已然是一种普遍的社会现象，远不如酒精依赖症、闭汗症那么让人忧虑。我身边的一些朋友，只要到了四十岁左右，就很少有人能迈过这道坎。即使是那些没有离婚的，又有多少人是为了婚姻本身，而不是因为婚姻的附加品而在坚持？

我与前妻是大学同学，我们恋爱八年，结婚前，感情早就透支完了。这注定了我们这场婚姻的走向，就像咀嚼一根甘蔗的过程，内容干净之后，只剩一堆残渣。前两年，她爱上了养生，从节食开始，学吃素，学慢跑，做SPA，面膜一天要贴三四张。这些不断增加的技能，让她不得不把大部分的时间花在上面。但我又无法阻止她。这世上有人爱喝酒，有人爱钓鱼，有人爱养狗……她爱养生，这无可厚非。可是后来，她迷上了一种奇怪的瑜伽，动不动就盘在地上，把自己扭成一个结。最关键的是，她开始节欲。我们的夫妻生活从一周两次，缩减到一周一次，再到两周一次，一个月一次……当她的瑜伽练得炉火纯青时，我们在床上的时间已经所剩无几了。我想，这也是我晚上喜欢来这里静坐的原因。最近半年，我每天都会来这里，坐上一两个小时，再去找家酒吧，喝上一会儿。不管我喝到多晚，她从不打电话问我在哪里。对她来说，有我没我，其实差不多，她的生活，已经被那些五花八门的养生技能占据了。终于有一天，她在我的车里发现了一条女人的内裤。我坦然承认，是跟人搞过车震，对象还不止一个。这很正常，我才三十来岁，必须保证基本的性生活。她没有说什么，将那条内裤拿起来，两个手指捏住，看了看，又扔回了车里。不久之后，我们就离婚了。

“这结局，其实挺好。”我说。

“嗯，是挺好，比我好。”他说，“至少，你没病啊。”

他看了看手腕上的计步器，脸上已经写满了不耐烦。看得出来，对我的故事，他缺乏兴致。也许他根本就无意去了解一个陌生男人的世界，就像我无意了解他的世界一样。这也是人类共有的陋习，我们习惯于倾诉，却不习惯倾听。

我看了一下长凳上的啤酒，只剩最后两罐了，我说：“差不多了。”

我拿起一罐。他点点头，也拿起一罐，说：“干。”

他把易拉罐举起来，我们碰了一下，一饮而尽。作为这场邂逅结束的仪式，这是我们唯一的一次碰杯。他把空罐扔在凳子上，站起身来就走了，没有向我要联系方式。当然，我也无意跟他建立联系。在我们心里，这种奇怪的邂逅，根本就不可能再有下一次。也许我们还会相见，但已成为路人。在这座城市里，又有哪一个人不是路人？我们都戴着面具。

我把那些喝空的易拉罐收集起来，一只只捏扁，放进袋子里。我得找个地方将它们扔掉。我提着袋子，沿着绿道往前走，走了好长一段，依然没能找到一只垃圾桶。那场雨又毫无预兆地下起来了，真他妈大。我只好斜穿公园，走到马路上。那里有个公交站台，可以暂时避一下雨。如此一来，垃圾桶也找到了。我说过，你不想找它的时候，它就会出现，两只黄绿两色的圆桶，就在站台旁边。有段时间，我经常会误认为是邮筒，后来之所以适应过来，是因为随着网络的普及，邮筒从这座城市里消失了。

我走过去，想把那袋易拉罐扔进去。这时隐隐传来一阵马达的轰鸣，裹在雨声里，像从天边滚过的闷雷，由远及近。

我下意识地往声音传来的方向望去，看到有个人正在横穿马路。他已经翻越了中间的护栏，大概是想来站台避雨。他身材高大，我无法看清雨中模糊的面孔。有点像那位刚刚跟我喝过酒的男人，但我不能确定到底是不是他。我正想要制止时，一辆黑色跑车从雨中疾驰过来，轮胎下翻着白色水花。我根本没看清楚是怎么撞上的，那个巨大的身体就被甩了起来，落在路边。

然后是“吱嘎”一声长音，跑车漂移着甩了个弯，又扭正，往后倒回数十米。司机打开车门，撑着一把伞下了车。是个二十岁左右的青年。他走到那个僵卧在路边的男人身旁，试探着踢了一脚，又踢了一脚，确定他已经无法动弹之后，便掏出手机，从容地打起了电话。虽然雨中的各种声音交杂，十分的混乱，就像这个世界一样混乱，但我还是能够清晰地听出他的声音，是那么的平静，冷漠，就仿佛那个脚边的生命在他眼中，就像眼前的黑夜一样虚无。

我突然开始颤抖。我从未如此恐惧过。我不由自主地跑了起来。这时我才发现，对抗恐惧的最好方式，就是奔跑，不断地奔跑。于是在这个深夜里，我成为一位夜跑者。我就这样向前跑着，一直跑着。我甚至忘了那袋被我们喝空了的易拉罐并没有扔掉，在我跑动的过程中，它就像生了根一样，紧紧地被我拎在手里。

**卫鸦**，原名肖永良，湖南娄底人，现居深圳，在国内多种文学期刊发表小说百余万字。有作品被选刊转载。短篇小说《天籁之音》获第二届“茅台杯”《小说选刊》年度文学奖，中篇小说《被时光遗失的影像》获第六届深圳青年文学奖，中篇小说《万物生》获储吉旺文学奖。出版过中短篇小说集《空中稻田》。

# 乌　金

陈卫华

## 一

陈骗子的讲座才听到一半，刘桃花的电话就来了，你这个骗子，打你几次电话都不接，一天拖一天，蒋宋孔陈，没一个好人。孔方兄忙走到会场外，压低声说，轻点，你想让全世界都听见吗？

对！刘桃花大吼一声，将手机挂了。应该是砸了。

柳如烟也跟了出来，她说，孔哥，吃饭去吧，今天我买单。

在冶春小馆吃饭的时候，孔方兄一直没说话，柳如烟鼻子轻哼一声，笑道，有些人就是经受不住生活的打击，向苦难低头。孔方兄不由笑一下，我就是觉得心烦，感觉跟她过了二十年，一团乱麻。柳如烟一听，忙夹一筷子乱糟糟的茶树菇到孔方兄碟里，吃吧，以乱治乱，大乱大治。

两杯酒下肚，孔方兄的心情才好起来。当然，还有柳如烟这个天上掉下来的柳妹妹，柳美人。

陈骗子这些年是修炼到家了，讲出来的话都是理论，狗屎能说成鲜花，咸鱼能畅游大海。

柳如烟蹙一下眉，将碟子向前一推，我不吃了。

孔方兄忙说对不起对不起，吃饭的时候不能说屎，我这人就是粗俗。不，粗野。又讨好地夹一块客家豆腐到柳如烟碟里，看着她像电影里洋人吃圣餐一样充满仪式感吃下去，才放心。女人在男人面前就是喜欢撒点小娇嗔小矫情，与年龄无关。

你们上饶蒋宋孔陈，我全认识了，不错，谈笑皆人物，往来不省油。柳如烟明显心情好转。或者，本来心情就一直好着，她一个远离人间烟火的女子，心情坏从何来？

蒋宋是这半年来孔方兄带柳如烟认识的，陈骗子只是下午讲座前才介绍给柳如烟的。陈骗子握着柳如烟的手一直不舍得放，说，老孔，难怪你这半年闹离婚，你把柳妹妹介绍给我你要悔断大肠的。孔方兄先把柳如烟的手用力掰出来，才说，陈骗子，柳如烟是高雅人士，不能开这种玩笑。

孔方兄喝了杯中酒，说，过奖了，在深圳混，都要使出吃奶的力，将自己一点杂技放大化，其实，腹中空得很呢。像陈骗子，看了几本书，考了一张证，就号称全球职业心理咨询师，上中心书城来挥斥方遒了。

这个人挺有意思的，幽默加狗血。

是啊，见了女人迈不动步，还说能坐怀不乱，七过美色关。七过？反正他的话就像东门的衣服，打五折后再打五折，老板仍高兴地唱步步高。

说完他们都哈哈大笑。但他们都同意陈骗子的一个观点，深圳是联合国教科文组织命名的创意之都，深圳和全国其他城市的区别不是财富、级别、美食、美女，而是创意。深圳要想在全国乃至世界长久混下去，唯有创意创新之巧。

这点，孔方兄和陈骗子英雄所见略同。来深圳二十年，孔方兄认为自己之所以还没有坐实成功人士商界精英，就是马首是瞻，亦步亦趋，从开咨询公司到贸易公司，从开食品厂到电子厂，创新何在，创意皆无。最后，竟连四十岁的糟糠之妻，都罔顾花容失色之躯，要甩了自己，这还不够痛定思痛吗？

但现在孔方兄要干一件大事。

大事肯定是激情洋溢的，他压了压，才低调对老婆刘桃花说，我现在要办的公司是创新企业，是有核心技术的。这个公司要办起来就不是 CBD 买房的问题了，而是买多少套多少层了。

刘桃花乜他一眼，啧啧，又大展宏图了，就你那芥菜籽大的智商，只配和柳如烟那种傻硕士谈。我现在只有一件事，趁自己还有一点姿色，还有一点性功能，尽快嫁给老黄。刘桃花换了一口气，人家老黄，只读了高中，手中有十三套房，八个商铺，三百万本金炒股现在炒成四千万。刘桃花看孔方兄又一脸沮丧陷进沙发里，再次把没说完的话吞回肚子。她那句话句子比较长，也比较打击人——二十年前我辞了中学数学老师的事业编制不顾爹娘打簸箕反对来深圳和你无日无夜装货卸货公司食堂买菜做饭用十块钱的大宝 SOD 蜜却像黄鼠狼过年好一年坏一年想过年怕过年永无出头之年你就是我爹说的命里只有半升米劳劳碌碌我一朵人见人爱的鲜艳桃花红颜薄命算砸你孔白劳手上了。

孔方兄只是叹了一口长气，说了一句短话，刘桃花，你是倒在黎明前。

孔方兄之后果真约了柳如烟，在深大西门的书吧咖啡厅。柳如烟一下班就赶了过来。

孔方兄急切地望着柳如烟，说，如烟，我今天要跟你说一件大事。

柳如烟放下咖啡杯，说，孔哥，我听着呢。

柳如烟听完半晌才回过神来，她说，孔哥，这是一个宏伟的计划，是一个伟大的创意，它必将载入深商发展史。

孔方兄激动地抓紧柳如烟的手，似乎不抓紧她的手，那句话就会像煮熟的鸭子飞了。是真的吗？如烟，你别骗我。

柳如烟看这个平时四平八稳的孔哥明显是失态了。也难怪，这么一件宏图伟业，有着点石成金、化腐朽为神奇的创意，换谁谁也把持不住啊。她也激动地说，孔哥，我骗过你吗？柳如烟泪倏地就涌了出来，孔哥，如果说我平时是看好你，今天我是崇拜你了。这真是一个伟大的创意。

孔方兄鼻子一酸泪也涌了出来，就像一个在外受尽委屈的孩子回家在村口远远望见日夜牵挂他的亲娘。他只恨咖啡厅还有其他的一杯咖啡喝半天蹭位子谈情卖骚的人，否则他真想一把将柳如烟抱起来叫一声娘。他说，好，我想通了，和刘桃花，离。等我公司办成功了，如烟，我第一件事就是向你求婚。

柳如烟还能说什么呢，她的芳心早被这个伟大的创意和想出这个伟大创意的男人融化了，她从心底叫了一声——哥。这声哥，虽然声音不大，孔方兄还是听到了，他瞬间也被融化了。

## 二

木棉飘絮的时候，刘桃花上街去捡花絮给孔方兄做枕头。这是她以前的广东同事教的，说木棉絮做枕头祛湿。而孔方兄身上湿气大。孔方兄一感动，也跟了去。

夫妻本是同林鸟，他对刘桃花说，桃花，看在儿子的分儿上，你还是留下吧。

刘桃花怅然道，老孔，你别劝了，我去意已定，我都有抑郁症了，我要用老黄的房子来治我的抑郁症。

孔方兄说，桃花，你想过没有，那是老黄的婚前财产，跟你毛关系没有。

到布尾村，刘桃花手机铃声大作，她对孔方兄说，是老黄。原来，老黄的妈不行了，想见未来的儿媳一面。

孔方兄只是面无表情地说，去吧，死者为大。想了想，补充道，欲死者为大。

回到布尾村某栋的401房，孔方兄看着这套住了十年的房子，心中不免一阵苦涩。刚搬进来时，儿子六岁，现在十六岁，在红岭中学读高一。早些年，也不是没钱买房，孔方兄说，事业是男人之盐，房子过几年再说吧。那时房价才四千，钱都是花在公司里，公司从十几个人壮大到四十多人，有学市场营销的、工商管理的、食品科学的，货也是一车一车向天虹岁宝沃尔玛送，有代理的维维豆奶、海天黄豆酱、中华牙膏、宝通和茶杯。后来开电子厂更压资金，加设备一起投了五百多万。生产出来的热敏电阻，上游企业有些半年才返款。这时，房价已涨至一万五，刘桃花急了，要从厂里财务室截款。孔方兄大喝一声，你敢，厂里的钱都是用在刀刃上，现在工资都推后一月发，你想要我的命？刘桃花说那房子呢？不安居何以乐业？你不是说国家会调控吗？房价会降回一万吗？孔方兄说，国家不是在调控嘛，你要相信政府。刘桃花嗤笑一声，老孔，你是说那些国八条国六条？那是扬汤止沸，地方经济七成都靠房地产支撑，房价还有不涨的理由？

这次是刘桃花和孔方兄两年来闹得最凶的一次，刘桃花的声音越来越大，孔方兄的底气越来越弱，因为刘桃花后来甩出一个笔记本，上面是家附近几个楼盘房价上涨明细。像万科金色家园，2000年开盘时，他们去看过的八十九平三房，2004年底是七十万，2005年底是九十五万，2006年底是一百四十万，

2007年底涨到了一百八十七万。刘桃花说，还有擎天华庭，那套一百四十平的，前年一百五十八万，你不肯买，骂人家天价，是吃人不吐骨头，说房价不跌你不姓孔。现在呢，2008年才刚过一个月，三百万！三百万呢！刘桃花说，她的心在滴血，按她的计划，贸易公司是不会转给别人的，一年抽五十万资金买房，擎天华庭买套大户型自己住，金色家园买一套大户型出租，以后装修一下给儿子，景城府买两套小户型给双方的父母过冬，现在老人不都蜂拥到南方来过冬嘛。尤其是她父母，田里讨生活把她养到大学毕业，镇上买年货炒碗剩饭吃上街，连一块钱的米粉都不舍得尝一下，不该来深圳享一下女儿女婿几天清福吗？你父母也是，说起来有一份体面工作，洗锅水只要见有几星油花都要放葱当汤喝，省省抠抠养大你们，来深圳玩了十天就要回去，怕花我们的钱。你老孔满口仁义道德，自诩和孔老二家里同一个堂名，你不为老婆的贱爹娘想也该为你自己的生身父母想一下，子欲养亲不待，百善孝为先，子孝父心宽……

孔方兄的心也在滴血，那些数字，就像匕首，一下一下扎在他心上。尽管表面泰然自若，内心还是有点撑不住了。去年厂里一共只有八十万纯利，竟不够一套房上涨，这哪有天理？实业是可以创造世界改变未来的，房价暴涨能创造什么？只能创造泡沫，毁了中国经济啊。老乡宋有才一直动员他卖了贸易公司后跟他炒房，他鄙夷地跟陈骗子说，二贩子的崽子天生就是炒家，血液里流淌的都是罪恶。宋有才现在手上常年有四套房炒着，2007年，宋有才就将他的老二贩子爹娘接到黄埔雅苑常住，是这一大堆老乡中最早实现子孝父心宽的。孔方兄想给中央写信，可中央出的政策还不够吗？次次打七寸，问题是地方上阳奉阴违。太可恶了。孔方兄砸了一个茶杯。当然，他是挑有裂纹的那个茶杯砸的。

那次，刘桃花最后弘扬中华烈女的传统流弊，要死在他脚下。直到孔方兄搬出老泰山，让那个一辈子拳打泰山婆的暴躁男人来电话才呵止住她，你想逼死我们你就死。

门铃响了，是陈骗子来访，这个不务正业的陈骗子竟然都敢教训他几次了。他的底气是有房一族，堂堂宝安桃园居某栋某房正宗业主。他说，老孔，你就是一个猪脑筋，你看一下我们这一拨前后脚来的老乡，二十年了还住农民村的只有你一个孤家寡人。从泥岗到蔡屋围到岗厦到布尾，又是几坊又是几巷几排几号，死难记。不是你住在这里，我这种有身份的人是不会进来的。看看，我这衣服上的水是刚刚拜楼上晒衣服的女人所赐，要是衬衣上的水还好，怕就怕是短裤上的水。陈骗子扫了一下卧室，怎么，嫂夫人不在？孔方兄拿一块抹布帮陈骗子擦水，说，闻着气味就是短裤上的水，臊。说完他们都哈哈大笑。

客人来访，孔方兄只得强打精神。他说，刘桃花再过一两月就不是你的嫂夫人了。她刚刚去老黄那儿，要不是我拖，我骗，去年底他们就要领证，现在估计在忙着做孕检呢。

陈骗子说，老孔，我肯定是同情你的，今天吃饭就由我买单。但是，如果我是刘桃花一样会跟你离，你不想想你连一个安身立命之所都不给她，她能不跑吗？杜甫还有一栋自己的茅屋，秋风一过，加两层茅，照样过冬不是。

那天晚上是在福图雅乐庭吃饭，孔方兄喝醉了。他说，醉了好，醉了可以不想房价，不想刘桃花，不想菜价。他又点了个海鲜一品锅，一个苦竹笋，叫了一瓶长城红钻石五星。

本来还视金钱如粪土的陈骗子一下慌了神，老孔，醉酒伤肝，海鲜吃多了痛风，你恨不得我破产干吗？小姐拿了酒来，陈骗子说不开，小姐说已经开了，陈骗子的脸又一下涨得通红。

孔方兄说不行我买单，我房子没有，吃饭的碎银还是有的。陈骗子一听更气，老孔你这是狗咬吕洞宾，我是为你好，我再叫两瓶都是敢的。最后陈骗子也醉了，因为后来叫的酒菜八成都进了他肚子，这样也少吃点眼前亏。至于边吃边听孔方兄宏伟计划的来意，都在酣醉中一截遗欧，一截赠美，一截还了东国。

## 三

早上起来还有点醉，孔方兄泡了一壶婺源绿茶。这绿茶还是老黄去年送他的。不知怎的，孔方兄对老黄并不恨。恨什么呢？老黄是多金，但人家又没欺朋友妻，明明是刘桃花黏上去要用人家的房子治抑郁症。开始，孔方兄还觉得老黄被利用，只是后来想老黄也四十好几了，除了有钱就是一个大肚腩，老婆离了两年了能找好的他早找了。刘桃花才貌不差，又会把持家政，他老黄几乎是白捡也算不上吃亏。还有一条，刘桃花忠诚，她绝不会卷了老黄的家产，去拉美粟米小国隐身。

倒是老黄，从跟刘桃花有关系后再没敢来见孔方兄，几次朋友饭局，一见有孔方兄，他扭头就遁。不见也好，省得两人尴尬。

老黄是多年前朋友介绍认识的，那时孔方兄的贸易公司刚开张，老黄是另一个贸易公司的副总，他给孔方兄提了好多建议，还介绍了几个厂家给他认识，谈下海天黄豆酱系列产品代理，老黄也从中斡旋不少。总之，这个本地佬很热情，心无芥蒂，适合做朋友。

后来有一年，吃饭时老黄总是唉声叹气，原来是他老婆要跟他离。老黄在宝安沙井乡下长大，从小脏惯了，生活不检点，老黄老婆是广州市里的，喜干净爱时尚，走路还要晒大长腿，结婚以来两人一直像平行线。孔方兄去老黄家吃饭时见过他老婆傅菲，他们倒很谈得来，从生意到政治到宏观经济。有几次孔方兄吃完饭傅菲会先倒一杯茶给他，让其他客人高呼吃醋。傅菲也不管这些，在阳台上拿一条凳子坐他身边接着聊，有时还会用她那充满嗲气的声音哈哈大笑。孔方兄说英国佬最早喝中国茶是煮一大锅水，把水倒掉，放点盐吃里面的叶子。她大笑。孔方兄说小时正月间，故意做一个厚厚的假红包扔路上，结果是下班回来的老爹捡到，老爹一进家就躲进房间去了。她更是大笑。后来桌上的陈骗子拿腔捏调说，傅菲，你要注意老孔，老孔是红颜杀手哦。世易时移，现在倒是自己的老婆跟了老黄。孔方兄又倒了一杯茶。

今天是星期五，在红岭中学住校的儿子晚上要回来，刘桃花去超市买菜了。她照例会买儿子喜欢吃的花甲、莲藕，还会买筒骨煲汤，给儿子补钙。也许是要离家了，这几月她对儿子特别关心，有时星期二、星期三也会送一盒菜去校门口等他。刘桃花说已和儿子达成谅解备忘录，毕竟儿子长大了，能理性看待这事。

刘桃花和老黄走得近应该是从2012年中秋那次新疆之旅开始的。四大家族夫妇和老黄夫妇都去了。刘桃花问老黄炒房成功靠的是什么秘诀？老黄说没什么秘诀，是乱撞进去的。

老黄谈得多的倒是炒股。他说1997年他家在村里有两栋房子准备拆旧建新，因为跟邻居有地皮争执，就把三百万让香港的伯买了B股，没想到2001年B股突然开放，就猛烈爆发了一回，也从此跟股票结了缘。至于房产，主要是村里旧改按面积补偿的，店面是他这些年股票里的钱慢慢买的。做投资不能把鸡蛋放在一个篮子里啦。老黄说完看着刘桃花，像学生交完作业。刘桃花笑了，看我成查账的了。

刘桃花发现老黄很实在，心里没一点要隐瞒的，尤其是命好，轻轻松松就有大把花不完的钱。而他们这些北佬，不远万里来到深圳要从礼品业务员、吃方便面做起，还有更多人混不下去，这些年都陆续含恨而别了。

那天晚上在宾馆，刘桃花笑着让宋有才给老黄算个命。

宋有才说，还用现在算，我早给他看过了，命带偏财，而且，四柱中带官星。

刘桃花说我听不懂，你就一句话，老黄的财靠得住吗？

宋有才故意吸了两口烟，闭闭眼，好像祖魂附体，才说，绝对可靠。

刘桃花啊一声，松下一口气。

老黄有时也讲笑话，但都是拾人唾余。在石河子的晚上，老黄说，一次他去深图，位满，他见一个学生崽伏在桌上睡觉，口水四溢，就说你爸在门口找你，学生崽说不去，又说你妈在门口找你，学生崽说不去，再说，一个美丽的女同学在门口找你，学生崽连忙收拾书本走了。当时大家都没听见一样，只有刘桃花一个人笑得不可收拾，还说老黄是智多星吴用。陈骗子悄声对孔方兄说，还敢讲笑话给傅菲听不，现世报来了。

刘桃花自杀事件之后，她和老黄的关系骤然升温。刘桃花在日记中写道，两颗苦难的心，渐渐靠近，抱团过冬。那时傅菲正和老黄龃龉，男人就是这样，家长里短的事，再好的同性朋友都不愿说，宁可捂在心里烂，但有一个红颜知己就不同了。所以，刘桃花这一时期成了老黄的出口，心里的垃圾都倒给了她，像个委屈的小弟弟。恰恰，刘桃花是母爱泛滥的人，她的希冀是生五胎，只恨深圳养孩子开销大，仅四十天一期的早教右脑开发就要一万五，又没别墅，否则，一地的花花朵朵。

第六杯茶下肚，孔方兄出门了。他现在很少和刘桃花单独待在家中，他不愿听她那些善后的话。

孔方兄到了车公庙安徽大厦，宋有才在这里有一个餐饮公司，下面有四家江右情食府，做江西菜。更确切地说是做江西上饶菜。要说江西菜在全国根本排不上队，但江西菜和湖南湖北菜是近亲。

明初江西填湖广，两湖五成的人口来自江西，其中包括饶州府，即现在的上饶。所以，风俗饮食都大同小异。深圳两湖人多，江西人也不少，但一直以来缺江西食府。宋有才早年在广告公司做策划，和市场缝隙点、产品的水平差异化和垂直差异化打交道。广东人不是喜欢煲汤吗？后来他给一个江西人开的餐饮公司策划了瓦罐煨汤的营销方案，江西泰和的乌骨鸡与广东的药膳汤料，在瓦罐中邂逅，于是，有了一场舌尖上的赣粤风云际会。结果，广东人来了，江西人、两湖人来了，广西人、江浙人也来了。江西瓦罐煨汤在上世纪九十年代的华强北片区开一家火一家，深圳才有了江西菜的概念。及至后来，宋有才自己搞江右情，两年连开四家，都选的旺地，他在深圳赣系餐饮中的开山地位已是撼山易撼宋难。

人就是这样，有一样独特的成就，走哪都有你的位置。宋有才早年也是各处混脸熟，后来，自有人虚位以待，连省府来深港招商，日理万机的副省长也说要见宋有才，吃一吃江右情的三杯鸡。渐渐地，宋有才说话慢了，走路也不急了，同乡会非要让他做副会长了。再后来宋有才又用广告公司的这一套理论炒房，竟然屡试不爽。他说，亏得离开老家那相互倾轧的小银行，是深圳改变了他的命运，是广告公司拔高了他的智商。

宋有才对孔方兄的创意大为赞赏，他拍着老板桌说，老孔，你祖坟冒青烟了，这公司要办不好，我头砍下来给你当摇凳坐。

只管说，你需要我做什么，要钱出钱，要力出力，你老孔是什么人，我也该报恩了。

宋有才 1993 年来深圳是孔方兄举牌接的站，又在孔方兄公司宿舍打地铺。宋有才家里负担重，只带了五百块钱来深圳，还是缝在短裤上。钱用完了，工作还没找到，又是孔方兄劝他留下，每晚多买一包方便面让他有福同享。那时，正是孔方兄最艰难的时候，在礼品公司跑业务，月薪三百。当时深圳业务界公认有三大难，一礼品二广告三保险。孔方兄是来深圳打天下的，自是要换筋骨，所以选了难上难的礼品公司应聘。到第三个月，孔方兄仍没接下一单业务，每月只靠三百块吊命。所以，晚上只有一包方便面的预算，中午两包，中午不吃饱是没力气扫写字楼的。

孔方兄说我什么都不要，我只要你给我打一卦。

宋有才哈哈大笑，老孔啊老孔，你也有今天，以前你总骂我是算命瞎子的孙子，装神弄鬼，今天算你高看我了。宋有才祖上有算命打卦的手艺，“文革”中一家被批得像坨屎。宋有才上江西银行学校时，业余买书偷偷看，可能真有祖宗荫庇一说，竟一目十行，倒背如流。所以，宋有才说他在有中国人的地方不会饿死，在有潮汕人的地方可以发财包二奶。

宋有才拿出三个康熙通宝，让孔方兄放在掌心，颔首，合十，手心意一念，观想识不二，五蕴皆空，六根清净，由此，开卦。

孔方兄扑哧一声笑了，难怪人称宋玄子，你这是要叫我打卦还是出家当和尚？宋玄子也笑了，这你不懂，心诚则灵嘛。

于是孔方兄边笑边开卦。

竟是十五卦，谦卦，谦虚之意。

好！宋玄子高喊一声，并说拿酒来。一会女秘倒来两杯醅酒，里面还飘着几颗鲜红的枸杞。这是宋玄子老婆周小燕专为他私人定制的老家米酒，健体不伤身。从十年前宋玄子就不喝白酒红酒啤酒了，到哪个饭局都是自己带一矿泉水瓶米酒，最要好的朋友分你一杯，像孔乙己爱护茴香豆。

宋玄子喝完酒又叫孔方兄用小银勺吃干净酒糟。

孔方兄忍不住叫嚷，老家喂猪的东西，难道你老婆也放了什么祖传，叫天物不成？

宋玄子不屑和他计较，老孔，你知道不，我们小时常见一个老太太担米酒在街上卖，你知道她是谁吗？宋玄子不等孔方兄回答，抢着说，周小燕外婆。为什么你妈我妈他妈做了一辈子米酒，仍不能十拿九稳？冬天做得好夏天又不行呢？答曰，不懂诀窍。做酒是看师傅的，和做茶一样，和手艺有关，和地域无关，你把师傅带走了，山还是那座山，水还是那江水，做出来的就不是原来的酒和茶了。

孔方兄说，茅台不是说离不开赤水嘛，他们的师傅去外地就做不出茅台。宋玄子笑道，那是品牌保护策略，心计。

十一点了，孔方兄看了看表，宋玄子，还是解卦吧。

宋玄子不慌不忙把三个康熙通宝用红布包好，放进一个老柚木匣子，再放进身后壁橱的某个抽屉，吧嗒锁好。不是已给你解完了吗？

宋玄子见孔方兄一脸懵态，接着道，我爷爷对我爹说，我爹又对我说，卦是死的，人是活的。丰子恺说，人能要能沉进水底，更要学会浮出水面。对打卦算命，我前五年终于开悟，我只问你，老孔，我们今天聊得开心吗？

孔方兄说开心。

宋玄子说，开心就好，开心卦就解完了。不是吗？你既知谦卦之意，又何求象曰彖曰，过多的枝蔓都是藩篱，都是作茧自缚不宜动土，尤其你这种不懂卦象的人。

唉——孔方兄笑叹一声，他还能说什么，人家五年前就开悟了，他只是说，老乡都说你和周小燕是一对活宝，然欤。

午饭是在车公庙江右情吃，灯盏粿，韭菜炒子皮丝，冬笋炆土鸡，发肉，八宝菜，全是上饶风味。孔方兄见用餐的人并不多，表示疑惑。

宋玄子难得叹一声，租金年年涨，分量年年降，还会有多好的生意？过完年准备四家一起低价转掉。实业误国，地产兴邦。怕打击孔方兄，宋玄子又说，实业就拜托你老孔了，你那厂，一定红火。

菜上齐了，孔方兄不禁摇头，一碟一碟都袖珍了。孔方兄说，李逵若来了肯定要乱拳打死你这个抠老板。宋玄子沉默了一会儿道，鲁迅说，无穷的远方，无数的人们，都和我相关。老孔，我其实也是房价的受害者，一条食物链中，谁也不要想独善其身，我只不过是利大于损而已。

## 四

端午节前，孔方兄将新项目向不下十个朋友谈过，没有一个说不绝的。办厂，孔方兄有经验。他把自己关在房间里做了一个三万字的整体策划案，发了一份给柳如烟。第二天，微信里收到三个大拇指。

事情在向前积极发展，孔方兄压在心上的石头慢慢放了下来。当初的激动已过，现在更多的是稳中求胜，就像那个谦卦，含蓄，内敛，克制。

他联系了原来厂里的几个高管，刘亚洲、杨扬、马蔷薇、方紫都愿意回来跟他。这都是用熟了的老部下，有实力负责任，把他们请回来，孔方兄一下就轻松多了。

工厂选址现在有两个，一是坪山田心村，一是龙华岭排围。因为是环保型企业，当地村委都十分欢迎，深圳市、区也都有各种详细的优惠政策。这都让孔方兄十分欣喜——深圳确实是创业打拼的土壤。

刘桃花的心情也阳光明媚，因为孔方兄终于答应过了端午就和她去办离婚。其次，老家修高速，原来说要经过他们村的，现在改线了。刘桃花家前年刚建好全新的三层小别墅，赔偿十分不划算。尤其，院子里枣树、桂花树、梅花树、桃树几十年了，有灵气，拆迁就把风水毁了。刘桃花家四棵树，四个季节，四个漂亮女儿。她爹说这是天公公安排，虽然命无男丁，一样知足。他给四个女儿分别取名刘枣花、刘桂花、刘梅花、刘桃花。四个女儿还有一样特别——聪明，全是师院毕业，中学教书。现在在外地的只有刘桃花一人。

今天是端午节，孔方兄办完事早早向家赶。

宋玄子还是够义气，说孔方兄现在办新厂，打交道的人多，把他的宾利换了孔方兄的老奥迪。孔方兄推辞几次就要了。他想起1993年的时候吃方便面，冲一大碗水咕咚咕咚将肚子吃得鼓胀胀的。有一次孔方兄晕车，还有半碗汤不吃了，宋玄子拿过去又喝了个精光，还说下面全是大块的鸡肉冬菇，营养全让他占了。

推开家门，刘桃花已做好一桌菜，还开了一瓶红酒，更特别的是大厅里点的是蜡烛。最后的晚餐？孔方兄说。刘桃花嘴巴一撇，看你说的，以后我还是孩子他妈，只要这个屋里没新女主人，我还是会来坐的。

孔方兄洗了手，刚坐上桌，刘桃花就递给他一杯酒，老孔，今天我要让你登仙，吃好喝好做好，让你过一个销魂的夜晚。

孔方兄才发现刘桃花已洗过澡，穿了一件低胸肉色睡裙，头发湿漉漉，散发出洗发水的幽香。孔方兄承认自己是经受不起诱惑的，他做不到陈骗子的坐怀不乱七过美色关，那还算有雄性荷尔蒙的男人吗？

孔方兄跟刘桃花干了一杯，一把抱起刘桃花，将她重重摔在布沙发上。刘桃花太累了，下午又做菜又搞全屋卫生，以致完事一会儿，就在孔方兄怀里睡着了。孔方兄撩开挡在她脸上的长发，看着眼前这个二十一岁就敢跟他上床相濡以沫二十多年的女人，鼻子泛起一阵酸楚。他拿过刘桃花的左手，在她手腕上轻吻一下，那里有一条疤痕，是她2010年自杀时留下的。这条疤，昭示着他们的婚姻走到了尽头。

缘起，天涯咫尺。缘灭，咫尺天涯。

2008年9月，金融风暴全面爆发，房价应声跌落。每次，刘桃花都欣喜地告诉孔方兄，哪个花园又跌了，哪个户型又降了。刘桃花本来也是在孔方兄厂里做的，但孔方兄为了给管理团队更好的信任空间，让刘桃花回家做了全职太太。厂里刚进了一台十五万美金的真空玻封烧结炉，有了它，生产工艺一下赶上去一大截。做小厂和做小公司一个样，永远没有话语权，永远在投钱，永远想走快点。好几次，孔方兄都没理刘桃花，她又不是不知道厂里的资金状况。刘桃花说，老孔，我的话说到墙壁上去了？孔方兄说，慌什么，才跌三十万，你想买一把泡沫？

而这时刘桃花的个人信息早流到售楼处和中介去了，整天都是电话催她快出手，有一个关外的楼盘说已跌到2006年中的价位。房子是买涨不买跌的，几个月来中介生意全无，那些小男生小女生一个个急得脸上长痘嘴角生疮，把手上的潜在客户电话都打烂了。

狭路相逢勇者胜，一个营业点十多二十平，十多二十个业务经理，每月总会有一两个做成单的。他们男经理攻女客户，女经理攻男客户，最后总会有一两个男女客户在床上被男女经理搞定。刘桃花美艳丰腴，看到好房子眼睛发绿，自是不断有男经理要请她吃饭，喝茶。还有一个说是中大毕业生，百分百童男，要请她桑拿。刘桃花问，你都几个月没有业务了哪来的钱？他说借的。刘桃花说，孩子，省省吧，我现在是攻不下我老公。

拖到 2009 年 6 月，刘桃花也拉孔方兄去看了几个楼盘，孔方兄还是说再等等，泡沫还多，厂里马上要进稀土，要压资金。但是，四万亿开始发威了。

2009 年 7 月，深圳的楼盘一夜间止跌反弹，又一天一个价猛涨了，而且这次是报复性猛涨。这下是客户打中介的电话，楼盘开始捂盘，卖家开始惜售。

刘桃花崩溃了，她对孔方兄说，老孔，你赶快从横岗给我滚回来，我真要死在你脚下了。

这次金融风暴，给孔方兄的打击是，房子没有挤掉泡沫，工厂却在倒厂潮中倒下了。

后来，2009 年底的国四条，2010 年 4 月号称史上最严的国十条都没有困住房价这条猛兽，它像嗜血的野狼，咆哮着在中国大地上兴奋地狂奔，从北京到三亚，从上海到深圳。

刘桃花选择了一个台风天自杀。

那是一个周末的夜晚，刘桃花在卫生间一直没出来。孔方兄这段时间都在防备她。工厂倒了，也没什么地方好去，他就一直守着刘桃花。他以为她只是情绪低落说说。孔方兄摸一下床上没人，一个激灵爬起来冲进卫生间。

刘桃花倒在地上，手划了一刀，血在不断地流。刘桃花已有点昏迷了，孔方兄忙把她抱到沙发上，扯一块布包扎，一边打 120。

还好，刀口不大，血慢慢止住了。后来刘桃花说，她死不了，她还有儿子，她只是轻轻拉了一道小口，估计流十几分钟血就会止住。她真要死她何不割动脉，别忘了她妈做了村里十多年的赤脚医生。刘桃花说，她只是压抑，这房价真他妈太万恶了，它绑架了多少无房一族！所以她要以死向它做一次抗争，但不会真为它送命。不值！

刘桃花向房地产以死抗争，就像在大海中投了一枚绣花针，对于房地产，对在房地产盛宴中狂欢的人引不来哪怕一眨眼的罪恶感。但对孔方兄却是惊天地泣鬼神的。

惊天地是第二天台风“莫拉菲”正式登陆深圳，顿时狂风暴雨，樯倾楫摧，半个深圳的高压线路都跳闸了。狂风还将六楼住户的花盆卷下来，重重砸烂了他停在楼下的奥迪。这样大的台风，孔方兄只记得 2003 年的“杜鹃”。雨水从窗台缝隙吹进来，一会儿地板上就是一片汪洋，孔方兄整晚上都在手忙脚乱拿拖把拖水。邹衍冤殁六月雪，窦娥冤死旱三年。孔方兄望一眼躺在床上苍白羸弱的刘桃花，不禁一阵寒战。

泣鬼神是几天后泰山公婆知道了，杀向深圳，说孔方兄的父母不教我们来教也是顺理的。

那个当初就打簸箕反对的泰山说孔方兄是五毒俱全的强奸犯——吃喝嫖赌抽，吃香的喝辣的抽烟打麻将，嫖是指孔方兄当初将他还没过门的女儿肚子搞大了。泰山婆一辈子被男人欺负，这次被裹挟而来，只有骂得比老倌更狠一条路。她骂孔方兄是扁毛畜生，说不定是他下毒迷昏桃花后割的手。她说，阿十多年在乡里五湖四海行医，什么世面都见过，法医做了几多起，你要是谋害桃花，阿瞄一眼就知道。只可惜她在女儿身上硬是没瞄到一点凶杀线索。骂了两天，见不争气的女儿并不配合，说一声儿孙自有儿孙福，在孔方兄的相邀下，游完锦绣中华、世界之窗、欢乐谷、动物园、东部华侨城、航母世界、弘法寺后，两人含笑回了上饶。

是儿子告的密。儿子为什么要这样做呢？这个逆子！孔方兄气不打一处来。听刘桃花说，儿子对他是不满的，一个班，他是少有的几个非深户，家里又住农民村，所以他从不把同学向家里领。更不满的是老父去年扼杀他的初恋于摇篮，砸烂了他的手机。唉，孔方兄摇摇头，世上辛苦数爹娘，养大一只白眼狼。

## 五

中秋节后，四大家族之一蒋干从老家回来，给孔方兄带了一堆蒋氏农场的土货。四大家族在江右情聚了一次，蒋干就开始和孔方兄商讨建厂的事。

孔方兄是准备邀蒋干一起办厂。要说早十年，孔方兄马云牛云都敢做，现在毕竟离五十不远了，加上项目又大，就想找一个知根知底的老乡合伙，心理上有一个依靠。没错，是依靠。在刘桃花要散伙后，这大半年内心特别飘零。柳如烟虽然也给他不少力量，但她一个做科研的女子，实业皮毛都不懂。

蒋干性子慢，却是一个做实事的。四大家族中，陈骗子舌灿莲花，主要靠一张嘴，他继承了他老爹红色政工干部的遗风，现在忙着在各企业讲课，用他自己的话说务务虚，骗口饭吃。宋玄子喜欢挣巧钱做无本生意，所以他是二贩子的儿算命瞎子的孙，江右情生意一清淡不是想办法破局而是一转了之。蒋干打了三年工后一直做实业，唯一的毛病是贪大，他现在手上有三个公司，其中一个是若干年前从孔方兄手上转去的贸易公司。现在又在老家武夷山做蒋氏农场，种菜种果养鸡养鱼，没事还上山割野蜂蜜采灵芝石斛，被熊追了两回都不言放弃。

孔方兄合作的唯一条件是他必须转掉所有公司，一心一意搬砖。

蒋干长考了一个月，有一天凌晨四点来电话说，老孔，定了！以后你敢耍我，我就割了你的老鸡，让柳如烟守活寡去。

让蒋干转掉所有的公司，赤条条来搬的砖，会是一般的砖吗？

前年冬季，孔方兄在叔父家散心，英国拜伯里小镇。

有一天，堂弟、洋弟媳包括侄子女一家和镇上的八十多人，包了两部大巴去伦敦唐宁街十号请愿，抗议英国向中国倾销垃圾。洋弟媳说，英国人的天性中包含贪婪、自私、杀戮，把中国最好的东西抢夺来摆在大英博物馆，把自己最污染的垃圾一船船运往中国，这是犯罪，是反人类。说完还砸了一个茶杯。孔方兄才发现砸茶杯并非中国人的国粹。

第二天孔方兄随堂弟一家也去了伦敦。这次是去英国下院，到西敏宫外一看，原来还有英国各地来的五十多辆车，是CC环保组织主办的。孔方兄也看到了一些中国人面孔，手里举着牌子，No，每年八十万吨塑料垃圾！ No，中国不是垃圾站！一小时后，又一个环保组织来了几个大巴，抗议CC，说英国每年根本处理不了八十万吨塑料垃圾，不向中国运是杀害英国人。

这次拜伯里之行，孔方兄的关键词是“环保”。

回国后一月，好友南卫东找孔方兄去帮忙，做临时管理。他公司接了地健集团一个外包单，罗湖二线插花地棚改项目建筑垃圾处理。由于今年罗湖区对建筑垃圾有减量化、资源化、无害化、综合利用产业化的要求，地健集团招标书注明，建筑废弃物就地处理升级达到百分之六十五。老孔，一千栋房，一百六十万吨建筑垃圾，五个承包商，想想都心潮澎湃啊。这些建筑垃圾，现在在南卫东眼里就像美女美食让他饱眼又饱肚。他现在吃住都在工地，也不让孔方兄回家。明天，德国进口的克磊镘移动破碎机和筛分机就到盐田港了。一星期后，公司日处理能力将提升到四千吨。他现在有成堆的问题要处理，还要出去和各方面的人洗桑拿松骨，他有孔方兄，就像刘备有了孔明，不啻打下半壁江山。

在工地帮了南工头半年，孔方兄的关键词还是“环保”。

孔方兄决定办一个这样的厂。

孔方兄对蒋干说，南工头就地消化，就地生产，争分夺秒，这种和心脏你死我活的事我们不做。南工头只是消化建筑垃圾做成砖，而我们不但做砖，还塑造人。

孔方兄选了江右情一个包间给蒋干详谈建厂策划。他夹了一个灯盏粿送到嘴里，厂址之所以选坪山区田心村甘角落余泥渣土受纳场，是为了和他们配套，享受政府用地和税收优惠，还因为远离市区喧嚣。我是指心灵上的。我们的厂不叫厂，叫孔府心智修炼馆有限公司。我们的工人不是民工，都是细皮嫩肉的城里人。我们的工人分为五个组。第一组，初级佛学人士，他们需要找一个地方苦修，不打妄想，不迷惑颠倒，一心清净，放下看破。好吧，白天搬砖，工禅并举，晚上跟师父学佛，信、解、行、证，破迷开悟。一期一年，收费二万八千元。第二组，老板人士，膘肥体胖，亚健康亚长寿，他们需要找一个地方养生，脱脂安眠祛躁。白天出汗晒太阳，吃青菜啃粗粮，晚上做针灸理疗按摩，早起早睡，不忘初心。一期半年，收费三万元。第三组，戒网瘾人士，这主要是青年，尤其是当地佬的孩子，一排排房子种好后每月收租几十上百万（当地人把做房子叫种房子，以前种田，现在没田种了，改种房子了），玩物丧志。这一组刚开始会有抵触情绪，慢慢找到劳动的成就感，特别是体质逐渐提高，吃饭香了，睡觉甜了，会乐不思蜀心怀感恩。一期一年，收费三万元。第四组，城市受挫者，包括失恋失业、上当受骗、空想愤世人士。白天有劳动量后刺激内啡肽分泌，排解抑郁焦虑，晚上听心理咨询师上课，重塑阳光人生。一期半年，收费零元。第五组，自闭宅女，白天阳光下搬砖，运动流汗，回归自然，改变原来心慌气短、月经不调、脸黄长痘、食欲不振、失眠多梦的林黛玉状，晚上听陈骗子讲心灵鸡汤，一期一年，收费二万八千元。

听到这里蒋干哈哈大笑，老孔，孔公公，你这不是王老板的沙头角雏鹰生态农场吗？骗一帮学生去种菜拔草，吃一顿没肉少油的饭，收费三百八，还美其名曰社会实践生存体验。

孔方兄用筷子敲了一下蒋干的碗，能比吗？他王老板成天贿赂校长，我谁都不贿赂，我甚至可以拿出百分之五十的纯利做慈善公益。我不但从事了环保事业，又顺手治了一把城市现代病，王老板和我哪样有可比性？蒋干，蒋司令你说。

孔方兄看着墙上的一张丰收田园图，就像厂在其中，没再理会蒋司令。他说，在坪山甘角落，一个远离红尘喧嚣的城市边缘，我，人称孔公公，蒋干，人称蒋司令，正在用实业诠释深商创新、拓展的新锐商帮精神——成立孔府心智修炼馆有限公司，一期投资二千万，拥有国产全自动化流水线设备二条，半自动化设备一条，年处理二百万吨建筑垃圾，生产再生骨料八十万吨，石粉七十万吨，仅所生产透水砖，每年节省黏土二十五万立方米，节省耕地一百一十亩，大量减少二氧化碳二氧化硫等有害气体排放。透水砖，用再生骨料加水泥一次压制成型，是建筑和海绵城市的环保建材。轻质砖，以石粉为原料，广泛用于内隔墙，重量轻、强度高、施工快捷绿色环保。

孔方兄接过蒋司令递过的茶轻喝一口，他并没有口焦舌燥体力不济几欲叫停的意思，并且添加了朗诵韵味，在宽阔的厂区，五个工作组二百多工人在有序忙碌，一个巨大的储物罐立在骨料分选车间与制砖车间中间，铲车轰鸣着将建筑垃圾送入分选车间破碎机，大量的建筑垃圾被粉碎后经过无尘化处理，通过输送带输送到筛分机上进行筛选，并将杂质分离。在全自动化电脑控制下，输送机的末端分别流出建筑骨料和石粉，将骨料经过配比掺加水泥，送入制砖原料仓中，经过一道道工序，最后一块块灰黑的透水砖被整齐地摆放在货场中，等待出厂。孔府公司二期投资三千万，增加四条全自动化三条半自动化生产线，增加工人四百名，年产值达三亿元。

蒋司令不禁再次纵声大笑，孔公公，以后还可以在石碧、水径、黎光、塘朗山、新坑、年丰受纳场设分厂，在建筑垃圾围城的广州、东莞、佛山、惠州以及杭州、南京、武汉、长沙设分公司。孔公公，这已经不是透水砖了，这是乌金啊！

蒋司令先醉了，这些年做实业半死不活确实没有一家有孔府这样有宏伟前程的，他嘴里一直叨念着，乌金，乌金……

## 六

办厂是需要钱的，不是早年多如牛毛的家政公司、广告公司、咨询公司，两张办公桌一台电话，空手套白狼。办厂是实业，首先要地皮厂房，然后是设备。孔府公司孔方兄和蒋司令一人各出一千万，蒋司令刚卖了公司，手上不愁钱。孔方兄倒厂后卖废品手上有四百万。那时他已和房价杠上了，就是不做接盘侠。刘桃花也死心了，四百万于她也就是一沓纸。不是要办厂吗，刘桃花把这些年炒股的本金和收益一百万全给了老孔，自己净身出户。老黄要以前朋友的身份借孔方兄六百万，免息。

孔方兄还是让刘桃花传话，钱不用，朋友在。

刘桃花说，死撑什么，你不外乎两条路：一，让蒋司令多出五百万，你付息；二，打柳如烟房子的主意。我劝你那柳如烟老处女，房子是她的命，你别把她拖进去，万一厂里有什么三灾两难，坑了人家。

不愧是一张床睡了二十年的女人，心里的想法她一清二楚。宋玄子第一次见刘桃花，就说老孔你把一个人精都给娶回来了。

孔方兄说，是呀，桃树精。刘桃花心里有货，这是孔方兄最佩服的，就比如她心里的话，她想说的，天王老子挡不住，她不想说的可以烂在肚里几十年。

孔方兄做贸易公司时，为了进大卖场，常请商超的老总吃饭松骨，也是逼出来的。像赣南板鸭，就一个单品厂里一年给一百万的任务，不进商超，哪个渠道能走那么大的量？开始，孔方兄在外面干坐，看手机，心里想这些龟孙子拿他的钱在里面该干什么了，呸一口。后来，老总们一拉，老孔，难道你真是公公？就进去了。这事刘桃花应该是清楚的，但她从来不问。有时在电视里看到类似的情节，孔方兄尴尬，偷瞄刘桃花一眼，她脸上没有任何表情，不嗔不喜，不怨不哀。

孔方兄对蒋司令说，一期投资我会想办法，二期投资不够，再让你多出吧。

想什么办法呢？他想到了柳如烟，想到了柳如烟说她有办法。

在深圳，要用大钱，自然会想到房子。柳如烟2011年在蔚蓝海岸按揭了一套八十九平的二手房，嫁不到好男人，就嫁给房子吧。总价三百万的房子，经过2013年的一轮暴涨成了七百万。柳如烟想自己和父母凑的一百万,一年多竟净赚四百万，吓了一跳。这就是中国的妖房，让人欢笑让人歌，也让无数平静的生活爆雷，无数恩爱的夫妻分手，它以粗戾的霸道逻辑，颠覆了几千年中国人一分耕耘一分收获的至信常理。

柳如烟联系了号称某银行信贷员的武多多，她打算以房作押，做抵押贷。武多多骚扰她两年了，听说柳如烟想贷款立马像苍蝇闻到血腥，姐，我这就过来和你当面谈。

武多多果然是一张血盆大口，手指甲也是大红，像《西游记》中刚吃完人的女妖。她说，姐，如果你款还没还清，先还清贷款，我也可以帮你找中介赎楼。如果你红本在手，我争取帮你做到七成贷六百万。你知道我们一般都是按房价六成贷的。

柳如烟接了一句，你们银行有熟人。这是武多多电话里常说的。是的。武多多笑了一下，姐你运气真好，这两月利息还是六点二，年底中央要紧缩银根，情况就不好说了。

一会儿武多多的手机又响了，她又是接起只说一句话，不好意思，我正跟一个客户谈抵押贷，你排在后天。对，后天，明天我还有一个客户先排了。

放下手机，武多多显得很疲惫，只等柳如烟问起。柳如烟却是问，你公司和银行有关系吗？你是怎么知道我手机的？武多多只是不悦地笑了一下，并不回答柳如烟。

晚上，柳如烟和孔方兄在红树林海边公园碰头，孔方兄内心只有感激，他把手轻轻揽上柳如烟肩头，这是他第一次和柳如烟相拥，海风将她的头发撩在他脸上，也将她身上淡淡的香水味送来，有点像老家七月的九节兰香，又像山上的野刺梨香。孔方兄用力吸了几口。柳如烟并没有拒绝，她在享受这种相拥，发于自然，真情真性，一如他们的相识。

他们是在莲花山相识的。

那天是五月湿热的回南天。下午，柳如烟从蜜蜂研究所请了半天假，这种天气户外走动一下是最好的逃离。她先在红树湾海边吹风，一个人在栈道踱着。

从福建农林大学蜂学院研究生毕业来深圳六年了，她仍是单身。柳如烟慢慢习惯了自己的生存状态。白天有做不完的工作，有时还要去南昆山蜜蜂育种基地，一去几个月甚至半年。晚上，她喜欢看书听音乐，写点文字，再朗读下来，有空时慢慢听，完全是过自己惬意的小资生活。恋爱呢，谈过，在学校时和来深圳的头两年，都无疾而终。总觉得有点像游戏，无法真实起来。而柳如烟要的是真实有触感的爱。

后来同事帮她去征过婚，竟没几个是良民。要么是大老板找二奶，要么是寂寞男人寻刺激，再要么是小男人求包养。几个良民也让人不顺眼，不是自己缺男人气，就是还怀疑柳如烟老大不小嫁不出去是性冷淡。处过一年的同事李林倒不错，但自按揭买房后，也成了个戴壳行走的男人，锐气全无。

一年又一年，柳如烟只得把寻缘变为守缘。这个城市的男人病了。什么病呢？或许叫城市病吧。那自己的嫁不出去就全当对这些男人的嘲讽了。

不知从哪天起，柳如烟嘴角多了一丝讥笑，这更让她和这个世界有了距离。研究所的大姐频繁说她，如烟，你要不食人间烟火了，有什么好讥笑的，做女人就是这样的，差不多就嫁了。说完，将裤上的拉链用力向上拉，只无奈肚腩收起又胀大。现在，柳如烟在下沙一间餐馆吃晚饭，老板是个秃顶男人，在收银台一边玩网游，一边呵斥他老婆传菜收盘，还不忘眼睛扫柳如烟的胸。柳如烟嘴角的讥笑又出来了。

吃过饭，柳如烟转地铁九号线在景田下车，她准备登莲花山。她将耳机塞进耳孔，听上月刚写的一个短篇小说《变种》：

同在一个屋檐下，抬头不见低头见的，蜜蜂小芒和苍蝇小翔认识了。

但妈不高兴了，她对小芒说，宝，我们和它不是一路的，一个有益，一个有害，薰莸不同器呢。小芒似懂非懂。妈又说，远古时期，人类耕种的庄稼收成很少，男人饿得瘦骨伶仃，女人乳房干瘪，孩子哭哭啼啼。女娲娘娘看得实在受不了了，就摘下自己的一颗慈悲心，变成蜜蜂。于是，我们来到了人间，一刻不停地为农作物授粉提高产量，为人类采蜜增加营养。从此，人类把我们当成恩人，古往今来，有数不清的诗词歌赋赞美我们，也有把我们供在庙里上香祭拜的。

苍蝇你是知道的，它们都干了些什么！以后见了小翔离远点，脏兮兮的。

妈还背了罗隐的诗：不论平地与山尖，无限风光尽被占。采得百花成蜜后，为谁辛苦为谁甜。

妈的话小芒在心里默了一遍又一遍，它觉得，自己开始长大了。

小翔还是依旧和小芒打招呼，嗨，花仙子，嗨，花丛灵。小芒出门采蜜，它叫，小芒，采蜜呀。小芒出门采粉，它叫，小芒，采粉呀。尽管小芒只是哼一声。

……

听完，柳如烟自己莞尔一笑，她更愿意把这篇小说当成故事梗概，写成一个二十万字的长篇。写蜜蜂，谁还能比她有优势？

在莲花山北门草地上坐了一会儿，柳如烟选了一首蜜蜂爱听的古筝《静心曲》慢慢欣赏。

从进蜂学院到现在十多年了，她一直和蜜蜂打交道，她觉得自己越来越愿做一只蜜蜂，快乐、单纯，有序、享受阳光。她试验的中华蜂群，听到她喜欢的二胡，更温顺，转移蜂场也不怒不躁，听到她喜欢的古筝，更欢乐，八字舞跳得更翩跹。老饲养员说，蜂随人性。柳如烟却想，在这滚滚红尘中，她更愿意人随蜂性。

登莲花山，她所以选择了偏僻的步道，在若隐若现的灯光中，远离车马喧嚣。但才走几分钟，微信视频来了，又是何金贵，中年，离异，油腻，言必称龙虾，这半年都在追她。介绍人说他挺立潮头，属成功深商，有和任正非合影为证。何金贵的名片上赫然罗列着他的六司一所，金贵实业（集团）公司、金贵装修有限公司、金贵装修香港分公司、金贵装修泰国曼谷分公司、金贵装修美国纽约分公司、金贵装修法国巴黎分公司、金贵装修艺术研究所。而柳如烟无意中获悉何金贵真实的办公地址在木头龙一套租来的民宅中，还拖着老家梅州刚带来的一儿一女。后来柳如烟干脆在下面给他添了一个公司，凑成了他中意的八——东南亚证件（集团）公司。

在一个岔路口，柳如烟正在找路标，迎面就遇上了夜跑的孔方兄。他说步道晚上很少人走，尤其你一个女人。柳如烟心中一热。走了几十米，孔方兄又追上来说，我送送你，送到大路口。果然，几公里长的步道只遇上两三个人。到大路，孔方兄说了声再见就回头了。是柳如烟问他的手机。问一个陌生男人的手机，她还是第一次，她想应该有这样的礼节吧。她没想到，生命和这个男人就此结下了不解之缘。

孔方兄打算先帮柳如烟付清银行按揭，再用她的红本做抵押贷。

柳如烟莞尔一笑，孔哥，你就不怕我不认账，二百万啊，真金白银。

孔方兄也笑，你就不怕我放长线钓大鱼？金钱就是这样怪异，可以让朋友反目，也可以让朋友卒相与欢，为刎颈之交。

孔方兄和柳如烟明显是后者。

走到一个灯火幽暗处，孔方兄揽紧了柳如烟，情不自禁吻着她的脖颈。而泪，也止不住滴落。这半年是他最伤感之时，刘桃花走了，心空了，却有一个柳如烟可以用全部的财力来支撑他，如梦如幻，如梦如幻。

第二天，孔方兄柳如烟约武多多一起见面。武多多说可以按目前市面上最高价八百八十万评估，但要给人家一点茶水费。又说，不多不多，五千。我这边就不用了，我们是同一阵线。

孔方兄见武多多嘴唇要滴出血来，而自己现在不明不白被她归为同类。他做了个苦笑的表情。

武多多见了放下咖啡杯，孔大哥，不多的，你自己去找，没八千搞不定。武多多的杯口都是红唇，她换了一边，今天干脆把话挑明，做七成贷也是要茶水费的，规定只能做六成。

柳如烟一听忙说，民生那边都做七成，我朋友贷过，也没听说要这费那费。

武多多脸霎时拉下来，那是哪一年，你再拖过了年连六点二都没了。

孔方兄以前贷过款，别说这些代理公司，就是银行本身信贷部一样公开收钱，像做流水，看抵押物，没钱一样鸡蛋里挑出恐龙骨头。孔方兄一时有点心烦，他厉声问，多少？一口价。六万。武多多想也没想就回答了。

中午，孔方兄回到布尾村 401，也没心思做饭，就把早上剩下的湾仔码头包子吃了。刘桃花走了几个月了，家越来越简单，饭做得简单，卫生搞得简单，连梦都做得局促。儿子现在一星期只回来一次，说周六要补课。这个没心没肺的儿子，甚至还有几次去妈那边过周末，说老爸做的菜像吃药，没烟火味。

## 七

陈骗子在微信语音里说有要事相谈，但不会来布尾村了，上次被女人的短裤滴水，最近还在霉运中。

孔方兄说，骗子，一年听不到你几句真话，既然是要事，语音里一阵清一阵浊谈得拢?

陈骗子也不理会孔方兄，说近日又有一悟，假如一个性感火辣的绝世美女诱惑我，我自认为修了白骨观就够了？不够的，绝对不够的。陈骗子估计在摇那颗资源开发过度的头。我终于开悟，我把美女当成美会落入轮回痛苦，当成丑，仍是概念，非终极。只有空性，才是真觉悟。既然是空性，就应该没什么好坏、留弃，一切皆平等。这样，单修也好，双修也罢，才有果证，哈哈。陈骗子自得其乐。

孔方兄也不由笑出声，原来准备骗人双修了，陈骗子，你死后，有一样东西不能火化，要留着做科研。

陈骗子答，据你说是舌头。

陈骗子又道，老孔，四大家族都说陈孔走得近，但你又是最不了解我的。比如我老陈骗子最近做梦都想着你的砖。

陈骗子说他昨天拜访了宋玄子，还买了单。当然成果是丰硕的，只三句话就搞定了他一套房。小宋这人嘛，是不错，只是见善不勇。我对他说，当初没有老孔的方便面哪有你的今天，现在老孔要钱，连柳如烟一个弱女子都不惜以房作押，你小宋一把的房就不可以出手一套解老孔之急？最后宋玄子被我说得满脸羞愧，丢了平日的花花架子。哈哈。

信号有点弱，孔方兄走到阳台大声道，宋玄子也不是无意，是我回绝过他。

陈骗子也大声道，老孔，别说这么多了，开公司是有风险的，你再有核心技术也罢，你用宋玄子的钱不比用柳如烟的踏实些？一套房，是宋玄子的五分之一，是柳如烟的全部，你想想。

孔方兄还想说什么，陈骗子急了，我只跟你说这些，我忙得很，我还要去双修。说完，陈骗子真的就挂了。

武多多还是一天来几个电话催，打完柳如烟的打孔方兄的，并且费用也可商量了。

柳如烟听了孔方兄说宋玄子准备卖房的事，坚定地说，她还是跟武多多签约吧。她说，哥，相信我。这次她把前面的孔字去掉了。

孔方兄听得心上一震。他也坚定地说，如烟，哥已定了，大恩不言谢！说完他鼻子又是一酸。

六百万不是一个小数目，但对房子还真不大。前有上市公司出手北京两套房救市的传奇，现在，宋玄子拿最偏的坪山万科金域缇香一套四房出手，就回笼了七百万。

宋玄子挑周末四大家族都有空的日子，在江右情向孔方兄交款。这天，他一下拿了四瓶米酒来，老的，三碗不过冈。他说，今晚他只有一句话，老孔，我宋玄子毛都不是，但你若负了柳如烟，你扁毛畜生都不如！

饭后四个人都有点醉，都叫了代驾。孔方兄的车刚停进布尾村口，陈骗子的车也赶到了。他说他还有事和孔方兄相谈，若太晚就睡在孔府。

孔方兄一听故意拉长声，有什么话饭桌上不好相谈，非要来我家相谈，我又不同你双修。

陈骗子兀自在前面走，进了屋，先让孔方兄泡茶，又让孔方兄捏把毛巾，他要擦嘴，最后才神秘兮兮地对孔方兄说，老孔，知道我上午看到了谁？

陈骗子是个急性子，他问人的话从来等不及别人回答，我看到前嫂夫人刘桃花了，说出来气死你，我带老婆去医院检查妇科，见刘桃花和老黄在产科，老黄说她三个月了。

孔方兄听完刚准备掰手指算，想下罢了，他说有什么气，人家的老婆，生个孩子也正常。

孔方兄递给陈骗子一个苹果，陈骗子见是没削皮的，努努嘴叫他放茶几上，说，老孔，一个人的生活真是窝囊，苹果皮也不削了，现在的苹果不是以前的苹果，很多都打了蜡的。陈骗子的醉意越来越浓了。老家米酒就是这样，初喝，柔绵清淡，几碗下去，都要把水泥地当沙发。陈骗子也不管蜡了，拿起苹果啃起来。老孔，怎么能不气，自己好好的老婆跟了别人，还被搞大肚子，士可杀不可辱也。

孔方兄叹出一口气，一会儿，他说，骗子，你听过县长的故事吗？孔方兄也明显心急，不等陈骗子回答，接着说，县长贵为一县之长，薪俸丰厚，前呼后拥，是一县之翘楚。县长的老婆自是以夫为贵，众星捧月。但是他们过了二十年，不平静了，县长夫人死活要跟城南的一个木匠，闹了几年，县长焦头烂额，只得放手。后来，县长问一道人，道人取出一面铜镜，镜中竟是他们的前生——天寒雨湿，行人稀少，老婆前世暴毙路边，自己赴省城乡试，见其衣不遮体，脱下长褂为其遮盖，然后匆匆赶路。木匠是个农民，荷锄下田，见状呆立一阵，将女人扛上山葬了。看毕，道人问县长，是你跟她缘深还是木匠跟她缘浅？县长一时噤声。

夜已深，农民村最不肯消停的各种噪声也显露疲态，像四线城市靠地产透支多年的GDP。陈骗子故事听到一半鼾声已起，孔方兄骂了一声猪坯，把他向沙发一边挤，自己也沉沉躺下。

第二天五点，孔方兄就醒了，他发现自己睡在床上，应该是下半夜冷了爬上床的吧？陈骗子还在沙发上打鼾，人已龟缩成一团。孔方兄笑着拍醒他，你要冷死在孔府，是国家的重大损失。陈骗子说好今天和他一起去甘角落看一下的，四个人就他还没去过了。

资金到位了，事就好做。孔府公司是租村里的厂房改造，孔方兄给装修公司调高了两个百分点的进度奖，第二天乙方就增加了三十个工人。郑州的设备供应商在收到预付金全款后，也答应一月内准时发货，调试人员同时进场。

营业执照还有七个工作日也会办好，这是孔方兄没想到的。记得办第一个公司时，天天跑红桂路工商局，今天这个不行，明天那个不对，窗口又不肯多说一句。门口的中介说，你办不好的，从这个门进去的，没几个是办好出来的。另一个中介说都那么容易办，他们哪来的水蜜？你以为他们就靠那点硬工资。中介看了孔方兄的资料，办公场地是架空层，原则上办不了。孔方兄说我隔壁几家都在办公司。中介捋了一下脸上的雨水，刚下了一阵太阳雨，一大伙中介都躲在屋檐下。中介说，我们雨淋日晒天天守在这里也就挣点跑腿费，大头是他们拿，中介指了指门里，国家鼓励搞活经济，架空层经工商部门批准也可暂时作为办公场地，水蜜费一万。这个是公价，我们只收工商税务办证费三千五百。办了半个月还是一团乱麻，孔方兄看看坚如磐石的工商局大楼和制服笔挺的工商干部，将中介费砍到三千二，一咬牙，定了。

人员招聘也进展顺利，这曾是孔方兄最担心的，毕竟，乍一听像荒诞现实主义。

一星期前，孔方兄蒋司令和电子厂原来的几个高管都统一在朋友圈发了招人信息，陆续就有人报名。老板组报了十八个，佛学组报了二十三个，宅女组七个都是马蔷薇方紫的朋友，只有网瘾组报了一个，还是父亲强迫儿子报的。孔方兄有四个老板朋友报了名，有一个参加过深圳皇家养生会的说，什么皇家养生会，狗屎，每天就是在粤北山区吃素食做按摩听所谓的中南海退休中医讲他的辉煌人生，半年收十五万，太狠了。还有一个学佛的朋友大呼，无边红尘啊，竟无我一间清修之地，孔兄，阿弥陀佛，随喜功德。孔方兄听完心中一震。孔方兄这两年也在兼修佛学。

才下午三点，孔方兄就坐不住了，他把手上的事丢给蒋司令，一个人开车回布尾村。一路上他都很焦虑，回到家喝了两杯茶，仍是坐立不安。他想他是被佛友那句随喜功德震伤了。

晚上孔方兄吃了一桶方便面就倒在床上。他不断念叨，人家给我搬砖，我不付人家工钱也罢了，一年还收人家二万八，我何功德之有？我纯粹是利用商业运作概念投机哦。现代社会确有很多新颖的营销手法，以时尚创新为标榜，让人在眼花缭乱的市场中不及细思，逐渐化为合理，身陷其中。孔方兄不觉出了一身冷汗，自己这种忽悠运作一旦被大家效仿，对社会公序良俗将有多大的戕害啊。

到下半夜，孔方兄还在床上辗转反侧，脑中是过电影一样这几十年炙手可热的各种营销各种概念，杂糅横陈，良莠不齐：传销，直销，返利果园，天价唐京，拥有一片美国土地，售楼花，借壳上市，买一送一，买一套西装送一双袜子，中奖交税，会议营销，老人亲情牌，卖猪崽，优惠套餐多余金额月底清零，高息投资，零元购，资本运作，低价团，半夜摇号，加价打折，校园贷……

孔方兄不能再想了，他掀开毯子，从床上一跃而起。他快速拨通蒋司令的手机，用激情难抑的声音说，蒋司令，公司得更名，叫孔府环保砖有限公司，人员招聘不能收费了，并且要按劳动能力发工资，不够再招劳力强的工人。或者，以劳力强的工人为主。你想下，我们一年消化了多少建筑垃圾，一块又一块灰黑的环保砖像乌金一样，从我们厂里销出去，顺手我们又治理了城市现代病，我们是多么功德无量啊。

蒋司令，你怎么不作声？沉默表示无异议，那就这样定了，项目是我的，我有主导权。我们不能用概念投机，不能有违公序良俗不是？虽然我们会捐款做慈善公益，但那和先行骗再修桥，先贪污再助学有什么区别？蒋司令，你怎么嗯也不嗯一声？

一会儿手机里才传来蒋司令崩溃的声音，老孔，你是不是要吃药了？

孔方兄一直到凌晨四点才安静睡去，他并没有跟人吵架，蒋司令说完那句话就关机了。

孔方兄自己一直从这间房走到那间房，兴奋得不行。他觉得他做出了人生最有意义的一件大事，杀伐决断，一念之间，他就升华了。

蒋司令一贯是优柔寡断的人，这种事由不得他做主，他大不了撤资。别忘了我还有柳如烟一套房，以我年轻时冬泳的身体，咬咬牙，一样能扛得下来。

## 八

蒋司令罢工了，一连十天都没有来公司，孔方兄也没理他。

柳如烟又联系了武多多，她对孔方兄的改弦更张并没有很大的惊讶，她只说删了概念，利润是少了，但现在深圳旧城改造，城市更新对环保砖的需求大得很，一块砖利润几分几厘摆在那儿，这就是乌金。

她又在讲蜜蜂的故事——蜜蜂是全勤奉献型动物，从出生到死没有一刻停止劳作。一只工蜂在夏季寿命只有四十天，头十天，叫幼年蜂，承担饲喂幼虫、扇风、清理巢房、调制粉蜜的工作；中十天，叫青年蜂，主要是吐蜡筑巢，蜜蜂的巢是六角形，是最节省空间的；后二十天，工蜂就开始一生中最繁重的采集花蜜、花粉、树脂的重任，直至无声无息离开这个来去匆匆的世界。一克蜂蜜，蜜蜂要采集三千朵花，飞行四百五十公里，一公斤蜂蜜，蜜蜂要采集三百万朵花，飞行四百五十万公里，等于绕地球赤道十一周。蜜蜂采集花粉，是对人类贡献最大的地方，世界上一千三百多种农作物，有一千多种要靠蜜蜂授粉，蜜蜂授粉可以让油菜增长百分之三十五、棉花增产百分之四十、大豆增长百分之九十、油茶增产百分之五百、梨增产百分之九百。听过农村人爬梯子为梨树人工授粉摔死吗？那就是没有蜜蜂。爱因斯坦说，如果蜜蜂彻底从地球上消失，人类最多只能再活四年。

孔方兄一直默默听着，他最后说，如烟，我知道了，等我忙完手上的事，我一定跟你去南昆山养俩月蜂。

到第十天，蒋司令的老婆来电话，他对孔方兄说，老蒋想是想通了，就是面子上过不去，你公司派个人来接下他吧。

孔方兄一阵哈哈大笑，人才难得啊，我派公司最养眼的马蔷薇去接他。

说好第二天上午，等蒋司令打开门，来的却是马蔷薇孔方兄两个。

孔方兄又是一阵哈哈大笑。蒋司令还是有点意外，老孔从来不是那种心细的人。人是走了，蒋司令也不忘放话，孔公公，你是知道的，我是屠夫老倌的儿子，我八岁捉猪脚打下手，十岁递杀猪刀，你再要出尔反尔，我戳你一刀。说完，用手指向老孔胸口一戳。孔方兄顺势做一阵肥猪的干嚎——嗷——嗷。

刘桃花却出事了。

那天，刚送走环保局来看现场的一拨人，儿子哭着来电话，爸，老妈住院了，康宁医院。

怎么是康宁医院呢？孔方兄头有点蒙。他开车向翠竹路赶。

他打了老黄的手机，老黄说正在办住院手续，来了面谈。冲了两个红灯，孔方兄心急火燎赶到康宁医院，老黄坐在门诊铁椅上，一脸憔悴，儿子哭丧着脸站在一边。

老黄睁着布满血丝的眼，唉了一声，说都闹一个星期了，医生初步诊断是精神分裂，立即住院。看看，老黄展示手上的抓痕，不是叫了你儿子，我一个人根本弄不来她。

孔方兄一听，人也虚下去，精神分裂，不治之症，精神上的癌症啊。

老黄说，发病那天她正看《南方都市报》，一条消息是，中国千家上市公司参与炒房金额达二万亿。刘桃花骂了一句他娘的。第二条消息是，上面正拆毁三栋三十层高的大楼，说要建一个多少万平的大型综合体。刘桃花更气，猛一拍茶几，大骂这伙畜生，有钱任性，二十多年的楼就要炸掉，我们老孔连住都没得住。

过了一会儿我刚下楼去公司，她冲下来拦住我说，崩盘啦崩盘啦，快买楼。我说那不是崩盘，是拆楼。她就开始哭，说明明是崩盘，说我骗人，说她和老孔盼这一天盼了十多年。就这样好一阵闹一阵，今天非要叫我借钱给老孔，说安得广厦千万间，大庇天下寒士俱欢颜，否则，她就从楼上跳下去死给我看。最后，阳台上的玻璃砖都被她踢裂了。

孔方兄听到这里，觉得周身一阵寒战，他有点语无伦次对儿子说，去，快给我买一包烟。孔方兄戒烟有十几年了。

孔方兄见了住院部的主任医师。医师说，根据诊断和仪器检查，精神分裂症是无疑了，幻视幻听，大脑错乱，喜怒无常，吃药吧。这几年的新药副作用越来越小，就是贵点。另一个医生说，控制得好跟正常人也没多大区别，但精神分裂症，目前整个世界都只能缓解，无法治愈，家属要有心理准备。

公司在紧锣密鼓前行，厂房改造已完工，设备再有三天就能到，郑州的调试人员已在火车上。

孔方兄坐在厂区杧果树下点燃一根烟，又上瘾了。他昨天分别找老黄和蒋司令谈了一次，他需要重新规划人生。

刘桃花在住院的第三天流产了。医生说本来也建议流产，大剂量的精神类药物吃下去，对胎儿损伤十分严重。

老黄哭了一天，他跟傅菲一直没有生育。孔方兄的意思是，三个月或半年住院期满，他把刘桃花接回家护理。医生也说，精神分裂症家属护理是一个长期科学的过程，不能让她再受刺激，而我，是最懂她的。

孔方兄看了老黄一眼，刘桃花为我而病，我不能扔给你一个病人，你们离婚吧。你年纪还轻，再找一个不难，听说傅菲一直想复婚。老弟，老鞋养脚。

老黄一开始反应很激烈，老孔你当我是什么人了？我这样对刘桃花见危而弃会被世人唾骂一辈子的。刘桃花是个好人，虽然我们只过了半年，但我俩发过誓，无论这个世界如何风云变幻，我们都不离不弃牵手一生。

后来孔方兄急了，老黄，关键是你不懂她，探视的时候不是吗，你给她说那些安心养病，不要牵挂家里，她眼神都不搭理一下。我和她谈金色家园、擎天华庭，谈套内面积，哪个房间给儿子哪个地方摆花盆，她一下就安静了。心病要用心来治，解铃还须系铃人，懂不?

孔方兄对蒋司令说，我要请假，也许以后都不来了，公司你办，过几年公司资金充足了，把宋玄子那笔钱拨出来还了，我那点资金按比例给我分红就行。我不能不管刘桃花，我这辈子欠她最多，我要让她过得像正常人的生活，病也病得有尊严。孔方兄边说边涌出了眼泪，一会儿竟像个孩子一样哭出了声。这半月，孔方兄一下沧桑了。

蒋司令只是拍了拍孔方兄的肩。

柳如烟也跟孔方兄去探视过刘桃花两次。孔方兄说，这是柳如烟。刘桃花略显吃惊，说你也来看我，一看你就是聪明人，知道早早买房。然后就一直和柳如烟谈她那套房，一脸的幸福，好像那是她刘桃花的房子。

护士说刘桃花今天情绪一直烦躁，不肯吃药，不肯吃饭，又在说中介讥笑她，地产老板骂她穷酸，说她只恨自己手上没刀，不然一定杀两个以告天下。

柳如烟问孔方兄，真有这事吗？

孔方兄说，和中介吵是有的，有时一套房多看了几次，没有成交，素质低的中间难免会奚落几句，但其他的都子虚乌有。像她说我给老板下跪求打折，女中介陪我睡了两次，我都不签单，整个幻视幻听。

孔方兄说完，刘桃花那边又在拉着护士哭，专家说市中心要涨到二十万一平，这不是要我和老孔的命吗，天理何在啊！

出来的时候，柳如烟说感觉治疗还没见什么效果呢。孔方兄点了一根烟，长抽几口，无奈道，医生说她十多年前思想就有问题了，我也感觉她这些年常常喜怒无常，可是我们中国老百姓有几个会注意精神卫生。现在，病去如抽丝，刘桃花算是毁了。

晚饭，孔方兄和柳如烟都觉得没胃口，就在康宁医院对面随便吃了一碗沙县水饺，然后孔方兄送柳如烟回南山家里。

孔方兄又点了一根烟，边开车边将烟灰弹向窗外。

车到深圳湾，柳如烟侧过头说，孔哥，我有两句话：第一，把烟戒了，烟并不能麻醉什么，你都快上瘾了；第二，刘桃花的病我们一起扛。我想过了，你对老黄的决定没错，问题是你一个人担不起这副担子。医生不是说出院后要避免刺激，最好是换一个环境吗？你又把她接回布尾村行吗？她最恨的就是农民村了，那一片楼盘也是她最受刺激的地方。孔哥，于事有补吗？按照你的小九九，你向我道个分手歉，你救了一个人，又弃了一个人，你高尚了？

孔方兄说，如烟，我不能连累你，这可是你一辈子天大的事。

柳如烟有点哽咽，她拿过一张纸巾擦了擦鼻子，孔哥，我认识你就是因为你的善良，现在我不能因为你的善良，就躲开。我决定了，就像报上说的那样，你带着前妻做上门女婿吧。

柳如烟为这个说法笑了一下，刘桃花不是喜欢我的房吗？她住一个房，我们一个房，你儿子回来挤小书房，就这样吧，孔哥。

夜色如水，路边的紫荆、小叶榕魅影婆娑，城市星星点点的灯火像没有穷尽的银链，连绵不绝。十一月了，一群海鸥仍在岸边的红树林间飞舞，从这棵树飞到那棵树，也有一两只在孔方兄的车灯前一掠而过，留下一声啾啁。深圳是没有夜的城市，鸟儿也忘了归巢。孔方兄放慢车速，他吸一口咸腥的海风，让自己的大脑松弛下来。柳如烟提议，车停到前面公园，去海边走一下。

柳如烟的父母，明天要从南京来深，这个让他们操碎了心的女儿先是嫁不出去，现在欲嫁，却是个二婚，大了十七岁，还带着一个读高中的儿子，一单接一单都挑战他们衰老的心灵。当然，更要命的事，柳如烟让孔方兄带着前妻做上门女婿，还没说呢。

朗月如洗，十一月了，孔方兄还穿一件单衣。他说，在老家这个时节，早起草地上都是一片白霜，远远望去，也是白茫茫的一片大地好干净。

柳如烟说，南京也是，我出生的时候，门口的柳树一树白挂，我爸触景生情，给我取名柳如霜。我妈说太现实，不如叫柳如烟虚幻一点。唉，两个语文老师，知乎者也斗了一辈子嘴。

孔方兄笑完说，不相信吧，我居然抢过狗屎呢。那年有十一二岁了，家里的猪卖了，菜地没了肥料，老娘叫爸早上去捡狗屎，爸脖子一梗说那我还怎么有脸去上班，于是鼓动我去。十一月，早上城外的草地上都是霜，有些狗屎还冒着热气。那时捡狗屎的都是一些没事的老倌，他们都有固定的线路。我正在石板渡捡，忽然一个手攥狗屎耙的老倌赶过来说，别捡，我的狗屎。我一听气了，这条狗我跟一路了，怎么是你的狗屎呢？我说，我的狗屎。老倌还是说我的狗屎，末了，他还指着我的畚箕，说，这都是我的狗屎。看争是争不过他了，我灵机一动，说，你怎么会拉狗屎？

柳如烟开心地笑着，银铃般。

孔方兄说，你真年轻啊，声音还是小姑娘一样。说着他把柳如烟拥过来，寻到她的舌吮进嘴里。有点窒息，柳如烟发出断续的喘息。

回到蔚蓝海岸，孔方兄见时间不早了，准备回布尾村。一拉门，反锁了。柳如烟从背后双手抚上孔方兄肩胛，头贴在他背脊，陪我。声音很轻，很柔，像柳絮拂过池塘，又像初雪落入苇丛。

以前，好几次，孔方兄都想留下，但又想多给柳如烟一点时间审视，甚至还想过她反悔也好，太不般配了，自己就当认一个妹吧。一辈子有这样一个善解人意的妹也是福莫大焉。

刘桃花病后，孔方兄想自己和柳如烟的事基本到头了，他不能为了自己把口口声声“我们老孔还没买房”的刘桃花扔给不懂她的老黄，在私心和大义面前，他一个素以大男人自居又姓着孔子的孔的老孔，肯定是会选择大义的。可就是负了柳如烟。

没承想，这样一个弱女子，一犟起来也是九头牛拉不回，不但要去探视刘桃花，还要把刘桃花接回来。妹啊妹，你真是傻到火星了。

孔方兄把柳如烟抱起来说，你真傻。柳如烟低下头笑着说，那就罚你给我洗澡，我累了。

## 九

2016年的第N次寒潮到深圳后，深圳才真正有了寒意。梧桐山的枫叶火红灿烂，银杏满树金黄，它们在北风一遍遍粗糙的蹂躏后，留下一地颜色和游子的乡愁。

街上的行人竖起衣领，女人穿上羊毛短裙，聒噪一年的华强北、东门、深南中开始慢慢安静，尽管心有不甘，他们还是践行着老祖宗博大精深的中医理论——冬宜敛阳护阴，匿藏精气。

孔方兄换上一件夹克，他最厚的冬衣。今年真是邪了，中午，冷雨慢慢变小，沙沙的竟下起了小雪粒。孔方兄看了一下朋友圈，全是欢呼，铺天盖地的视频和照片。有人说上一次深圳下雪还是五十多年前。但也就十几分钟，小雪粒又变成了冷雨。

孔方兄哈了一下手，刚骑车下来，是有点冻。他把共享单车锁好，又顺手将一辆横在路中的单车推到楼道边。

孔方兄不知自己这是多少次当共享单车管理员了。才短短一年，整个深圳全是乱停、倒伏、残废的共享单车。新闻上说，几个大城市都有共享单车坟场，十万二十万辆，铲车将它们堆成尸山，而五成都是只骑了一两次的新车。现在，下游企业，像自行车厂，为自行车厂提供配件的工厂，为自行车配件厂提供配件的工厂拿不到货款，工人发不出工资，工人的儿子没钱上学，老婆没钱交药费，老娘没钱打麻将，上访的，堵路的，跳楼的……

孔方兄对蒋司令说，他娘的，太有钱任性了。像有一次，他对在地铁口摆单车的摩拜管理员报告，布尾村的角角落落至少有二百辆共享单车，也有你们摩拜的，新的。管理员头都没抬，我们就几个人管这一大片，地铁口公交站都忙不过来，不要了，新的也不要了。

蒋司令说，他们现在是抢市场占有率，拿押金放贷，拿市场融资，是资本运作赚钱，几辆甚至几十万辆单车都不值钱。

孔方兄说，唉，野蛮生长，看不懂，唉，唉。他推开窗，是绿意盎然的荔桂林和草木葳蕤的远山。这一片山林有亿万斯年了吧，冬来暑往，世态炎凉。而最不扛事的还是人，貌似拥有整个世界，也就短短的百十年，便被这个世界一掠而过。

孔方兄说，他们就是破坏公序良俗的一小撮嘛，共享共享，貌似城市公共财产，又是他们的企业私产，老百姓开始还怜惜，扶起来的，推拢来的，摇头的，叹息的，知道实情后，没人心疼了，一街的车，倒的，坏的，视而不见，习以为常。

马蔷薇接话道，最惋惜的是全民爱护公物，爱护财物的公德心被他们有意无意洗劫了一次，以后政府怕十年都难宣传回来了。

十二月初，更名的孔府环保砖有限公司开业了，孔方兄没有去参加开业庆典。他更坚定自己当初的杀伐决断没有错，他现在对那种玩资本玩概念玩营销的套路很厌倦。他除了一星期去探望刘桃花两次，就是关起门来看社会学。有两句话他在心里咀嚼了又咀嚼，不能让经济行为任意随市场波动，不能对它放任自流，而导致社会公平与公正的破坏以及经济环境的破坏。还有一句是，在这样一个剧烈变革的时期，不仅历史上长期积累起来的深层次社会经济问题会凸显出来，而且还会出现一些新的社会经济问题和不确定因素，其与原有的社会经济问题相互交织在一起，使得社会系统性的风险加大，或者说使得社会的脆弱性加剧，隐含潜在的经济发展风险。

孔方兄觉得，山林归于自然存亡，人归于四季更迭，经济总得归于社会秩序吧，且谓敬畏自然，敬畏苍生吧。

陈骗子还是东走西窜，寒潮天也不肯歇息。

大热的东西必大死。陈骗子说，他的讲座现在一场少一场，价钱也像女人三婚四嫁，由不得自己做主。去和朋友一起挖矿吧，现在比特币行情又高得离谱。至于那些炙手可热的公募私募基金、PE、P2P、小额贷，他嗤一声，理都不愿理它。在家里闭关一个月，也许是受孔方兄蒋司令影响，决定从此迈向实业，把宋玄子的江右情承包下来。

陈骗子做了一番市场调查，认为江右情和湘菜鄂菜都属同质化竞争，还不如把米粿突出起来，赣菜为辅。米粿虽以江西的为代表，但长江中下游、华南的人们全吃，都能接受，且尚未有一家挖掘米粿市场的。一个灯盏粿，要上等粳米，清明时节的小种艾叶，要不大不小的火候，将米浆在大锅里搅拌变糊成团，再在砧板上搽，最后做成一个一个灯盏碟形的粿坯。馅就更复杂，包罗了江南的山珍海味，香菇、萝卜丝、墨鱼、春笋、黄豆芽、辣椒，半小时后大火蒸熟，再撒上香葱，一个江西人的烟火人生就有了。宋玄子就是因为嫌它太费工时，不愿推广，多年只把它当妾，有熟客才让它露个脸。陈骗子给江右情更名为米粿江南，向各路朋友诚征广告语。

装修改造做好后，陈骗子请大家吃饭。因为还没有一条让人眼前一亮的广告语，陈骗子眉头一直解不开。

柳如烟行前说，她想好了一条。

陈骗子立马眼笑成一条缝，亲自下楼迎接，将她请上首座。

宋玄子说，先喝酒，好东西要藏得住，酒过三巡再公布不迟。

大家都说对，让陈骗子给柳如烟斟酒。

柳如烟写广告语还中过一次标。那是她刚到深圳的第二年，一家蜂产品公司一字万金十万元征广告语。柳如烟蜂学系出身，和蜜蜂打了几多年交道，她就一条一条在纸上写，总结蜜蜂的个性，罗列蜜蜂产品的卖点，最后定稿：口中甜，心不苦。一个月后，报上登出，中标作者——柳如烟。

柳如烟最后说，米粿江南的广告语是：一粿知江南。

先是沉默，接着是热烈的掌声。

孔方兄说，这广告语也值十万块了，陈骗子要给如烟永久免单。

大家都说值，有这么好的广告语，卖出去的粿也是乌金了。

陈骗子又激动得握紧柳如烟的手，半天不舍得松开。

陈骗子还放料，实业千百种，为什么我单对做米粿情有独钟，我是有渊源的，且心怀敬畏，诚惶诚恐。

陈骗子大口喝着宋玄子带来的米酒，他一般喝别人的酒都比较大口。他牛饮了几口后，打一个大嗝，说，解放前我爷爷因病从粮政科失业，就是现在的粮食局，俗称粮府，奶奶担起了养家糊口的重任。

那时，山河破碎，兵荒马乱，一街都是讨饭逃难的，一个女人养家何其艰难。奶奶先给人家洗衣，伺候月子，也洗军衣，但一天只能保住两顿饭。后来就开始做米粿卖，因为家对门是县立中学，有一百多学生。做米粿和磨豆腐一样，是劳力活儿，男人的活儿。

奶奶凌晨三点就起床，先在沉重的石磨上磨米浆，磨到四点，然后倒进大锅搅粿，米浆边搅边熟成团，也越来越要力气。五点，爷爷和爸爸姑姑起床帮忙做粿坯。六点，上早读的学生就能吃到热气腾腾的灯盏粿了。

奶奶说，加上做粿，一家人终于能保住三顿，但也是一次只买两天的米，没有多余的钱。奶奶细心手巧，做的灯盏粿艺术品一样，据说是当时县城最出名的一家。

奶奶说，有一年两个当兵的连着几天来吃白食，爷爷说小本生意，指着买米度日呢，当兵的没听见一样。

后来，在三战区长官司令部做饭的本家弟媳，请了两个宪兵在门口坐了一阵，当兵的就再也没露过头。两个宪兵，十八九岁，只喝了两口水，一个粿也不肯吃。

还有一年，一个很有身份的人来吃粿，后面还跟着两个便衣。来人问爷爷的职业、生病情况，更多的是问县里老百姓的生计，流露出很浓的忧愁和同情。临走他说他姓马，粿很好吃，钱不能少。

陈骗子说，我猜是马寅初老先生无疑了。书上说，1941 年马寅初曾被软禁于上饶铅山县北的鹅湖书院，马先生来县城几次，有一次指着明时铅山县令笪继良所书“白菜碑文”说，党国的官僚们若是有古时笪县令的官品，何愁国家不昌盛，天下不太平。

奶奶做了七年米粿，直到爸十六岁做挑夫养家。奶奶说，那几年做粿起早摸黑的，十分劳累，但一家人总算没饿死。奶奶还说，米粿要搅得透捺得熟才筋道，萝卜丝要先炒一遍再拌馅蒸才软，做米粿是手上事，把心用进去，粿就好吃了。

大家听完都说有故事有故事，以后可以作为一项宝贵的企业文化，这是别的同行山寨也山寨不去的，陈氏专利。

孔方兄说，上初中时我常去陈骗子家玩，见过他奶奶，八十多了，慈眉善目，干干净净的一个老人，想不到也是从苦海里渡过来的。

这顿饭大家都吃得很高兴，也很费时费酒菜。

宋玄子带来的米酒喝光了，又开了红酒白酒。陈骗子在心里用计算器算着，一瓶二百六，两瓶五百二，三瓶六百八，不，七百八。算到后来，更糊涂了，也想开了，钱不就是水嘛，花了又来，我再开两瓶都是敢的。

醉到后来，大家说话都有点奇怪舌头短。宋玄子总结，深圳这几十年，草莽时代，可以说遍地乌金，不同的人有不同的取法，富了后，别墅了，豪车了，大爷了，都是乌金，但质地不同，成色各异。

**陈卫华**，江西铅山人，现居深圳。1991 年开始发表文学作品，1993 年辞职到深圳打工。2015 年重新开始文学创作，有小说在文学期刊发表。获深圳原创文学拉力赛佳作奖、深圳睦邻文学奖年度大奖等。

# 罗一前在等命令

高满航

## 一

到基地机关工作五年多都没被下成命令，这是罗一前心里过不去的坎。

眼看又要到干部调整的时间点，政治部的干部有出也有进，罗一前最紧要的，是磨刀霍霍再去争取，但这回到底能不能成，他心里仍是没有底。

部领导找预提干部个别谈话还没开始，罗一前就打好了腹稿，这个腹稿他备了五年。罗一前自早至晚都待在办公室，等着党委秘书喊他去谈话。

晚饭后沉在写好的材料里抠了三个多小时字眼，罗一前才被一泡尿逼迫得停下来。他立在小便池前正专注地进行着，却被熟悉的手机铃声挑动了神经，竖起耳朵仔细听，铃声的确来自他的华为 P7。罗一前听清楚了，就再无心尽兴，三下五除二强行抖擞完毕，不等归拢好裤子，就奔向斜对面自己的办公室，紧赶慢赶，还是没接上电话。罗一前急切地抓起未及黑屏的手机滑开，来电的不是部里的党委秘书，也不是他所在宣传处的玄处长，而是老婆惠若琪。罗一前松了神经，他一只手把衣服拢进裤腰里，另一只手按下了回拨键。他清楚得很，惠若琪肯定又是催他回去。

前阵子，他们租住的城中村接连发生了多起入室盗窃案，未久，又有一个走夜路的女孩在狭窄的巷子里被一个醉醺醺的男人长时间猥亵，若不是路人断喝相救，说不定就要发展成更为恶劣的强奸事件。在人心惶惶中一传十，十传百，犯案者没抓到，变本加厉的谣传却愈加耸人听闻。惠若琪本就胆小，哪听得了这个，那几天非得抓着罗一前的胳膊才敢睡下。

都啥时候了，还不回？那边传来惠若琪用吹风机吹头发的呜呜呜的声音，她开外音在呜呜呜中既催促又期许地问，我洗完澡等你呢，几时回来？

晚上推材料，可能会很晚。

惠若琪轻轻地叹了口气，声音很轻，但罗一前听得清晰，甚至感触到了蕴含在那声叹息里的无奈和失望，这让罗一前愧疚。电话那端呜呜呜的声音止住了，彼此静默了那么一小会儿，还是惠若琪先开了口，她抱着最后的希望问，那——晚上还回来不？又说，我等你一起睡。

怕太晚……罗一前模棱两可地说，我尽量。

惠若琪坚决地再问，回，还是不回？

如果太晚，就不回了。罗一前还是这么说了。

那咱们说下的事不作数了？

啥事？

你若忘了，就权当我没说。

哦，没忘，记着呢。罗一前红了脸，只是今晚肯定不行。

罗一前听不得惠若琪提那事。惠若琪老提。

提了又怎样，她烧得再旺的火，他照样用冷水浇灭。

唉。惠若琪又是长长的一声叹息，如刀剑刺穿了罗一前的胸腹，疼，冷，却无处躲闪。他明知道自己正在一丝一缕地熄灭惠若琪对于共同生活的热情之火、希望之火，这是他最不愿看到的，却又不能做出任何的改变。

早点睡，记得反锁门。罗一前能做的，只剩下味如嚼蜡的叮嘱。

我知道。此时的体贴话语对于惠若琪而言，是空气流水，是空无一物，是无所依靠，也是竭尽所能之后的无能为力，她已无法改变要独自面对寂冷长夜的现实。能暖她并且给她安全的伴侣在那端，不能与她相拥而眠。

罗一前在沉默里等到惠若琪挂了电话。

接二连三的案件和谣传发生后，罗一前先还坚持每晚回家陪惠若琪，给她壮胆，也强化一个丈夫在关键时刻的存在。可一周多后，他就再不好意思把回家陪老婆当成晚上不加班的理由，便改成用精神上的鼓励让惠若琪勇敢起来。他总在夜幕刚刚降临时打电话给她说，在窗户的轨道格里放根筷子，门锁上，顶死。他在惠若琪生活里的存在变成了电话那端的絮叨。

显然，惠若琪内心渴望的不是鼓舞，而是陪伴，一个丈夫对妻子的陪伴。就算罗一前给不了，惠若琪也不会歇斯底里强迫他，她忍耐着。以得到幸福为初衷的忍耐大多都会沦落为心冷，罗一前何尝不知这些，他也不想用惠若琪的忍耐去试探她对他的底线，但一切暂时都还得不到改善。

刚挂了和惠若琪的电话，罗一前就听到一墙之隔的楼梯处传来咚咚咚的下楼声，接着是哗啦啦掏钥匙开门的声音，旋即，门在哐当中关上。

玄处长办公室的灯光透过门上的窗户亮堂堂地打在对面的白色墙壁上。处长是回来了，可罗一前在楼道里走了两个来回，还是没下定决心去敲那扇关上的门，站了片刻，仍旧打道回了自己的办公室。罗一前坐在电脑前，再次打开了教育方案的文档，他却心猿意马，一直想着另一桩事。

存在电脑里的教育提纲已有十三个版本，罗一前开始还以“初稿”“定稿”“最新定稿”“终极定稿”等命名，后来好几个“终极定稿”分不清，才又以“十一月四日定稿”“十一月七日定稿”这样的命名区分开。为了起草这份上报总部宣传局的教育提纲，罗一前从国庆长假第一天起就坐到办公室，点灯熬油抽丝剥茧，逐字逐句地往出抠，前后忙了一个多月，在他拿出的初稿基础上又经过前后十三轮修改，总算得到基地政委的认可，盖章报到总部。忙完工作，罗一前才要寻机会找处长说说自己的事，却被总部王干事的突然到来给搅黄了，他不得不又陷进材料的重重包围里。

正在电脑前走神的罗一前还未及对匆匆而来的脚步声做出反应，玄处长就推门进来，赶紧的，三楼会议室，架投影仪，和部领导一起推材料。玄处长说话就像用机关枪打唾沫星子，顺带把要说的话也横扫出来。

哪个材料？猝不及防的罗一前被唾沫星子机关枪打蒙了。

你说呢，还能有哪个？

哦——罗一前被从梦中叫醒，回到了手忙脚乱的现实里。

等玄处长又踢踏着急匆匆的脚步走后，回过神的罗一前才后悔起来，真该抓住处长进来的机会说说自己的事，他懊恼，又让处长给走掉了。

## 二

挠头归挠头，处长交代的事却耽搁不得。

罗一前抱着笔记本电脑从一楼冲到三楼会议室门口，才发现门还锁着，紧着给部里的公务员小刘打电话。打了两次，小刘都没接，罗一前顾不得去分析小刘没听到还是不想接。只小刘有钥匙，他唯一能做的就是继续打。

第三通响过二十秒，小刘才接了，不耐烦地问，咋了?

罗一前火急火燎地说，赶紧来，开会议室门。

小刘不乐意，这么晚，都睡下了，有啥事等明天不行?

罗一前从小刘清亮的声音里断定他没睡，而是又和其他公务员躲在哪个办公室里喝酒呢。这些原本是为机关服务的公务员，仗着管几把钥匙和知道些首长家里的鸡毛蒜皮，就理所应当地把自己凌驾于干事之上，对那些管内勤或能给他们报销个餐费、隔三岔五拿条烟的干事还算尊重，对其他干事，则大都是冷眼相对懒得搭理。罗一前习惯了，也犯不着和小刘较劲，只问他，主任用会议室，你现在来，还是我请你们处长再打给你?

首长的名号任何时候都是在机关畅行无阻的尚方宝剑，罗一前对此颇有心得，屡试不爽。当然，倒不是说罗一前狐假虎威招摇撞骗，而是因为如果不打出首长的名号，他一个小干事在机关干啥事都艰难，权力是这里最好使的通行证。罗一前这回搬出了主任和处长，小刘不敢怠慢，挂完电话不到一分钟就来开门，擦肩过时，罗一前闻到，他身上确有飘荡的酒味。

罗一前指望不上喝酒正酣的小刘能留下来帮他收拾会议室，也清楚就算开口说了，小刘也会找个他无法求证的借口离开，他不管在成长进步还是得失利益上都影响不了小刘，所以小刘自然也就不受他影响。明知说了无用，还不如不说。求人不如求己，罗一前接通投影仪和笔记本电脑的电源，让机子自热着，又回过身忙着拖地、抹桌子、摆齐凌乱的椅子。刚停当，推材料的几个主角就前后脚跟着走了进来。打头的是部里主管组织和宣传的陈副主任，后面跟着宣传处的玄处长、组织处的祖处长，再后面是宣传处的付副处长。领导落了座，罗一前才想起没提暖瓶，又冲下一楼的办公室去取，暖瓶剩一半水，他对着饮水机接满，三步并作两步再冲上三楼时，正听到陈副主任催促其他人谈意见，他丢下暖瓶，过去检索到第十三稿文档，打开，调整好投影仪，这才又拎起暖瓶挨着个儿倒水。

祖处长和付副处长没带杯子，罗一前又下到办公室给他们取纸杯。上来时，付副处长坐到了电脑前，第十三稿文档被关闭，打开了一个空白的新文档。陈副主任平缓顿挫地说，既然总部否了咱们之前的方案，就说明咱之前的路子不对，与其再炒剩饭，不如另起炉灶重新理个思路。

祖处长抢着副主任的话头说，就是，改旧不如立新。

罗一前杂事忙完，接替付副处长，坐到电脑前打字。

改旧的事不提了，可对如何立新，大家是大眼瞪小眼，就是不说话。陈副主任催了两遍，玄处长才望一眼祖处长，又望一眼付副处长，确定没人立时来响应副主任的话，便清清嗓子，慢条斯理地说，文章的好就跟女孩子的漂亮一样，要抓住关键，弄清楚什么是核心竞争力，女孩子的漂亮怎么界定呢，眼睛大，鼻子高，皮肤白，身材好，或者——

没等玄处长把或者的后面说出来，祖处长嘿嘿笑出了声。

玄处长停下，和大家一起把头扭向祖处长。

没事没事，继续说。祖处长仍旧嘿嘿笑，玄处长在材料和美女上都是高手呢。

说正事。陈副主任摆摆手，止住了祖处长，让玄处长继续说。

玄处长说完，祖处长又说，付副处长再说，陈副主任逐一点评后就定下了思路，中途留十分钟大家解决完如厕、抽烟等各自所需后，就在陈副主任的带领下，逐字逐句推提纲。你一句，我一句，增完删，删完增，等列完字句对仗的四个大标题和四四一十六个小标题，已过了凌晨两点。

集体撒完尿回来再顺一遍，改了些字词。大功告成的陈副主任伸长双臂美美地伸了个懒腰，收回来后，他又把脖子左一个九十度右一个九十度地扭着，哈欠连连地说，谁去看看主任在不，没走的话请他过来把把关。

主任在这干部调整的节骨眼上加个班不算什么稀奇事，可稀奇的是他真也加班到了凌晨两点多。付副处长请他过来时，后面还跟着满脸倦容的干部处甘处长。会议室里的人不约而同地站了起来，副主任几乎同步，往右边挪动，等主任坐在副主任刚才居中的位子上，大家才跟着落座。

主任从头到尾把刚才推出的提纲扫一遍，却不说话，盯着投影咂嘴唇。

副主任试探地问，主任，我们把之前的推倒重写，你看路子对不？

主任抱臂盯着前方的投影，又接连咂了几下嘴唇，却仍不表态。副主任把手抬起，做出了敲打桌面的预备动作，却突然像是被谁提醒了，只轻轻地落在桌面上，没有发出一丁点声音。副主任扭头望着主任，等他说。

这个思路换得是有新意。主任又重重地咂了一下嘴唇，扭头看一眼副主任，又转到后头扫一圈其余人，但是呢，我总觉得这个格局和感觉没出来。总部的教育试点，一定得站在总部的高度，不能囿于具体事。

对对对。祖处长接住话头，立得高看得远。

说对了。主任望一眼祖处长，又盯着副主任，角度对，路子就不会错。

嗯，刚才倒是没想到这一点。副主任不由自主地又点击了一下桌面，但旋即又把手收了回来，这么一说我们就豁然开朗了，也就知道怎么写了。

祖处长也紧跟着说，主任让我们茅塞顿开。

又学到东西了。玄处长也紧赶着附和。

付副处长似乎也要对此表态，却没来得及。主任起身，说还有其他事，就走了。罗一前见电脑右下角的时间显示已过了凌晨三点。主任走后，罗一前根据自己领会的意思，存完第十四稿，又打开了一个新的空白文档。三点半之后，副主任让大家先理解主任说的意思，他困得不行，回办公室睡去了，祖处长也说有事，走了，付副处长和玄处长在外面的走廊里嘀咕着，说另外一件什么事，唯罗一前独自坐在电脑前，盯着一闪一闪的光标，他恍惚迷离，已经分不清此时此刻是坐在会议室里还是坠入了梦境中。

## 三

下午，罗一前在主任办公室正呈送教育提纲时，秘群处梅处长径直推门进来，罗一前想着他和主任有事要谈，正欲出去，梅处长却当他面直截了当地问主任，干部处说今天是最后一天，要不把朱阿丹的命令先报上？

她这回该调哪一级？主任亦没有让罗一前回避的意思，漫不经心地问。

副营。

正连几年了？

赶年底正好满两年。

才两年。主任嘀咕着说，基地首长不会说啥吧？

就调个副营。梅处长挤着笑脸坚决地说，基地首长哪有精力管那么宽。

老朱办事倒是大气。

朱局长还说这两天要来看你呢。

可不敢让他像上回那样破费。

他是局长，我哪能管住。

这个老朱重情意。主任绽了笑脸说，调职的事，就先报吧。

梅处长走后，主任继续看教育提纲。主任在稿子上圈出几处，说让陈副主任再斟酌，然后签了字。罗一前接过合上的夹子正要走，却被主任叫住，莫名其妙地问了一句，你们副处长最近怎么样？

罗一前不知怎么接茬，从空白的大脑里挤出一句，嗯，挺好。

主任望着尴尬戳在眼前的罗一前，似乎在想自己的事，足足几分钟，一句话不说，灼得罗一前满身汗。良久，才又问，你家是城市还是农村？

农村。

主任闭了眼睛对罗一前点点头，嗯，好，知道了，去吧。

罗一前在楼道里晾干了汗，才先后找陈副主任和处长反馈了主任的签字意见。没等回办公室，马干事就老远兴冲冲地喊他，恭喜呀，大好事。

罗一前不明所以，揣测问，是不是部首长批准了处里换车？

换车有啥恭喜的，车不是你的，也不是我的，那是公家的事，我说的可是你的事。

我有啥事可恭喜？罗一前想不出来。

走。马干事也不当场给他解疙瘩，拉着罗一前出门就往楼上拐。

进了四楼的图书室，马干事喊着管理员朱阿丹，小美女，快把我们罗干事的大作拿过来一本。朱阿丹笑嘻嘻说，罗干事不简单，是大才子呢。

进到图书室时，罗一前大体就猜出了眉目，朱阿丹递给他的，果真是他年初到总部参与编写的《革命军人忠诚本色读本》，白色封面，红色标题，甚是醒目，翻到后面的创作名单，从担任总策划的首长到各章各节的编辑，都有名字，这其中就有罗一前。他在总部为这本书忙活了两个多月。

马干事说，总部还下通知了，让各单位重点表彰你们参编人员呢。

有这个文件？罗一前面上惊讶，内心却又十分期许。

当然有，昨天到的，不信你去保密室找小刘要来一看。

呀，罗干事这回可真有好事了。朱阿丹笑吟吟，百灵鸟一样清脆欢快地说，我要有你那一身本事，也不用耗在这里天天就管几本破书。

听了朱阿丹的话，罗一前嘴上谦虚地应着，心里却很不是滋味。

罗一前和朱阿丹同年毕业分到基地，他因为笔杆子厉害，从连里、营里、团里再到基地，两年就实现了四连跳，成了独当一面的教育干事，听着风光，可到现在连命令都没有下到他所在的宣传处，而在教导队空挂着。经了三任处长两任主任，都说他基础扎实，工作努力，且不计个人得失，并一而再地勉励他，要继续保持和发扬这种优势。话是这么说，可这轻巧一句夸奖所承担的苦楚最他知道：命令进不来，行政、被装、工资等各种关系就到不了基地，家属随军、分配公寓房等理所应当的福利待遇也就轮不到他的头上，这种临时工的境遇坑了他自己，更苦了惠若琪。去年总部的研究室点名要调罗一前，部里的领导和处长都找他谈，希望他不要去总部，继续留在基地发挥优势体现价值，并许诺解决本应解决而拖了这么多年没有解决的所有问题。罗一前思前想后，还是服从组织安排留了下来。他一如既往地恪尽自己的职守，可被承诺过的诸多事情却没人再提，他也总觉得为个人利益而去找领导说太别扭，困难就依然以困难的状态存在着。

人在世上的失落感大体都是因为对比而产生的，朱阿丹的存在就是时时催生罗一前失落感不可替代的根源。朱阿丹的父亲是早年从基地转业的处长，到驻地后又干到了局长，他把大学毕业的女儿送到基地延续他的军队情结。朱阿丹开始分到基地医院，她不愿闻消毒水的味，就调到了干休所，她又不喜欢暮气沉沉的闲适，再次调到了基地政治部的秘群处，主任拍板修缮扩充了多年不用的政治部图书室，因人设岗，让朱阿丹成了政治部史无前例的第一个专职图书干事。朱阿丹和罗一前前后脚到基地，朱阿丹是带着命令来的，命令对于她也自然是情理之中，但对于煎熬在文山会海中的罗一前来讲，却是可望而不可即的奢望。尤其想到朱阿丹又将早他一步晋升职务了，心里突然生出巨大的沮丧。犹被冷水泼面，秽物涂脸。

马干事让朱阿丹把书取了十本，又神秘兮兮拉着罗一前说，走。

马干事单独一个办公室，他关上门对罗一前讲，我今天替你跑一趟领导办公室送书，顺道帮你说说命令的事，弄成了记得请我喝酒就行。

还送吗？罗一前并不觉得这书有挨个送领导的必要。

当然得送。马干事点拨他说，你无名无分地在宣传处干了这么些年，要基层经历没基层经历，要功没功，现在不妨碍啥，但到了副营以后，再往高处走就必定受限，我当年就是吃了这个亏，可不想让你再重蹈覆辙。马干事有理有据地分析，出这本书是给基地争了光，领导一高兴说不定就会给你立个三等功，就算不立功，也会退而求其次把你的命令给下进来。

罗一前眼眶发热，感念马干事对他的好，却没说出感谢的词来。

马干事和组织处的祖处长同年从政治大学毕业到基地，因为笔下生花，见习学员的红肩章还没换成黄牌牌就进了宣传处，陪了五任主任、九任处长，从上到下都说他做事干练、文章精彩。可那会儿规则已经变了，成长进步与能力素质成了互不搭边的两码子事，优秀了二十年，干事也当了二十年，领导只和他谈材料，而从未主动提过他的成长进步。据说，马干事那年也差点干上副处长，版本在部里流传着好多个，多年后马干事对利益攸关的往事早释然了，也用那事自我调侃。那回和罗一前喝啤酒，马干事又讲起来：我本就没有当官的念头，可架不住他们在我跟前说，谁谁谁当哪个处的副处长了，谁谁谁又到团里当政治处主任了，也给我打气说，你不关心自己进步，还指望别人关心你？要说我一点不想当官，那是假的，可我也知道干活儿归干活儿，当领导归当领导，一码是一码，没有哪个领导真会无私到因为你工作突出而提拔了你。也是迷了心窍，被这么一说，我真动了心，提着两万块钱去某领导办公室汇报思想，领导侧着身子瞄了一眼我的包，有了底，语重心长地说，你挣点工资也不容易，你的情况组织上会考虑的。一个月后，宣传处副处长的命令到了，不是马干事，而是保卫处的付干事，也就是现在的付副处长。付干事当这个副处长也没什么不可以，关键是副团两年的宣传处马干事没竞争过刚调副团的保卫处付干事，给部里的年轻人和老同志都留下了不同层面的想象空间和闲谈资本。

话到风里就被吹走了，罗一前只当是马干事泄愤的酒话。

罗一前到宣传处这些年里，马干事对他格外照顾。前年开始，副团满三年的马干事分管新闻报道，没副处长命令却干副处长的活儿，操闲心，生闲气，他去年就开始思谋出路，在转业和自主择业之间总是犹豫不定。

给领导送书的事马干事主动张罗，罗一前嘴上说不可能有结果，却在心里抱着侥幸。他自己虽也认为因参编本书请立三等功有点分量不足，但毕竟朱阿丹坐在图书室里就有过两个三等功，何况他平常的工作不管基地还是部里的领导都是看得见的，也经常大会小会上表扬。手头事多，千头万绪就把这最为挂念的期许冲淡了，直到马干事再来他办公室里提起。

马干事一进门就垂头丧气，小罗，事没给你弄成。

罗一前闻之失落，但装作无事说，正常，我有心理准备。

正常个锤子。马干事爆了粗口，一个个都是昧了良心。他明显不是在骂罗一前，领导说你行你就行，不行也行，领导说你不行你就不行，行也不行。马干事憋红了愤怒的脸，说白了，都是用私心干着公家的事。

也不能一棒子打死。

我真想把他们一棒子打死，你猜主任怎么说的？

编一本书就立三等功分量不够？

这样说我倒还不想骂他。马干事瞪着眼睛，好像要当面声讨主任一样，他说你去编书已经出了名挂了号，现在又要因了这本书立三等功，好事也不能让你一个人占全了。你说说，这是个什么混账逻辑？

或许主任有主任的考虑。

他当然有自己的考虑，他连续两年给一个战士立了两个二等功，操作那个战士提干，也把某人的命令放到营里，人却还在基地机关，凭空有了一个基层主官的经历，后来，那人顺理成章地升到处长的位子。马干事气咻咻，你说说，他干这些咋不说好事都让一个人占全的话。

嗯——个人有个人的情况。罗一前也失落，却尽力安抚着马干事。

伪君子！马干事狠狠地说完，摔门而去。

本就是意料之外的希望，如今破灭了，罗一前也并不分外地气馁和沮丧，他仍旧沉浸在日复一日的请示汇报、上传下达和推材料里，这样的生活他过了这么多年，从来没有觉得有何不妥，也从未想过决绝地跳出来。

马干事再次忧心忡忡地走进罗一前的办公室，提醒他好好地考虑一下个人问题时，许久不提的“下命令”才又不得不烦人地被摆在了桌面上。

那个姓付的铁定得走。马干事把每一个字都咬得嘎嘣脆。

副处长自己不是说按政策他还能再干一年吗？

那是他自己理解的政策，看不清形势，还想接处长呢。

处长如果今年下去当政委，他说不定真能接上。

想得美，就为断他这念想，才让他今年必须走。

定了。

接的人都选好了。

谁？

这你就别管了，先想想自己的事吧。马干事语重心长地说，姓付的一走，宣传处的命令就会空出来一个，这对你是个不容有失的机会。

这个——我知道。罗一前是知道道理却不知道办法。

知道还干等着？马干事怒其不争地说，你到处里这几年起码空出来命令有三回了吧，哪一回你不是理所当然觉得组织上该把你的命令下过来了？可又有哪一回真给你下过来了？小王来了，小李来了，连在机关一天都没干过的小余都来了，而你呢，在处里耗了五六年，到头来还是教导队的人，你等谁关心你的事情呢，等主任还是等处长，你觉得他们靠得住不？说白了，一切都得靠自己，你自己得给自己想办法。听说没，后勤部的郑助理在基地干了十四年，命令没下来，这回清人一刀切，照样被清了回去。

郑助理在基地这么多年都被清了？

管你在这里干了多少年，有命令，你就是政治部的人，啥事都有你的份，没命令，就永远是个临时工，二等公民，啥事都没你的份，还得提防着随时被清回去。你真别以为空出来的命令顺理成章就是你的，在政治部，就从来没有什么顺理成章的事，主任给你，才是你的。

可——怎么才能让主任给我？

让他认可你。

我怎么做？

爱他。

爱他？

你爱他，他才能爱你。记住，这世上从来没有无缘无故的爱。

马干事走前不忘转过身来再叮嘱罗一前，一定要记得，爱别人别人才爱你，不出击，不活动，到头来啥也没你的份。马干事走后，留下云里雾里的罗一前，手头的紧要工作也没心思干了，他捉摸不透和主任之间该怎么去爱又怎么被爱，这把他为难得不行，辗转反侧，一晚上都没睡好。

## 四

正喝着酒，窗外始是电闪雷鸣，继而大雨如注。

酒喝到尾声，主食都点过了，半杯红酒从头喝到尾的主任却突然提出要“点个炮”。桌上六个人，主任，陈副主任，玄处长，付副处长，总部王干事，还有罗一前。恰又在主任点炮之前，付副处长奔了卫生间去。

罗一前心头骤紧，担心这“炮”落在自己身上。罗一前不敢看主任，起身给大家添茶。提议太突然，他五脏六腑都没准备，想到一满高脚杯的白酒进肚，他本能痉挛。他的痛苦在于即使预知苦痛，却也无法回避。不喝酒的主任喜欢看着别人拼酒，殊不知是用他人的痛苦添加自己的乐趣。

主任说，王干事千里迢迢来基地给咱们指导工作，按理我应该代表政治部喝个大的，可又是高血压又是高血糖的，医生不让喝，那咱也得听医生的。但是，我不能喝，并不代表政治部没有诚意。主任把皮球踢给了王干事，你点，觉得这几天谁最配合你的工作，你就和谁喝个鼓励酒。

王干事毕竟是客，说着感谢，找着理由，坚持推脱说不喝大的。

主任挤眼示意玄处长，玄处长起身，把自己的高脚杯用白酒灌满，却递到罗一前手里，你这段时间跟着王干事学得最多，可要好好感谢一下。

陈副主任也拽过王干事竭力用手挡着的高脚杯，咕嘟嘟倒满。

罗一前硬着头皮，用了舍身炸碉堡的勇气，也管不着五脏六腑接受还是不接受，就把那五十二度的灼热液体强行往里倒，未倒完，胃就反抗，罗一前只觉得胃里一阵阵翻腾，就像烧开了的热水，冒着气，打着泡，似要把不速之客的白酒排挤出来。

罗一前用手捂紧嘴巴，冲刺跑到卫生间里，一通呜呜哇哇地翻江倒海，他如在炼狱里走了一遭。擦完嘴，才注意到付副处长站在洗脸池边。唉。付副处长长叹一口气说，酒真不是个好东西。

你咋不进去？

躲酒呢。

罗一前又恶心了一阵，冰水浇完脸，才缓解些。

二人一起回到包间时，主任正和王干事谈笑风生。

雨一直下，裹挟在东冲西撞的狂风之中，滴滴都是会飞的刀子。

总算挨到饭局散场。付副处长带主任的车送主任，罗一前和玄处长一起送王干事到宾馆后再返回。城区的积水已经淹没了路面，暗流极不情愿地涌向排水管，排水管排水不畅，雨水就心不甘情不愿地在原地打着旋涡。司机不敢贸然往低洼处开，绕了好几条街道，才开上回基地的拥军路。

玄处长被酒精撩开了欢心，一路上都轻盈地哼哼着安徽老家的小调。

罗一前酒劲未退，塌在副驾驶位子上昏昏沉沉快睡着了，却被哼完小调的处长叫起，漫不经心地问他，你手头还有没有没处理完的账。

罗一前搓把脸，半扭身子对后座的玄处长说，就只那两万块。

玄处长猛地直起身子，凄厉地问，哪两万？带得罗一前也紧张起来。

去年底你说主任用，让我从财务借的。

没还？

当时没法报，你说放一放，到时你找我。

我没找你？

没。

你也没再提醒我。

哦——嗯。有理有据的回答发展到让罗一前没了丁点底气，是啊，就算处长没说，似乎也不能成为罗一前遗忘那两万块钱的充足理由。处长忘了，你就不能提醒吗？可仔细掰扯一年多前的那件事，却怪不着罗一前。

那回是总部一位首长来视察。首长来之前，处长就找罗一前以接待首长随行宣传口人员的名义在财务处预借了两万块钱，但这个钱并没有用来接待，而是全部给了处长，处长当时也明说了，是主任要用。罗一前听小道消息说过，总部首长是主任的老乡，主任已任正师职多年，总想再进一步，越是进步不了越想进步，这回趁老乡首长来，想放手再博上一回。处长虽没有说透，但循着小道消息揣测，罗一前能想到那两万块钱的去处。

总部首长走了，主任还是主任。一个多月后，罗一前跟处长请示如何解决那两万块钱。钱没了，要么拿发票去报账，要么把现金还回去，总是要和财务处做个了结的。处长想了想，可能是没想出办法，也可能是想出了更好的办法，但都没给罗一前明说，只告诉他，先放着，到时咋处理他告诉罗一前。罗一前相信处长对这笔钱的解决方案肯定心中有数，加之，这笔钱的去处又充满了不可言说的神秘之感，所以，虽然是以他的名义白纸黑字借的，但他成了局外人，只能等着，等着处长告诉他咋处理。

罗一前不确定处长是不是忘了，半年后财务处再催促他还钱并且通牒说再不还就要从每月工资里抵扣，他纠结再三，才硬着头皮又去找处长。处长竟真的忘了这回事，但他倒没怪罗一前，而是当场给财务处长打了电话，让不要扣罗一前的工资，说那笔钱很快就能还上。那回在处长办公室，是他们最后一次提起那两万块钱。财务处没有扣罗一前的工资，两万块钱也悬而未决，这事一直搁在罗一前心里，几次想提，都在纠结后放弃了。

直到这一回，两万块钱既突兀又顺理成章地再次出现在他们的对话里。

你太差劲。处长借着酒劲怒吼罗一前，干什么事都不让人放心。

怪我耽搁了。罗一前低了头，把唇咬在牙齿间。

怪你能解决问题吗？你说怎么办？处长的呵斥如铡刀，割肉，嗜血。

外面的风狂舞着又变换了方向，裹挟着雨线一阵一阵拍打在车窗上，老猎豹车的玻璃因年久而裂出缝隙，渗进来的雨水浸湿了罗一前的半边裤脚。罗一前试探着问，要不，明天一早我就打个请示，再找票签字？

处长的怒气从鼻腔里咕咕地淌出来，带着酒气飘荡在车里。

罗一前把自己扭成了九十度，无话说，没法动。

处长电话响了，他靠在后座上接听，语气又转换到了平和的模式。罗一前听得真切，有人约他吃饭，他说刚喝了酒就不去了，那边大概说了都有谁谁谁，他推脱不了，就应了。车正好到基地门口，左转是办公楼，右转是家属院，处长板着脸问罗一前回家属院还是去办公楼。家属院没罗一前的房子，处长急着赴宴，也压根儿没有让司机送他回城中村出租屋的打算，如果不是外面的大雨，他能让罗一前立马下车。罗一前只能选去办公室。

罗一前既委屈又伤心，可还没来得及整理情绪，就接到王干事的电话。刚才手机就一直振，可正和处长说着话，没法接，这会儿想着王干事找他说不定有紧要的事呢。忙不迭打过去，王干事在那边懒懒地说，酒喝多了睡不着，让他把基地这几年搞过的所有教育的方案、领导讲话以及实施步骤等材料都找齐，打印一份送到他宾馆的房间去，他要在睡前看一看。

现在？

对，我在宾馆等你。

待罗一前忙完走出办公楼，雨已经停了，风也带着乌云私奔去了不知道什么地方，月亮明晃晃地照耀着，天地如洗，空气清新。罗一前带着王干事所要材料的打印版和电子版围着办公楼转了一圈，并没有去宾馆，凌晨两点多了，他知道刚才睡不着的王干事这会儿肯定早已入梦酣眠。

罗一前伴着一路月光再回到办公楼时，持枪的哨兵警惕地望着他，大楼里的灯都黑完了，也怪不得哨兵对他起疑心，查完证件回到办公室，他疲惫至极，腿脚都酥软到无以支撑。他躺到办公桌上，很快就睡着了。

## 五

一直熬到过了新闻联播的时间，罗一前又猝然紧张起来，他尽力压制住急促的呼吸，把两沓钱取出，仔仔细细检查了包裹的报纸没有破损，也没有不规整，才又小心翼翼地放进了纸袋子里。虽然办公室并无别人，但他还是把纸袋子锁进了铁皮柜子。一切妥当，未等出门，刚平复的呼吸又急促起来，顾不了那么多，他硬着头皮，去二楼察看主任办公室的动静。

灯亮着，人在。罗一前贴了门听，里面有说话声，他不断定主任是在打电话还是和谁说事情。他站在楼道口侧身张望了一会儿，见并没有人出来，又一次蹑手蹑脚去听，里面仍在说，他想等着看个究竟，却有加班的同事在楼道里走动，他心里虚得很，就又转身下到自己的办公室去。

罗一前全身燥热，额头冒出汗来。

他拉开铁皮柜，袋子还在，打开检视，两沓东西也在。

罗一前瞬时脑子就热了起来，他想就这样拎着袋子去主任办公室打报告，不让进，说明里面有人，他就再等等，让进，他就硬着头皮进去，其实他也不知道进去后说什么，最好是什么也不说，扔下袋子就走。袋子是他最诚挚的心意，袋子留下了，他的心意也就留下了，主任肯定知道他的用意。他真希望如此果断利落，但脑子热过一瞬，他又冷静下来。这种事情毕竟不是在市场上买菜，要体面，要规矩，要让主任觉出他的真诚来。

约莫过了十来分钟，罗一前待不住，又上了二楼。

他站在楼梯拐角处，观察了一会儿，没人，走进前贴着门听，也没有声音，他断定这会儿应该是主任一个人在，便快速回到自己办公室，开锁，检视，拎袋子上楼，可到拐角处却见保卫处刘干事捧着文件夹在外面，跟他刚才一样，贴了门听声音，听完了，就静静在外面等着。他知道，就这下楼上楼的工夫，不光多出来一个签文件的刘干事，而且里面还有其他人。

不好久待，罗一前又拎着袋子回了办公室。

罗一前额头上汗涔涔一片，浑身燥热，胸闷，他就像一头关在笼子里的野兽，明明有一身的力气，却无处发泄，沤成无名的火在体内撺掇。

罗一前决定去跑圈发泄。

穿过办公区昏黄灯光投下的暗影，罗一前一头扎进了夜幕里的操场，就如同冲出笼子的野兽，他酣畅淋漓，他彻底释放，他把步子迈得飞快，他大口大口吞吐着冷夜里的空气，他觉出长久以来从未有过的欢快，他在心里大喊着，见鬼去吧，我不跟你们玩那一套。他今夜是一匹自由的奔马。

跑过第七圈，罗一前的呼吸急促起来，但他并不放慢脚步，而是继续大步流星跑着冲过窒息期。老营长说，长跑中的窒息感是纸老虎，冲过去，就会一身轻松。那是罗一前第一回冲过窒息期，平生第一次跑完十公里。

罗一前没再加班，换完衣服，就回了城中村的出租屋。

从黑灯瞎火的楼梯拐到四楼，敲门却无人应，罗一前用钥匙开门进去，并没有见到惠若琪。打电话问，惠若琪说在楼下的网吧，知道罗一前在出租屋，高兴极了，说马上到。果真，挂完电话只几分钟，惠若琪就兴冲冲进来，跳跃着扑进了罗一前的怀里。

家里网不通？罗一前疑惑惠若琪为何要去网吧耗时间。

我不敢一个人在家里待。惠若琪指着窗户，罗一前循着望去，右上角一块玻璃碎了，一大半掉下来落在靠墙的桌子上，一小部分锋利尖锐地留在窗框里。窗户外面有钢筋护栏，玻璃虽然碎了，外面的人倒也进不来。

谁干的？

不知道，我晚上下班回来才发现。惠若琪忧心忡忡地说，我听楼下的住户说，最近有好多家的玻璃都被砸掉了，他们有的说是小偷用这种方法在踩点，换了玻璃的说明家里有人，他们就不会再去，没换的，说明没人，他们就明目张胆地进去偷东西了。他们还说住户里有个变态狂，打碎玻璃就是为了偷窥，房东的女儿怀疑前几天阳台上那些不翼而飞的女士内衣裤就是那个变态狂偷走的，我那件粉红色的睡衣晒完就找不见了，估计也被偷了去。惠若琪咬牙切齿地说，咦，想起来我都浑身起鸡皮疙瘩。

怎么不报警？罗一前把碎玻璃捡进垃圾筐。

只是怀疑，又没有抓到现行，怎么报警。

这里可真够乱的。

你以为呢，不备把剪刀都不敢睡觉。

咱得搬走。

你们单位的家属院不是最近盖新楼了吗？惠若琪充满希望地问，上回你说营职才能排上，现在你已经副营了，没问题了吧？又说，翁图勒的媳妇跟我说过，他们家这次准能住上新房，你和翁图勒一批毕业，也行吧？

哦，差不多。罗一前未想惠若琪突然把话题就转到了公寓房。

要能分上，咱就不折腾再搬了，熬一熬，到时直接搬到新楼去。

听你的。罗一前想给惠若琪解释，他和翁图勒不一样，翁图勒在基地有命令，理所应当能参加分配公寓房的排队，他没命令，别说副营，就算到了正营，也没有参加排队的资格。罗一前还是忍住没说，他不想在惠若琪对生活刚刚萌生希望的节骨眼上泼冷水，他自己也萌生着希望，副处长转业在即，腾出一个命令如果下给他，那他和惠若琪的梦想就都成真了。

那我们就忍耐一下。惠若琪靠过来，抱住罗一前说，不过以后你晚上要早回来，不然我真害怕呢，你也不想让我整晚都抱着剪刀睡觉吧？

熬过这一段吧。罗一前叹口气，最近事多。

事多也得睡觉。惠若琪开冰箱，取出一只海碗，上午就炖好了。

还给我留啥好东西了？罗一前凑上来。

那什么。惠若琪打开煤气灶，神秘一笑，你别管了，反正是补身子的。

罗一前没了话，呆站一边拧着眉头。

没事的，你就是熬夜太多，补一补肯定好。

黑乎乎的汤上漂着一层油星，惠若琪兜着碗底让罗一前喝完了。

两人相拥躺下时，已经过了十一点。惠若琪嬉笑着，便水蛇一样缠到罗一前身上，罗一前尽力迎合，不过他太疲惫了，少了以前那种单手就能挽起惠若琪的阳刚力量。听着惠若琪的呢喃，他喝过的汤似乎起了效。

谁？惠若琪的一声惊叫，把那汤都化作汗渗了出来。

咋了？罗一前忙穿衣服。

有人。惠若琪指着被砸掉玻璃的窗框，那里，有人偷看。

谁？罗一前也喊着，操起惠若琪顶门的铁棍到外面察看一番，不见有人，他回来安慰惠若琪，只是一阵风，睡吧。他说，明早我就换块新玻璃。

## 六

罗一前和玄处长在饭堂打照面时，凑近问他晚上到不到办公室，玄处长说了去，罗一前预告有事汇报，玄处长就说他在办公室等着罗一前。

虽在一个处，但玄处长昼夜繁忙，罗一前难得撞上他的空闲。

等到过了九点，还不见玄处长来。罗一前在楼道转了一圈又回办公室，他把想好的话又过了一遍电影，最开始觉得无懈可击，可现在却不满意起来，就琢磨改些字句。挤着眉头正想呢，手机响，一看，竟是玄处长。

处长在办公室吗，我这就过来？罗一前说着话，就起身要去。

可刚走两步，他又站住了。玄处长没有告诉罗一前他在哪里，但告诉了罗一前他不在办公室。罗一前甚至怀疑处长是不是已经忘了他有事要汇报。虽然处长总食言，但这回他还是很失落。处长打来电话是交代他陪王干事出去转转，并且一再地强调，王干事说去哪里你们就跟着去哪里。

罗一前正琢磨“你们”还有谁，玄处长就像知道他的小心思，紧跟着就挑明了，副处长已经在宾馆等着了，你现在就带车去接他们。

挂了电话，罗一前既有些沮丧，又觉出了轻松。他换好便装，带车赶到宾馆时，副处长正陪王干事在楼下说话，不知说到什么，都哈哈笑着。

王干事来基地之前，主任就给处长交代说，王干事是带着总部首长的指示精神来基地指导教育提纲撰写的，不管在工作上还是生活上，都要提供最大的方便，还着重强调说，照顾好生活也是干好工作，甚至是更高标准的干好工作。回到办公室，处长问罗一前，刚才主任说的都记清没？罗一前点头。他是接待王干事的对口干事，吃喝拉撒一干事都经他手去办。

王干事是宣传口的大笔杆子，下面基地的干事们都以能被王干事抽调到总部参加材料组为荣，罗一前去年也差点去了，但基地有事没去成。几年来，他们都是在电话里打交道，罗一前欣喜于这回见到了王干事本尊。

罗一前尊重王干事，趁他来，想把尊重体现在行动上。

王干事刚到基地那晚，基地政工口所有领导悉数到场为王干事接风，罗一前陪在末座，轮不上说话，就干些添茶倒酒、催服务员上菜之类的保障工作。那晚的酒真没少喝，玄处长代表基地冲锋陷阵，和王干事干了两个大杯，他逢酒即多，就算硬撑着，也是未等餐局结束就醉得扶在桌子上起不来。主任用红酒和王干事喝完一个大的后，副处长挺身而出，站起来也要和王干事喝大的。王干事说副处长见他喝多才提酒，是乘人之危，自作主张定下副处长喝三个大的，他喝三个小的。副处长面露难色，但主任支持王干事的主张，说这样最公平，基地也不会以主欺客。副处长在众目睽睽下不好拒绝，硬着头皮连着喝完三高脚杯，一放杯就捂着嘴冲进了卫生间。王干事接连喝败了宣传处的处长和副处长，政委盯着主任半开玩笑说，你们政治部的战斗力还有待提高啊。主任瞪完趴着的玄处长，又望一眼五迷三道的副处长，给政委回话，政治部酒少，怕这战斗力难练出来。

王干事喝完三小杯后谈笑风生，又轮流给政委、副政委以及主任敬酒。陈副主任大概是为了给主任撑面子，也或者是不想让远道而来的王干事喝不好，就在王干事将要敬酒到他位子上时，也倒满了一高脚杯，要“感谢王干事指导工作”。王干事这回没法说让陈副主任喝大杯他喝小杯，接过服务员递过来的大杯酒和陈副主任碰完后就仰头喝了。

喝完酒的陈副主任刚要落座，却被王干事挡住，他抓酒瓶给陈副主任的高脚杯里倒着酒说，刚才是首长您提的酒，这下首长得给我个表达敬意的机会。陈副主任酒量是有点，但也架不住这么接连喝大的，伸手拦住王干事的酒瓶，讨饶说，咱俩谁敬谁都一样，权当都在刚才那一杯里了。王干事当然不答应，笑嘻嘻拉开陈副主任的手说，一码归一码，怎么能权当呢，您是首长，我是干事，中间差着处长和副处长呢。陈副主任几乎哀求，不喝了，真喝不了了。王干事笑嘻嘻地望向政委，又转向陈副主任说，除非政委说今天晚上的酒不够，那我就不敢再跟陈副主任喝了。这话讲得巧妙，逼得政委只好站在他一边点了陈副主任说，你把酒端起来，咱啥时候还能差了王干事的酒。陈副主任愁苦着脸，极不情愿地站起来，仍在讨价，咱喝一半？王干事一仰头把酒灌了下去，抹着嘴说，我先干为敬，首长随意。一桌子人原本都是来陪王干事的，到这份上，他干了，陈副主任还怎么好意思随意。陈副主任像受了逼迫喝农药的村妇，皱着眉头，顿了五次，才见了底。他被呛得咳嗽到额头暴出青筋，压根儿顾不得清理被洒出的酒滴得湿漉漉的前胸。

王干事乘胜追击，还要再给陈副主任倒酒，陈副主任眼疾手快，一把抢过自己的杯子藏到桌底，也不看王干事，更不看政委和主任，手摇得拨浪鼓一样，重复地强调着，不喝了，不喝了。都这样了，王干事只好作罢，转而绕着圈，把在场的人又都敬了一遍，对每人一套说辞，不带重样。

没人能想到，在基地专门设下的酒场上，王干事能只身完胜。

政委全程没面子，脸都绿了。主任也不爽，但仍维持着场面，一面表扬王干事果然代表总部机关，酒量和气势都了得，又批评宣传处的人只能窝在宣传处，没有大的出息。主任没有责怪陈副主任，陈副主任却羞得头都不抬起来。在这晚的觥筹交错间，罗一前算是见识了王干事的本事。

酒局散后，虽然主任让站都站不稳的玄处长再陪陪王干事，但主任一走，玄处长就在宾馆开房间睡觉去了。罗一前搞保障，没喝几杯，他陪着没事人一样的王干事在房间里坐了一会儿，就盛情邀请王干事再去当地有名的滨河烧烤园吃烧烤。没想到王干事说晚上喝好了没吃好，真答应了。

这次邀请纯属罗一前为了向王干事表达敬意的个人行为。

两人坐出租车去了滨河烧烤园，毕竟冬天，有些冷清，河面上的风一阵阵刮来，真不舒服。罗一前要点菜，被王干事挡了，并问罗一前，有唱歌的地方没，不如去唱歌醒醒酒。于是他们又转道去找 KTV。罗一前大多数时候都是办公室、家和饭堂三点一线简单生活，打了半天电话询问喜欢玩的同事，才找了一家他觉得上点档次的KTV。

罗一前让王干事点小吃和酒，王干事都说随便。罗一前知道这里消费高，也知道这里的酒和小吃都比外面的贵好多倍，就随便点了几样便宜的，然后开始点歌。王干事的酒劲大概上来了，靠在沙发上，歪着头有气无力。

罗一前点了歌请王干事唱，王干事摆摆手说，你先唱吧。

王干事点名要来，来了却又不唱，罗一前本就很少来这种地方，而且他非常抗拒这种乱糟糟的环境，更觉为难。恰好这时，酒醒的副处长打电话过来，得知罗一前陪王干事在KTV，就问清了地址很快赶了过来。

哎呀，这么小的包间能唱个啥歌。副处长推门进来先数落罗一前，你个罗干事，陪领导是这么陪的吗？又喊经理，赶紧地，给我们换个大包间。

王干事未动身，睁开眼睛说，算了，待会儿就回去睡觉了。

别呀，这才几点？副处长从酒场的狼狈里恢复了过来，扬着眉，别说你王大干事是从首都北京来的，这回也让你见识一下我们小城市的夜生活。连说带拽，他把王干事拉起来，挽着手进了隔壁经理刚安排好的大包间。

……

熬到凌晨两点多，罗一前心情沉重地刷完卡，出来时，副处长和王干事已先离开。

王干事以前是神，现在是谜，久久盘旋在罗一前心头。

去哪里？想到那回的事，罗一前就纠结，又是他们三个，又是陪王干事放松，他抗拒再去那家KTV，却又清楚王干事肯定还是要再去那里。

王大干事定？副处长意味深长地嬉笑着。

随便。王干事说，你们是地主，你们说哪里就哪里。

要不，咱先找个吃饭的地方补充点能量？

饭有啥吃的。王干事仰头靠在后座上，现在谁还差那一顿饭。

直接去？副处长说的，就是那晚他们消费的地方。

嗯——王干事犹豫一下，问副处长，你们这里是不是有个凤凰夜市？

有啊，这你都知道。

咱就去这，吃吃夜市去。

罗一前第一次知道凤凰夜市是在去年。当时，三个年轻干部喝完酒后到凤凰夜市胡闹，被公安抓个正着，通知基地领导去领人。年底，三个年轻人都被勒令转业。那里对罗一前而言，就是魔窟一样的存在。

那可不是吃的地方。

不是夜市吗？

这个夜市不是那个夜市。

啥夜市都是夜市。王干事意味深长地说，你不会小气到都请不起我一回夜市吧？又嘿嘿笑着补充，实在不行，就我请客。

哪里用得着你请客。副处长指示司机，走，凤凰夜市。

就在副处长听从王干事意见决定去凤凰夜市的同时，罗一前按下发送键，给副政委发去了之前他早已经拟好的信息。过了不到一分钟，随着丁零一声，消息回了过来。他扭头对副处长说，哎呀，我这边又有个突发情况，得赶回去，恐怕只能陪你们到门口，还得辛苦副处长陪王干事了。

咋了？副处长一本正经说，你现在的中心工作是保障王干事。

副政委的事。罗一前指指手机。

副处长见此，不再说什么。王干事则接过话茬调侃着问罗一前，这大晚上的，副政委还亲自召见你，不会是让你给他安排夜生活吧？

要那样就好了。罗一前无奈地解释说，首长上周带队去基层调研，随去的人把报告写了好几稿，他都不满意，后来点将让我帮着弄，虽然主任说了我的重心工作是教育提纲，但副政委的活儿总不能不接吧？这不，改完两稿了，还得接着改，这会儿副政委带着几个人等着呢，我能不去？

那还真是不得不去。

今晚不能相陪，还请王干事多担待。

担待不担待倒是小事，重点是你没福分吃夜市了。

我回去吃方便面。

去吧。王干事说，工作的事为大。

在凤凰夜市门口已道别分开，副处长却又追上来问罗一前带钱没，罗一前说有五千，副处长又问带卡没，罗一前说带了，他催促着要了卡，又紧赶着去追王干事。罗一前望着他们勾着肩搭着背，亲昵地走了进去。

车子拐出凤凰夜市的死胡同，司机转头问罗一前，去哪里？

罗一前突然想起惠若琪一直念念不忘的那件事。

他想躲避的，却明知须是要过了这一关。

回家。罗一前定下了，今晚把自己交给惠若琪。

## 七

信艳梅拿着打印出来的论文对罗一前喋喋不休，你看，这第一部分写得太简单了，咋就不能扩充了？拼凑出五个小点来，四个小点也行啊，这样总字数也就多了。你不是材料高手吗，多写千把字我就不信能那么难。

不是多写少写的问题，逻辑上总得讲得过去。

哪来那么多逻辑，过不过去还不是你大笔一挥的事。

得容我查查资料吧。

不行，明天上午就得要。

来不及。

我不管。信艳梅裹挟着昂扬的气势说，那我找你们处长说去。信艳梅把话撂下就气咻咻去找玄处长了，气得罗一前差点砸了近在手边的杯子。

信艳梅是司令部所属技术中心的助理工程师，因为想赶在年底晋升工程师，所以这段时间着急要在核心期刊发表一篇论文。罗一前跟他非亲非故，按说她能不能晋升工程师跟罗一前没关系，发不发表论文跟罗一前也没关系，其实就算真能沾上点关系，整日深陷在文山会海里的罗一前也不见得会揽下她这个活儿，可问题是信艳梅和玄处长搭上了关系，玄处长找了罗一前，嘴上说是帮帮忙，实际上就是下命令，罗一前不得不写这个论文。

信艳梅和玄处长又搭上了什么关系呢，鬼才说得清。

罗一前能够确定的是，信艳梅第一次到宣传处报自考人员名单时是第一次见到玄处长，因为就在同一个办公室里，信艳梅毕恭毕敬地先喊了玄处长好，又毕恭毕敬地说久仰罗干事大名。可几个月后，就发生了天翻地覆的大变化，信艳梅直呼他罗一前，当面对玄处长也是横指手竖画脚。

马干事常骂玄处长是老色鬼，却不讲根据，罗一前就只当是纯粹的咒骂。得知罗一前给信艳梅写论文的事，马干事又嘟囔责骂说，他就图自己爽，倒给大家揽下一摊子烂事。马干事一点，就把玄处长的遮羞布点掉了。

信艳梅前脚出，玄处长后脚就跟着她一起进到罗一前办公室。

你就帮着把那个论文弄一下嘛。

改过两回了，要求老是变。

他们马虎，你多体谅，再辛苦一下。

可是晚上还要写主任到保障团参加调研的发言稿，就算不睡觉，怕也赶不出论文来，不能缓一缓，过两天再要？

我和编辑说好了，没得缓，必须明天要。信艳梅横着眉，咬死了。

罗一前懒得和信艳梅争执，只看着玄处长，表明他的无能为力。

主任调研不是要到下周吗？玄处长看看信艳梅，转过头来对罗一前说，要不主任的稿子就先放一放，今晚你辛苦先把论文搞出来。又说，这个论文虽然和你的工作没关系，但通过写这个论文，拓展一下思路也是好事。

玄处长说话总是这么轻巧，又这么讲道理，是一个一眼就能认出来的大忽悠。罗一前妥协了，却又担心，要是明天主任问起稿子咋办？

你就说王干事叫你去他那里研究教育提纲，没来得及弄。

经玄处长这么一提醒，罗一前才想到，教育提纲也定了下周一集体推，副政委和主任讲到的几个观点还没有融到里面，也火烧眉毛。可玄处长已经把此作为理由提了出来，他要再说起，明显就是不想写论文的托词了。

那行，我晚上争取扩到四千两百字。

不是争取，是必须。信艳梅迫不及待地强调。

一个意思，一个意思。玄处长打圆场对信艳梅说，罗干事说的“争取”就是你说的“必须”。又转头对罗一前说，别担心，你的辛苦，我都记在心里。

罗一前点头。他点头的理由和从不拒绝玄处长的理由都心知肚明。

信艳梅的论文已经折腾了罗一前两次了，第一次她就给了个题目让写，第二次说改成两千八百字，这回是第三次，又要扩充到四千两百字。罗一前揣测信艳梅脑子不好使，可能编辑一个言简意赅的约稿要求被她拆解成了三段来理解。她的愚蠢没有给她带来伤害，却害罗一前熬夜加班。

罗一前盯着文档左下角的字数堆砌着论文，过了凌晨三点，数字挤牙膏似的冲到了四千一百三十，罗一前算了算，前面摘一段内容提要，后面加上两条参考文献，差不多也就凑够四千两百字了，他开始结尾收工。

丁零零的座机铃声吓了罗一前一个激灵。接起来，竟是副处长。

你真在啊。副处长明显喝多了酒，大着舌头问，这么晚还不走?

赶个材料。

正好，我有个事给你说一下。

副处长在那边前言不搭后语地说着，罗一前在这边头皮阵阵发紧。一句话来回说了大概有五分钟，罗一前总算听明白了。昨天下午副处长接到总部通知，让上报一季度师以上领导干部集中学习计划，他当时没来得及弄，刚才不知道被哪杯酒扯动了神经，才想起来截止上报的时间是今天早上上班。他说他想到办公室来弄，但酒把脑子喝乱了，实在弄不成，并且说，既然罗一前这会儿还在办公室呢，就让他辛苦一下帮忙给办了。

可是怎样定的学习计划我也不知道啊。

我说几条你记下，再按照去年的扩充几条。

上报前得报领导看吧？

来不及了，弄好就直接传到网盘。

挂完电话，罗一前紧赶着把论文结了尾，到厕所洗了个冷水脸，又坐到电脑前，一个字一个字地敲学习计划。他的耳朵里蹦跳着嗡嗡嗡的响声。

赶在上午八点前把学习计划传到网盘后，罗一前几乎虚脱，他把自己沉在椅子里，九十度仰头后靠着，双腿和双臂自然伸展地垂吊，它们虽然属于他，但他明显已经无力支配它们，他能做的，就是什么都不去做。

上班的号声把罗一前惊醒，他搓一搓困顿的脸，琢磨着要不要到部里值班室的小房间补一会儿觉，却有个干事推门进来，说陈副主任找他。

洗把脸振奋一番精神，罗一前就到陈副主任办公室领受新的任务。陈副主任平易近人地让罗一前坐在沙发上，他不知道听谁讲罗一前当年高考语文得了满分，就想让罗一前给他即将高考的女儿突击补习语文。

这是个私事。陈副主任一再强调，我是以个人名义请你帮忙。

不知道你这边方不方便？陈副主任试探着问。

方便。

没事，我也知道你在宣传处挑大梁，事很多，没时间就算了。

有时间。

好，小罗不错。

陈副主任给了罗一前一份已经准备好的补课表，上面清晰地写着补习语文的时间地点，也白纸黑字地写着辅导老师：罗一前。一周补三次，分别是周一的晚上和周六的上午以及周日的下午，时间倒和工作一点不冲突。

回到办公室时，信艳梅已经等着了。

她拿到稿子从头看到尾，问罗一前，现在多少字。

四千二。

我就说嘛，这对你还不是轻而易举。信艳梅兴高采烈地一阵风走了。

罗一前耳朵里嗡嗡响着，头上直冒虚汗，他赶紧扶着桌子坐下。想去休息，主任发言稿的事却还在心里搁着，他纠结到底听从身体的需要去休息，还是顺应理智的召唤硬挺着起草主任的发言。起初一瞬间，玄处长教他的说辞令他几乎动摇了，但一个激灵，他很快又想起了马干事之前跟他讲过的：领导都是经了世事历练久熬成佛，莫在他们跟前要小聪明，只要他们愿意，分分钟看透你。在领导跟前说谎，就等于挖了坑活埋自己。

罗一前确信主任能一眼看穿他，就彻底打消了休息的念头。

他新开一个文档，敲击键盘，又一次陷入方块文字的十面埋伏。

## 八

无能为力的现实还是击穿了惠若琪的底线，逼得她收回了和罗一前“今生再不分离”的许诺，独自返回了省城。那里有容她安身的房子。

两个月前，惠若琪是以此去不归来的姿态和省城告别的。

她辞了大有晋升希望的会计工作，退了健身卡、户外旅游卡和各种活动卡，以前这都见证着她多姿多彩的生活，但她笃定，即将开始的生活更为精彩。她还在某网站上以甩卖价处理了跑步机、田园椅、沙发、餐桌以及家电，又找中介把房子挂在了网上。拍拍手，惠若琪在长久两地分居后，怀揣着对长相厮守的强烈渴望，以百米冲刺的速度来到了罗一前身边。

她在此地，爱人在彼处，惠若琪紧紧揪着思念，情愿用全世界去换取朝朝暮暮的相守，长相依，她觉得就足够了。相聚后，她才发现爱情除了紧紧拥抱之外，还有柴米油盐酱醋茶，还有琐碎，还有不如意。生活不是童话，至少她很快就意识到，他们连安放爱情的房子都没有，遑论其他。

后悔吗?

一切都会好起来的。

惠若琪坚强，她从不怀疑每一份执着的理想都会变为现实。

驻地是个经济欠发达的小城市，工作机会本就不多，惠若琪几经辗转，总算找到一份对口的会计工作，工资却不及她在省城的四分之一。干了几天，又发现还得一人身兼经理、出纳、内勤等数职，老板又是个胆大包天的土财主，惠若琪对他漏洞百出的财务积弊提出意见，他嫌麻烦，更嫌多花了钱，开始置之不理，见惠若琪说得多了，甚至怀疑她的动机。惠若琪气不过，想着与其因偷税坐牢，不如自己走人，果断炒掉了土财主老板。

惠若琪四处找工作，指不上罗一前帮忙，她甚至一个星期都难得见上罗一前几面，他总忙，要么加班，要么开会，要么就是跟着领导一连几天的调研。惠若琪想抱怨几句艰辛，扭头却找不到一个听她倾诉的人。

尤其到晚上，明知黑夜里暗藏着惊悚，惠若琪也只能独自煎熬。

罗一前给惠若琪画了一张分公寓房的饼，惠若琪欣喜期盼着能够承载幸福和欢乐的房子，可似乎越等越远了，如这般，好像许多曾经的期待都在走远，希望朝着失望发展，一切畅想都如凋零的花，入泥，继而化为泥。

惠若琪想到过改变，一桩桩事情之后，她总算明白，她能改变的只有自己，罗一前岿然不动，生活也就一成不变，他是幸福的最大变量。

罗一前只有工作，他寄托于此，沉陷于此。

惠若琪曾试探问过，转业吧，咱们一起回省城。

罗一前又说起了房子。他仍在竭尽所能给惠若琪营造希望。

惠若琪背负爱名坚持着，等待改变，却最终还是出了事情。

罗一前在电话里听到惠若琪的哭喊，吓得不行，赶回出租屋时，外面围了一堆人翘首议论，惠若琪抱着双臂坐在床上哭，身子不断抽搐着。

咋回事？罗一前吓得不行，也心疼惠若琪得不行。

警察来过了。惠若琪紧紧抱着罗一前不松手。

在罗一前回来之前的大概一小时，警察包围了整个院子，他们破门而入，用脚踩住了隔壁男住户麻木的脸。那个住户住到隔壁才两个多星期，每次见了罗一前夫妇都友善地微笑。有一次，只惠若琪在家，他还敲门进来借了几个鸡蛋，隔一日，他还回来一包鸡蛋，惠若琪不收，他强行留下走掉。罗一前知道这事后，还嘱咐惠若琪有机会买了水果什么的，也给别人送点，还个人情，也好处关系，远亲不如近邻嘛。罗一前的话惠若琪记在了心里，但这段时间乱七八糟的事情一搅扰，还没来得及去办。

警察挨家挨户做笔录时，住户们才问清，这个整日里面带笑容的大眼睛小伙子并不是这里真正的住户。真正的住户回老家伺候老父亲住院，鬼知道他怎么知道人家走的，又怎么神不知鬼不觉地住了进去。他是警察找了三年的要犯，四宗强奸案、两宗杀人案，足以让他成为这个小城无法忽视的人物，但没有人能想得到，他就住在他们身边。他最近倒是没犯过案，但警察推测说，他正踩点，按时间规律，他这段时间该是要动手了。

被动手的下一个原本会是谁？犯人没说，惠若琪却惊魂未定。

罗一前硬着头皮找玄处长请了半天假，到治安较好的市中心找房子，转了好几个楼盘，却无功而返，回到出租屋想再宽慰受到惊吓的惠若琪，却见惠若琪收拾好了行李。她抹着眼泪，我问了中介，省城的房子还在。

罗一前有数，房子是托词，重要的是惠若琪心已走远。

跟我回去不？她盯着他，期望，等待。

罗一前没法回答。

部队和我你得放掉一头。惠若琪逼迫问，选哪个？

你还回来不？

我怕说服不了自己。

对不起，这段时间让你受尽委屈。

我在省城等你。惠若琪的泪水夺眶而出。

他们拥抱在一起，努力温暖着曾经细心呵护过的爱情，两人都很愧疚，罗一前为了他的无力挽留，惠若琪为了她的未能坚守，他们已经以最决绝的勇气走到了一起，可谁又知道，撩开面纱的生活的面目竟是如此狰狞。

第二天，惠若琪坐最早一趟班车回去了。

罗一前站在空荡荡的出租屋里，想起来当初用心装扮这里的情景，不禁酸楚。以为能够留住幸福留住爱，可真留下的，却只剩下伤感和遗憾。

走吧。罗一前拖着沉重的脚步，生活从来不会因为谁的离开而停滞。

刚回办公室，马干事就急切地跑来告诉他，转业的文件到了。

今年的节奏很快，会开完，就定了名单，接着就是逐个谈话。

干部处的人和传说中的一样口风严实，人人都知道部里今年有三个转业名额，四五个符合条件的干部被猜来猜去，可就是没个定论。当发现副处长接连三天没来上班时，罗一前隐约觉出，三个人里肯定有副处长一个。

副处长当年从保卫处杀出重围来到宣传处一直是颇有争议的话题，有人说他花了钱，有人说他找了人，反正没有一个人认为他是因为突出的能力而坐到了那个位子上，而他的到来也直接断了马干事成长进步的念想。

转业开始前，甚至有副处长杀回保卫处接处长的传言。也像传言的那样，保卫处长被确定了转业，就在大家都等着副处长杀了回马枪去接处长时，新的保卫处长却悄然到位，是下面一个旅里的政治部主任平职调来。

副处长狠狠地说，看吧，想欺负我走，没那么容易。

大家又推测他消失的那几天可能是到上面找人，极有可能是想花钱挽回局面，也有很少数人觉得他是回老家协调自己转业后的工作，但这条不靠谱，因为走时，副处长扬言他能让部领导收回让他转业的不公平决定。

副处长终于回来了，但从他愁眉苦脸的表情看，似乎寻不到改变既定局面的迹象。他也到罗一前的办公室来过几回，说些这几年在宣传处的成绩，以及吃过的苦受过的累，似乎在博取罗一前的同情，罗一前也真是觉得，组织上就这样让副处长转业，有点不近人情。

马干事不屑地说，看见没，花钱不管用了，这种人也就没用了。

副处长也挺不容易的。

他不容易。马干事愤愤不平地说，那这个政治部有谁容易吗？

罗一前只是无心的一句话，没想到惹得马干事不高兴，他望着马干事离开的背影，很是愧疚，觉得站错了队，对不起对自己照顾有加的马干事。

罗一前也奇怪，符合转业条件的马干事甚至没进入这次的大名单。

听马干事说，副处长用转业的事要挟主任，提了一大堆的无理要求。主任不见他，他就自带马扎坐在主任的办公室门口，主任出不来，想找主任的其他人也进不去。坐了三天，据说，他的所有要求都被满足了。

可以这样？罗一前既吃惊又新奇，似乎寻到了一条通往成功的捷径。

他抓住了领导的短处，自然可以为所欲为。

什么短处？

鬼知道。

罗一前觉得自己问多了，但这毫无结果的问答之间，他却隐约厘清了许多之前听说却没有断定，但现在逐一清晰起来的坊间传言。这些俗物一在心里落了根，就疯狂滋长。他生活于局中，却是局外人，他身在此间，却是看客，他那么渴望为自己的身份证明，现在看来，都是冷冰冰的笑话。

政治部动用一切资源，就副处长转业和地方政府达成了意向协议，他回到地方的确定岗位是地级市业务局的实职副局长，没有降半级，也不是打酱油的副调研员，这种级别的这种安置，据说在基地副团职干部里从来没有。部领导在讲话时无数次提到，这是关爱转业干部的生动事例。

这个生动事例让罗一前念及老营长。

老营长也是副团转业，名义上是城市执法局的副调研员，却连办公桌都没有一张，整天在市场上和非法占道斗智斗勇。老营长刚到地方不适应，也来找领导帮助落实转业干部有关政策，但没人管，他只能服从和适应。

到城管队的老营长总阴沉着脸，开了口，也是一声接着一声的叹息。

都说凭本事老营长能接团长，可易人的团长不但不是他，他反而穿上了城管的衣服。有人替他抱怨，这年月，本事可不见得能当饭吃。

老营长如同嫁接的枝，在新的树干上也就这么活下来了。

谁都没想到，马干事接任了宣传处的副处长。

罗一前约马干事喝酒，权当为他祝贺。

马干事起先说不喝酒，罗一前说大喜的事必须喝，就要了。几盅酒过后，马干事伤感起来，不无遗憾地说，要是当年我想得开，豁出去多送点，这会儿说不定就接上处长了。又透着不屑，那些货，这点总是比我强的。

现在你都是我们的副处长了，以后接处长肯定顺理成章。

我是暂时给别人占着位子，领导跟我摊牌了，明年必须走。

罗一前惊愕不已，想问给谁占位子，一口酒堵在胸口，还是没问。

倒是你。马干事语重心长地说，我这个干事命令是空出来了，可是有很多人盯着呢，这回你要是弄不上，下回真不知要等到猴年马月了。

经马干事这么一提，罗一前才又有了扼住脖颈的紧迫，他想有命令，却怕再一次鸡飞蛋打，他主宰不了自己的命运，他甚至根本弄不清是什么在决定他的命运，如果下命令的依据是工作量排名，是考试，是业务能力，是群众不记名投票，那么就算敌不过别人，他也无怨无悔。可实际上，决定他命运的只是领导的一句话，哪个领导的一句话他也不知道。马干事说，看着十拿九稳的事，其实说黄也就黄了。那么多领导，随便谁的一个亲戚一个关系，就足以让罗一前靠边站。罗一前的额头上沁出汗来，他恨不得立即去玄处长面前汇报想法，怎么说他都是他的处长，他看得见他的付出。

马干事似乎看出了罗一前的心思，摇着头说，别以为玩命干工作就能打动某些领导？说句难听的，就算你干到累死，他们也觉得你是应该的，要因此而跟他们提个人要求，就是笑话。他们都当过干事，他们吃过的苦受过的累遭过的白眼或者更甚的委曲求全的付出，都要更多地从后来者的身上拿回来，就像前人没有便宜他们一样，他们也不会便宜了我们任何一个人，你的能力，你的才气，你的负责，在他们眼里，不能当他们的饭吃，也不能当他们的水喝，所以屁都不是。想让他们用你，你就得舍得。

怎么舍得？花钱吗？

事无绝对，但怕没人稀罕你以身相许。

那晚的酒喝到凌晨，罗一前第一次见到马干事边吐边哭。

## 九

机关都在私议主任调研受到羞辱的事，罗一前却闭口不谈。

罗一前急着找玄处长说自己的事。玄处长这几日比往常更忙，一会儿到主任和副主任办公室汇报事情或者领受任务，一会儿煲电话，也有时候，来了人在他办公室嘀咕事，门一关就是大半天。罗一前一有空闲就去他门口抓空当，盯了几日都没抓到。也有几次玄处长空出来了，罗一前却脱不开身，将将熬到周五下午，他才总算找到和玄处长单独说话的机会。

没等罗一前开口，倒是玄处长先问他，说说，工程团是咋回事？

调研吗？这回咱们要求的硬件他们都配齐了，但是——

不说那个，说说酒桌上的事。玄处长怕罗一前又绕了弯子，进一步提醒他，王万和到底在主任跟前说什么了，外面咋传啥的都有？

罗一前没想到玄处长会单刀直入问起这事。组织处的祖处长跟他再三叮咛这个事情不能对外讲，并且还夹带着威胁说，在场的领导干部绝对不会说，这事要是传出去，就肯定要追究你的责任。罗一前倒不是被祖处长吓住了，而是觉得那确实也不是什么光彩的事，回来后就只字未提。

王万和是工程团的政委，那天主任带着祖处长、罗一前到工程团调研，结束后，王万和带着团里的副政委、政治处主任和副主任，陪主任吃饭。

听说王万和那天喝多了？玄处长挑着眉毛，盯着罗一前问。

是挺多，说话都大舌头了。

王万和喝二两和喝二斤都是大舌头。玄处长关心的明显不是王万和的酒量，而是酒桌上的热闹，他当真逼着主任喝白酒？

他把主任的红酒一口喝完了，然后给主任的杯子里倒满了白酒。

这个货。玄处长摇着头，不解地问，他直接拿主任的杯子喝？

就是，他用那个杯子喝完，又给那个杯子倒满了白酒，端起来给主任说，都说你不喝白酒，那肯定是他们的白酒不好，我这是茅台，你得喝点。

主任喝了？

没喝。主任让祖处长和我做证，说我们从没见过他喝白酒。

那货把主任都逼到找证人了，那王万和咋说？

他叫过来了他们政治处的胡晓斌主任。

叫胡晓斌干啥？

他给主任说，你是胡主任，我手下也有个胡主任，我的胡主任先喝，你这个胡主任后喝，我的胡主任干了，你这个胡主任也不能随意。

主任喝了？

主任当场站起身来一句话没说就走了。

这个王万和真是脑袋被驴给踢了。玄处长叹气问，王万和就没拦主任，听凭你们那晚住在外面的宾馆？玄处长既然知道他们那晚在外面宾馆住，就一定从别人那里听了一个版本，问罗一前只是验证某个说法，或者捡漏某个被漏掉的细节。亏得罗一前没有遵照祖处长的意思对玄处长隐瞒。

他倒是拦住了祖处长。

咋说？

问主任咋这么经不起玩笑。

他竟这样说。玄处长摇着头，这个王万和真是张狂到头了。

主任后来说啥没？

一路上都骂王万和土匪做派，还说自己当初选他是看错了人。

话里话外就没有让王万和转业的意思？

这个倒没有。罗一前清楚玄处长想要什么，却也不敢添盐加醋。

玄处长缺旅团主官经历，他急需在下面找个位子。

罗一前从玄处长办公室出来时，下班的号声早已响过，回办公室看手机，果真有老营长的未接来电，回完电话，他就匆匆赶往河堤公园。

入了寒冬，外面走动的人渐少，河堤上长空冷月，更是寂寥。

不见你来，我们就先跑上了。老营长借着灯光跟等在入口处的罗一前打招呼。马干事和老营长并排，也扬手示意。

有点事，耽搁了一下。罗一前到老营长另一侧，跟着跑。

老营长转业到市里后，生活节奏大幅度变慢，憋得慌，就养成了跑步的习惯。罗一前前年年初开始跟老营长搭帮跑，再后来马干事也加入了进来。马干事也在老营长手下当过见习学员，他们认识更早。

绕河堤公园跑一圈正好一公里，罗一前和马干事顶多能跑五圈，五圈过后他们就开始慢走，老营长则至少要跑上八九圈，多的时候有十几圈。今天老营长状态不错，跑完十三圈，又走了两圈，直让罗一前啧啧赞叹。

出了公园，马干事提议喝两杯，说是庆祝老营长的好事。

罗一前一问，才知道在城市执法局憋屈了这么多年的老营长时来运转，被任命为副局长。罗一前高兴得不行，大喊说，市政府这回可是民心所向。

吃着火锅喝着酒，他们说完高兴事，就东拉西扯说些近处的见闻。提及王万和，老营长最有发言权，他当营长时，王万和是他营里的副营级指导员。

他胆子大着呢。老营长说，你们知道他克扣战士的伙食费到了啥程度？一个月尽让战士吃煮白菜和炖萝卜，战士告发了，才把他揪出来。可他因祸得福，竟能背着处分去维修营当副教导员。老营长到现在都不能理解，这组织上也是邪了门，我们推荐的优秀干部一个不用，最后竟用了他。

王万和克扣的钱送给了当时的团领导，团领导肯定向着他。马干事显然更了解内情，他说，王万和从刚当兵时的一个猪倌到现在的团政委也不是白来的，都知道他文化水平低，都知道他不讲党性不团结班子，也都知道他多吃多占，甚至回回民主测评都垫底，可即使如此不堪，他还是一级级干了上来，四十岁不到，团政委已干满了三年，别说他的同一批兵，就算大多数本科毕业的干部，也和他差了好几年，你说他到底凭了啥？

凭蛮横霸道？

要那能行，全基地的干部都蛮横霸道了。

他可是个成了精的家伙。

王万和是金元开道，贪占了单位的钱去送上面，谋了更好的职位，接着贪，继续送，就这样跟土拨鼠打洞一样，得了利，就越送越精越钻越深。

我们真没法跟他比进步。

咋比，我们跑十公里武装越野，人家开个越野车跟你拼成绩，就算咱承认老营长能跑十几公里顶了天，可在人家，也就是一脚油的事。

他这回喝多酒羞辱主任，算是自找的。

不一定是喝多，也可能是他故意给主任一个下马威。

要真这样，他也太不把主任当回事了。

主任没答应他的要求呗。

他给主任提要求？

你以为。

主任凭啥听他的？

拿人手短。

虽然没人知道王万和跟主任提了啥要求，但隐藏在表象背后的实质内容却愈加清晰明朗。就像所有人都有来处和去处，所有事也都有原委。

马干事突然问起罗一前下命令的事。

罗一前罕见地有了底气，这回应该没问题。

老营长诧异，问他，谁给你准话了？

今天下午我找了玄处长，他说就算顶着压力也要报我。

他这回倒仁义。马干事有意无意地问，你给他送了？

没。

那算你小子命好。

可能我最近加班多，处长也觉得需要留下我这个干活的。

但愿他这么想。

罗一前没打算在老营长和马干事跟前保留，但他还是忍住了，其实是在他表态独自还上之前欠在财务处的两万块钱后，玄处长才表态报他。罗一前心里没底，他不知道这算不算行贿，但心疼几个月的工资没了。

醉醺醺地躺在床上，罗一前浏览着惠若琪发的朋友圈。她在城墙底下迎面奔跑，她在百花丛中笑靥胜花，她在匆匆行走的人群里突兀地做着鬼脸……九宫格里的照片把罗一前带到了无限美好的大学时代，那时候她喜欢坐在他的自行车后座上，搂着他的腰，一站一站走过那些照片上的地方。那一处处都承载着他们的青春，也记录着他们的爱情。说好的，要把那种罗曼蒂克过成生活的常态。可才几年，生活还是蜕变到了狼狈不堪。

酒精烧晕了罗一前的脑袋，他在评论区留言问，你跟刘鹏在一起?

罗一前希望惠若琪开心，他也有无法言说的伤感。

第二天上午在温暖的阳光照耀中醒来，罗一前猛地想起留言的事，后悔得不行，急着点开朋友圈想删除，却看到简短却刺心的回复：是的。

## 十

去财务处还完钱，罗一前倒像做贼一样，低了头想尽快离开。还没到楼梯口，却被人在正前面挡住，他抬头看，巧遇的竟是同批毕业的翁图勒。

干啥呢，还一路小跑？翁图勒横在前面，高喉咙大嗓子地问。

急事。罗一前着急离开，编了瞎话，处长打电话叫呢。

周末约一下，请你们家小惠吃饭。

她回省城了。

周末不来给你送福利？

戒了。

你小子。翁图勒贴到他耳边，是不是也做好了转业回省城的准备？

罗一前摇头，还真没想过。

媳妇都先转移回去了，还跟我保密。翁图勒把罗一前抵到墙角，朝走廊两头看看没人，实话说吧，今年干完我也打算走。

去哪里？

商业机密，暂时不能说。

你小子。

我还没摊牌，你也给我保密。

罗一前关心的不是翁图勒为什么要走，去哪里，干什么，而是琢磨着翁图勒浪费了在基地的任职命令，甚至想着那个命令能给自己该有多好。下到一楼瞟一眼玄处长的办公室，人在，他心里更踏实一些。处长已经答应报他，财务处的钱也还过了，耐心等着，或许命令正在奔来的路上。

玄处长提出周末陪王干事去大北坡看碑林石刻，主陪王干事的罗一前得以脱身，他顺带提出想去省城看惠若琪，玄处长心情好，爽快地答应了。

惠若琪走后，他们电话都没打几个，冷着，急需把感情热起来。

罗一前那段时间乱着，也觉出慢待了惠若琪，这回一心想着要补回来。

买了鲜花，打扫了房间，下厨了做了五六个菜，罗一前想着给惠若琪一个意外的惊喜。天色渐暗，过了晚上八点，却还不见惠若琪回来。预谋的惊喜变成了担心，打过去电话，却不通。后来惠若琪回了过来，得知罗一前探她，惠若琪似乎并没有罗一前以为会有的兴奋，她只说，晚些回来，就挂断了。罗一前并没有自己吃，饿肚子等着，看完一场球赛，又看了一会儿新闻频道，之后换台到电视剧，等他迷迷糊糊就要睡着时，却被开门的声音惊醒。惠若琪回来了，她醉醺醺，一进门就躺倒在了沙发上。

咋喝这么多酒？

惠若琪木然地望着他，一句话没说，又闭上了眼睛。

起来吃点饭？我专门炒了你爱吃的菜。

不吃。惠若琪有气无力，眼睛没有睁开，身子转了过去。

罗一前又问惠若琪要不要躺平，要不要垫个靠垫，要不要洗个热水澡或者泡个脚。惠若琪就像睡着了，没有理会罗一前。等罗一前说完了，她才慵懒地说，累死了，我睡了。说完，她摇摇晃晃进房间捂被子扭头睡去。

罗一前也没了胃口，饭菜又原封不动端回到厨房。

惠若琪一大早起床说有事，又出去了，到罗一前要走时她才回来。

罗一前落寞地问，你不想见我？

你有没有想过我们的以后？

时刻铭记在心。

安居、乐业、生孩子、过日子，这些你都想过没?

我知道我没做好。

我们快三十了，不要动不动就做检讨。

你要有耐心，等我下了命令，分了房子，一切都会步入正轨。

我急不可耐，你告诉我，什么时候能步入正轨?

明年，不，今年年底。

你这样说过多少回了，我怎样信你?

我用对你的爱担保。

我很累，现在这个样子不是我想要的生活。

我从未忘记对你许下的诺言，我会给你幸福的。

惠若琪落下泪来，你莫怪我，我爱你，但我也不甘心难为自己。

惠若琪的绝情让罗一前伤心，可细想想，她又有什么错，她要的，是任何一个结了婚的女人都应该得到的，也是任何一个有了婚姻的男人应该给予的，他给不了，她自然因无望而绝情。还好，婚姻的诺言都将兑现，命令，房子，孩子，幸福，一切美好都排着队在未来的岁月里等着，而这所有的期许和自信都建立在玄处长对他的保证上，他对这个保证有信心并不是相信玄处长，而是相信那两万块钱，用金钱买到的未来最让人踏实。

和秘群处的刘干事吃完饭后的第三天，罗一前就得到消息，名单报上来了。罗一前不放心，就我一个?刘干事嘱咐，就你一个，可别说出去。

命令就一个，也报一个人。在罗一前的既知经验里，下命令板上钉钉。

罗一前找营房处的战友也问清楚了，家属院西北角那栋超过二十层的公寓楼已经在进行最后的装修，就等着十二月份这批命令宣布后，按照新的排名打分选房。这么大的工程，竟像是专门在等自己，罗一前被幸福撞开了心扉，突然就又想起了惠若琪，很快，他就能理直气壮接她来驻地了。

挨过了整整一个星期的雾霾，终于等来摧枯拉朽的西北风，刚把头顶吹干净，马副处就来约罗一前去跑步。罗一前虽也想去，却还是拒绝了。

马副处体谅罗一前此时对他的拒绝，会心一笑，自己去了。

玄处长又接了一份外面的活儿让罗一前干，加上总部让上报的两个材料，连续十几天里，罗一前都熬夜到凌晨两三点，眼圈变红了，又变黑了，人也瘦了，如同从皮底下生生抽走一层脂肪，形容枯槁，散了精气神。

政委喜欢半夜加完班在办公楼转，看谁天天加班，也看谁天天不加班。虽然许多处长办公室每晚都是灯光明亮，但其实是让干事开的，定个点又让干事去关。转悠的次数多了，政委就发现了一些处长这种佯装努力的小伎俩，点名狠狠地批了一通。倒是罗一前很多次被政委在办公室撞上，有时太晚，楼里也没其他人，政委就到他办公室坐一坐，问问家长里短，也说说工作上的事，一来二去，两人就建立了别人都不知道的特殊情谊。

政委问过罗一前好几次有没有什么困难，罗一前回回都想把没下命令的事说一说，但每次话到嘴边，他都咽回去了，之后，又后悔起来。

机关没有人知道罗一前和政委之间的交往，每回他去政委办公室呈文件，玄处长都还要叮咛嘱咐一番，怎样打报告，怎样站立，怎样说话，怎样送夹子，怎样接夹子，他挨过的训都变成经验，言传身教给罗一前。

全基地的干部都说政委严厉，可罗一前觉得政委比谁都和蔼可亲。

月末的干部讲评大会上，当罗一前听到政委点他名字时，抖了一个激灵，伸长耳朵，才听清政委把他夸成了勤奋敬业的典型，让基地的干部都学他白加黑五加二的工作劲头。会场所有的目光顿时都向罗一前聚集而来，他红了脸，像木偶一样呆坐着。刘干事捅他一下悄悄说，好事要来了。

干部讲评大会后的第三天，任命通报就贴在了楼梯口的宣传栏。

没有罗一前，上面写得清清楚楚：工程团技术室技术十二级助理工程师王金波调整为基地政治部宣传处正连职干事。罗一前立在通报前一个字一个字地看，他找不到自己的名字，却又不甘。他深深体味着卑怯和羞耻。

玄处长已经两天没来上班了，罗一前打他手机，一直不通。

罗一前想大哭一场，可是办公室和宿舍都不是他独有的空间，哭不成，就强忍着，憋得难受。他把办公室的门关上，不想见人，连饭堂也不去了。万千可能汇聚一处的希望瞬间化为泡影，就像搭上身家性命的赌徒输了赌局，他一无所有，他毫无希望，这个结果把他对自己的怀疑推到了登峰造极的高处。他认为自己屁都不是，真想大醉一场，最好永远不要醒来。

马副处主持工作，并向全处小范围通报，玄处长嫖娼被抓了。

玄处长活得潇洒，基地很多人都知道他的夜晚三部曲是喝酒、唱歌、洗浴。只要没要紧事，他每天都能熬到凌晨两三点，处里的司机一年被他熬走三个，口口相传，知道要受这种罪，宣传处都调不来司机了。这一回是全省互调警力扫黄，玄处长的关系不顶用，被连夜带到异地拘了起来。

陈副主任召集各处长商量怎样救玄处长，道理讲得很明白，也义正词严，不能因为这次偶发事件让基地党委蒙羞，不能让基地干部抬不起头。话说完，直接被祖处长接了过去，上回玄处长被抓，说是陪同上级来人，属于公事，所以部里找人花钱弄他出来我们都理解，可这回是他自己图舒坦，光着屁股被警察抓了现行，基地党委凭啥蒙羞，干部们为啥抬不起头？

玄处长不是讲了，这是个误会吗？

他说在学习按摩，这也能信？

在一阵哄笑之后，借助组织力量营救玄处长的事也只能就此打住。

陈副主任无可奈何叹口气，听天由命，全凭他造化吧。

救玄处长的事不了了之的当天，王金波也来宣传处报到。

马副处给王金波介绍完处里情况，又安排他暂时跟着理论学习干事学写材料，待进一步了解情况后，再明确下一步的分工。王金波一来就满脸愁苦，听完任务安排，更是忍不住抱怨起来，有没有不写材料的活儿，我最烦写东西。马副处好气又好笑，宣传处就是写材料的处，你烦写材料，为何还来宣传处？王金波板着脸嘟囔说，我想去秘群处的，可命令都占着。

马副处原本是想安抚罗一前的，却又忍不住跟罗一前抱怨，咱们点灯熬油好几年也熬不来一纸命令，可人家有天线的，竟就跟在菜市场花钱买菜一样，想占哪个命令占哪个命令，我们毕其一生不如人家刚刚起步。

这话直刺罗一前的疼处，他无话，重重地叹了口气。

王金波来处里，就是为了在城里谈恋爱方便。

他调来就是为谈个恋爱？

说是女方提的要求。

狗日的恋爱。

没有王金波来，可能还会有王银波、王水波、王火波、王土波。

生活不讲理，我们又能拿它怎样？

咒骂，抱怨，但是，又能改变什么？一如既往，一成不变。

玄处长被拘留十五天出来后，主任建议大事化小，还让玄处长回宣传处当处长，等到下次干部调整再择机换个岗位。这个提议在常委会上并没有通过，主要反对者是政委，政委提出让玄处长转业，众人都举手赞同。

玄处长压根儿没回机关，罗一前也再没见到过他。勒令转业的提议在常委会通过后，玄处长做了回老家安置的决定，也再没露过面，他要跟工作生活了二十年的驻地做最决绝的切割。罗一前放弃了找他说理的念头。

刘干事喝多酒，掏心窝子对罗一前讲，主任认定外来的政委占了他的位置，两人向来面和心不和，政委赏识你，就是为啥主任偏不给你下命令的原因。

政委几时赏识过我？

在会上夸你。

这也算！

主任觉得算就得算。

我亏呢。

你得学学阿丹干事。

她有当局长的爹，我学不来。

局长爹的事咱先不说，就只她的献身精神都够你学的。

啥献身，咋献身？

自己悟去吧。刘干事端起杯子喝酒，再不往下说。

罗一前回办公室又撞上马副处，才算弄清楚，王金波是王万和弄来的。

他们能扯上？

王金波是王万和的亲侄子哩。

主任不知？

就是主任让干部处办的。

可王万和羞辱了他。

王万和就是用羞辱逼主任就范。

为啥？

他吃准了主任怕他。

主任能怕他？

拿人手短。

已然这样，我又能怎样。

马副处也叹气，生活要想恶心谁，满世界都污秽不堪。

## 十一

罗一前周六上午没去加班，正睡得香，却被翁图勒的电话叫醒。

在哪里，我咋没见你？

睡觉呢。

你心真大，排队选房，你不来？

命令都没有，排啥队。

翁图勒不信，罗一前也懒得解释，挂了电话，他把手机调成静音，又蒙头睡去。直到被马副处掀被子拉起，他这一头睡到中午的觉才算醒了。

手机丢了吗，咋一直没人接？

在呢。罗一前翻出枕头下的手机，竟有七个未接来电。

趁周末睡个懒觉。

也真该好好休息一下。马副处扫视了一圈大宿舍，确定其他人都出去了，他才又说，下周回教导队后好好睡上几天，也过过神仙日子。

回教导队？

马副处看罗一前有些犹豫，顿了顿，还是实话实说，政治部和后勤部联合清人，这回要动真格的，司令员在会上说没命令的都得回原单位。

可上回定的是工作确实需要的可以留下。

不一样了，这回也真够绝的，对没命令的人封办公室，注销门禁卡和饭卡，清退宿舍，你说这都是一个单位的同事，咋就跟对付敌人一样。

罗一前低下头，沉默不语。

马副处宽慰他，你的事都是历史遗留下来的老账，是处里欠你的，鉴于现在这种情况，你还是先回去，这阵子过去了，我们打个报告，再把你要回来。说句实在话，你是处里挑大梁的，我可舍不得就把你放教导队。

转了一圈，还绕不过回去讲队列课。罗一前的命令是基础课程讲师。

想开点，熬过去就好了。

在哪里都是熬，反正也习惯了。

昨天晚上的动员会上定下来——马副处为难地讲，下周一各种卡就不能用了，办公室和宿舍也由工作组逐一清退。你还得提前做些准备。

办公室也没啥，这边的铺盖卷我提早卷好，随时走人。

难为你了。

听从组织安排。

正赶上午饭的点，马副处叫罗一前一起吃饭，说趁着周末没事，正好喝上几杯，罗一前借口有事，没去。

罗一前什么事也没有，他连着两天都躺在床上。有时蒙了被子呼呼大睡，有时盯着天花板发呆，饭也不去吃，话也不跟宿舍的人说一句。

到基地工作五年多了，想起来却跟放了一幕电影似的仓促。

他来时，主任还在下面旅里当政委呢，好多处长还是干事，当然，更多处长还没到基地，玄处长那时还总客气地给他打电话请教问题。时间真是无与伦比的魔术师，变了大家的身份和嘴脸，也夺走那么多青春的希望。

想想也没有什么好后悔的，罗一前能做的，都尽了最大的气力。

走吧。求而不得的或许是命里的定数，早早就应该舍弃。

曾经不想去想的，这回，罗一前却不得不郑重地考虑了。

周一上午，罗一前避过上班的人群去办公楼，门禁卡果然刷不开，他被哨兵拦下来严厉盘问。他出示军官证，耐心解释自己是没有命令的宣传处的人。哨兵仍不放，说正是清人期间，除非有人来接，否则没有门禁卡一律不能进入。第一回，罗一前被马副处派来的人接去熟悉的办公楼。

车我都派好了，刚才也给教导队的队长和政委打了电话。马副处已挪到玄处长的办公室办公，他给罗一前倒了杯水，在教导队有啥困难就给我打电话，记住，不管咋说，处里都是你的家，我们都是你的亲人。

我不打算回教导队。

啥？可这回清人严得很，哪个处执行不力，得追究处长责任。

我决定转业。

马副处惊讶，你要走？

罗一前点头。

马副处试图劝说罗一前回心转意，但不起丝毫作用，就只能给他说，这个事我也不能应下来，你还得去找主任说。

这熟悉的一句话又把罗一前拉到去年年初，当时总部有意愿调他去，玄处长不放人，他找玄处长去说，玄处长说做不了主，也让他去找主任。

主任代表组织和他谈了话，也代表组织把他留了下来。

这回，他大概也能想到主任会代表组织讲些什么。

他等了许久，却不见主任。问部里的党委秘书，党委秘书说他也找不见主任。罗一前就在主任的办公室门口坚持等，到午饭时，仍不见主任。下午一上班，罗一前又去，守到晚饭，主任还是不见踪影。罗一前甚至天马行空的怀疑，主任是为了躲着他说转业的事，才故意避而不见。罗一前胡乱想的同时，楼道里已经传开，主任被上级纪委双规了。

消息散开后，政治部迅速陷入有人欢喜有人忧的五光十色中，有的眉飞色舞到处传递消息，有的忧心忡忡不言不语，也有的关了门，不知道在办公室里做什么。小圈子小范围里总有人传着主任的各种事情，但在公众场合，关于主任的话题却只字没有人提起，仿佛被带走的主任没存在过。

等不回来主任，罗一前也不知该给谁去说转业的事。转了一圈，他又到玄处长办公室找马副处。马副处说，现在人心惶惶，你一动不如一静。

我定下走。

先在处里待着。

清人呢。

这情形，谁还较真清人的事，我找他们说说就行。

马副处雷厉风行，上午下班前他又把罗一前叫到办公室，给了他临时办好的门禁卡和饭卡，也给了他宿舍被换掉之后的钥匙。叮嘱说，就在办公室里待着，也别去参加基地和部里的活动，少露脸，就没人惦记你。

就这样，萌生转业念头的罗一前又恢复了往常的生活。一陷入工作的忙碌里，他的脑子里就只有工作，全然忘记了令他绝望过的困苦和纠结。

惠若琪打来电话，罗一前才恍然记起他给她的承诺。

他在这边焦灼地等命令，惠若琪也在那边纠结地等他。

他对命令越来越绝望，惠若琪对他呢，大概也是同样的道理。

军纪委到基地巡视的动员大会结束后，罗一前又去找马副处，他其实并没想着要干什么，他知道马副处给他下不了命令，更分不了公寓房，但马副处是代理处长，代表一级组织，他得找他谈谈自己在夹缝中的处境。

待马副处接完一个电话，罗一前才敲门打报告。

一进门，罗一前就见马副处盯着他的两只眼睛放射光芒，并紧前走两步，紧紧地抓住罗一前的胳膊，兴奋地说，知道吗，老营长代理上局长了。

不是刚当的副局长吗？

要不说老营长时来运转。马副处关了办公室的门，拉罗一前在沙发上坐下，他们那个上任才一年多的局长伙同两个副局长私分罚没款，以为神不知鬼不觉，不想这回被纪委查了个底朝天，一分一毛都记录在案。

老营长也是副局长。

人家就不带转业干部玩，没他啥事。

那就好。

真要学好辩证法哩，有时看着是好事其实是坏事，有时都觉得是坏事，发展到最后却偏偏是个好事，他们背着老营长分赃，倒是救了老营长，不但毫发无损，还代理上了局长，要是不出意外，下次转正应该顺理成章。

总受不公正待遇的老营长这回算是被公正对待了。

老实干事的人也能等来春天。

正说着话，马副处的办公电话又响起，接完后他就急着要出门，临走，才想起来问罗一前找他是不是有事。不等罗一前回答，他又说，军纪委的人等着找我谈话，你有什么事咱们回来再说。

真要让罗一前正经八百谈话，他其实也不知道要说什么。

老干办主任和众人告别去工程团代理政委时，罗一前才知道王万和被免去了原有职务。有人说王万和被军纪委带走了，也有人说王万和到北京治病。他问马副处，马副处也不知情。总部很快也从上面派了人来接替被双规的主任。

惠若琪的电话如针尖麦芒，又扎到了罗一前。她的汹涌激荡已经过去，又回到柴米油盐的平静中来，她问他的打算。他心底顶是清楚，她对他许过的年底诺言已不抱希望。她现在和他说的是转业的事，也是以后的事。

不可能永远停在十字路口，罗一前必须选一条路去走，同时，也是舍去其他的路。没等跃出纠结的罗一前去找马副处，马副处倒来找他，雄心勃勃地说，转业的事你不要再想了，好好干工作，等待暴风雨的到来吧。

我在这里是局外人。

急什么？马副处坐直了身子说，这回上头动真格的了，首先拿假干部开刀，那些领导的七大姑八大姨亲侄子伯叔外甥什么的，只要查出入伍通知书、档案履历、年龄这些个要素里有一样造假，就无条件勒令转业。

与我何干？

你不觉得这声势浩大的举动就是为你准备的吗？马副处高亢地说，不清走别人，你怎么进？又压低了声音，我听干部处给我透了风，王金波可能就属于这种情况，出去不要说。在罗一前的惊讶里，马副处继续讲，我给陈副主任提过了，真要王金波有问题，就第一个把你的命令递补进来。

就算走了王金波，指不定又来个王银波。

你把心放肚子里，新主任刚来，他听陈副主任的。

罗一前压抑着激动，凝视马副处，重重地点着头，谢谢处长。

你小子，咱俩谁跟谁，你干好工作，我负责给你下命令。

嗯。罗一前重重地点着头。

命在自己手里，你只要干好了，好运气一定跑不了。

西伯利亚的寒流姗姗来迟，裹挟着漫天大雪就像一个耀武扬威的坏角色，只几天时间，就把生机勃勃的城市冰封了，漫长的寒冷期如约而至。

晚上加完班，罗一前突然想给惠若琪打电话，拨通了，他才想起已经过了十二点，揣测着惠若琪早都睡着了。想挂，未及，那边却已经接了起来。惠若琪用公家单位窗口工作人员的口气问他，这么晚，有事吗？

没事，就是看你睡了没。

准备睡呢。

哦，那记得一定关好窗户，顶上门——

知道。不等罗一前叮嘱完，惠若琪就说，好了，没啥事我就睡去了。

哦，好的。罗一前想了想，又加着问候了句晚安。

可“晚”字刚说出口，那边就挂断了。

罗一前洗把冷水脸，又坐到了电脑前，继续他的日常。

本应年底完结的干部转业工作史无前例地推迟了，据说延迟到明年三月，也有人说，大概要在六月份和改革裁员一起进行。清理假干部摧枯拉朽地推进，好几个罗一前熟识的比他小却级别比他高曾经让他羡慕嫉妒的干部被查出年龄造假，即刻就被停止工作，进入转交地方的程序。正如马副处之前所说的那样，匆匆来到宣传处的王金波又匆匆地走了。王金波当干部之前在工厂站流水线，王万和一手创造了王金波由工人秒变干部的奇迹。可经了这一遭清查，王金波又被打回原形，造出的假终归真不了。

朱阿丹哭得令满楼道人都心生疑惑，罗一前也以为她被查出是假干部。

马副处却说，她算害惨了梅处长，自己倒先哭上了。

罗一前一头雾水，马副处也没打算讲明朱阿丹到底怎么害惨了梅处长。

一波是非压茬一波流言，有人意气风发，有人提心吊胆，就如秋天里磨刀霍霍的老农，都等着收获播种在春天里的果实，种瓜得瓜，种豆得豆。

假干部清理走了，真干部的命令却迟迟不下。

快到春节，刘干事才给了罗一前准话，干部调整冻结了。

又没戏了？

不是没戏，是暂时冻结。

得到啥时候？

不知道，等通知。

马副处安慰罗一前，五年都等了，也不差剩下的时间。

罗一前没得选择，只有等待一条路可走。命令到此刻对他已不单单是成长进步和福利待遇的需要，更是必须去填补的因屡屡错失而刺出的心理塌陷。不得命令，将是他一生的缺憾和耻辱，得了命令，即便立马转业，他也心甘情愿。罗一前要等的不只是命令，而是已经磨之不去的信仰。

和惠若琪的冷战暂时无法调和，罗一前索性过年也不回家了，怕被父母问起二人的矛盾，更怕他不在时突然解冻的命令会下给别人。他待在办公室里比在哪里都踏实，那里是他的战场，也最能承载他心心念念的希望。

除夕，罗一前隔着办公室的窗户仰望夜空里的烟火，有的一簇一簇，带着尖厉的呼啸攀升，一声炸响，就散出五彩的斑斓，也有的如同游弋在草丛里的蛇，盘旋着刺向无尽黑夜，闷头一响，好像天都被炸了个窟窿。

罗一前想起往年除夕全家团聚的热闹，心中更寂寥，酸涩成泪。

大年初三中午，一声炸雷之后，竟下起雨来。

许是南方的雨迷了路，匆匆下过一阵后，又忙不迭地逃了。雨刚停，七色的彩虹便从湿润的空气里变幻出来，自远处的山尖缓缓一路铺陈，如一道拱门，连起了尘世与仙界，罗一前望在眼里，以为自己坠入了梦境。

刘干事的电话将他叫醒，快到办公楼来，主任找你。

现在去？啥事？

好事，快。

马上到。

纠结片刻，罗一前还是换上了军装。他对镜子正了衣冠，理好佩饰，出了门，却见七色彩虹铺陈在眼前，他追上去，就像追逐在梦里无数次出现过的那座绚丽的桥。他没有犹豫，迈开双脚，大步流星地朝着前方走去。

**高满航**，1982 年生于陕西富平，毕业于解放军南京政治学院。获过第三届全国新概念作文大赛一等奖、首届全军网络文学大赛一等奖、第二届长征文艺奖、第三届长征文艺奖、“强军杯”全军文学大赛优秀作品奖、“与改革同行”全军文学征文奖等 20 多个全国全军文学奖项，著有长篇小说《竹马是不会驰骋的马》《光宗耀祖》《三十而立》《狙杀令：隔海搏杀》四部，出版中短篇小说集《但见群山默》，所编写的四集红军题材广播剧《红旗插上凤凰岭》在多家省级以上广播电台播出。先后在多种文学刊物发表中短篇小说近 100 万字。